ドラゴンクエストノベルズ

小説 ドラゴンクエストII

悪霊の神々

DRAGON QUEST II

高屋敷英夫

イラスト／椎名咲月

CONTENTS
DRAGON QUEST II

目次

II キャラクター紹介

セリア
ムーンブルクの王女

魔物に襲撃され壊滅したムーンブルクの王女。アレンやコナンと同様、伝説の勇者ロトの末裔。

ガルド

銀の横笛を奏でる謎の男。特殊な術を使いアレンたちの前に立ちはだかる。

DRAGON QUEST II

Character profile

登場キャラクター紹介

アレン
ローレシアの王子

ムーンブルクの悲報をうけ、大神官ハーゴン打倒を誓う若き勇者。

コナン
サマルトリアの王子

ロトの盾を持ち、大神官ハーゴンを倒すためにサマルトリアを旅立つ。剣より呪文の方が得意。

序章

今から二二〇年前——。

勇者ロトの血をひくアレフは、悪の権化《ごんげ》竜王《りゅうおう》を倒《たお》して、アレフガルドに平和をもたらした。

その後、故郷《こきょう》ドムドーラを再建したアレフは、新天地を求めて、ローラ姫《ひめ》とともに長い航海の旅に出た。

そして、はるかアレフガルド東方にある未開の大陸に上陸すると、理想の国ローレシアを建国し、その年をローレシア暦《れき》元年と定めた。

国民の多くは、勇者アレフを慕《した》って、アレフガルドから移住して来た人々であった。

王女ローラとの間に二男一女をもうけたアレフは、さらに領地を拡大し、ローレシア暦二〇年、ローレシア大陸北方にサマルトリアを建国すると、ローレシア国を長男に譲《ゆず》り、二男《じなん》にそのサマルトリア国を与《あた》えた。

また、二年後には、長女がロンダルキア北東部のムーンブルクの国の王子に嫁《とつ》ぎ、ローレシアとサマルトリアはムーンブルクと和親同盟《どうめい》を結んだ。

ムーンブルクは、古代王国の流れをくむ、長い伝統と豊かな文化を持つ大国だった。

ローレシア暦五三年にアレフが、そして同五六年にローラが、高齢《こうれい》のために亡《な》くなると、偉大《いだい》な指導者を失った三国は、さらに結束《けっそく》を強めた。

こうして、ローレシアとサマルトリアとムーンブルクの三国は、姉妹《しまい》国としてともに栄えてきた。

だが、今――、この三国は、かつてなかった最大の危機《きき》を迎《むか》えようとしていた。

巨大《きょだい》な悪が、鋭《するど》い牙《きば》を剥《む》いて襲《おそ》いかかろうとしていた。


ファンドリアン家の居城《きょじょう》であるムーンブルク城は、王女セリアの十六回目の誕生日《たんじょうび》を十日後に控《ひか》え、その準備に忙《いそが》しかった。

当日は、ファンドリアン家古来の伝統儀式《ぎしき》である「髪上《かみあ》げの儀《ぎ》」、賢者《けんじゃ》、高僧《こうそう》、予言者たちを前にしてのおごそかな「戴冠《たいかん》の儀」、さらには貴族《きぞく》、国中の長老や名士たちを招待しての、華《はな》やかな大舞踏会《だいぶとうかい》が盛大《せいだい》に催《もよお》されることになっていた。

十六回目の誕生日は、この国では成人の日を意味した。

「髪上げの儀」で、背中《せなか》まで長く伸《の》ばした髪を後ろで束《たば》ねて結《ゆ》いあげると、初めて一人前の女性として認《みと》められる。

そして、この誕生日を境に、王女には国の公式行事や定例の舞踏会への出席が義務づけられる。

この日の来るのを一番待ちわびていたのは、今年六十五歳《さい》になる国王のファン一〇三世だった。

まだいくらか少女のあどけなさを残しているとはいえ、美しく成長したひとり娘《むすめ》の王女を、国王は目に入れても痛くないほど溺愛《できあい》していたからだ。

高年になってやっと恵《めぐ》まれた王女だけに、無理もなかった。

それだけに王は、できるだけの贅《ぜい》をつくして、十六回目の誕生日を祝ってやりたいと思っていた。

すでに、ローレシアやサマルトリア、また他の近隣《きんりん》の国々の王室や貴族からも、豪華《ごうか》な祝いの贈《おく》り物《もの》が届けられていた。

ところがこの夜、国境の偵察部隊《ていさつぶたい》からよからぬ情報がもたらされた。

さすがに温厚な国王も顔を曇《くも》らせ、眉間《みけん》に深いたてじわを寄せた。

世界征服《せいふく》をもくろむ邪教徒《じゃきょうと》の大神官ハーゴンが、魔界《まかい》の悪霊《あくりょう》の神々と手を組んだ、というのだ。

ムーンブルクの南方に、年中雪をかぶった不気味なロンダルキア山脈が、巨大な大陸のようにそそり立っている。

四方を険《けわ》しい山脈に囲まれたこの荒涼《こうりょう》とした一帯は、ムーンブルクの国とほぼ同じ広さを持ち、ロンダルキア大陸のおよそ三分の一を占《し》めている。

その山脈の奥深《おくぶか》いところに邪教徒の神殿《しんでん》が祀《まつ》られているというのは、昔《むかし》からよく知られていたことであった。だが、その正体は謎《なぞ》のベールに包《つつ》まれたままだった。

十年ほど前、この宗派《しゅうは》にハーゴンなる者が現れ、自《みずか》らを大神官と名乗って世界征服に立ちあがったという情報がもたらされたことがあった。

ムーンブルクは警戒《けいかい》を強め、攻撃《こうげき》に備えた。だが、幸いにもそのときは何も起きなかった。

また、ここ数年、ハーゴンの配下の者たちが各地で活発な布教活動を始め、その勢力を急速に拡《かく》大《だい》しているという情報が、何度もムーンブルク城にもたらされていた。

そのハーゴンが、魔界の悪霊の神々と手を結んだのだ。

国王は、大きくため息をつくと、ただちに将軍たちを招集し、国境と城下や城内の警備をさらに強化するように命じ、姉妹国のローレシアとサマルトリアにも至急《しきゅう》この情報を伝えるよう指示した。

そして、王女セリナの悲しむ顔を想像すると心が痛んだが、「髪上げの儀」と「戴冠の儀」を身内だけで行い舞踏会を中止する、と侍従長《じじゅうちょう》に告げた。

ファンドリアンのファンは、ムーンブルク語の古語で「月」を意味し、ドリアンは「見張る者」または「観察者」を意味する。

また、ファンドリアン家には、「ムーンブルクに災いのあるとき、それは必ずや南方のロンダルキア山脈より来るだろう」という伝承が残っていた。

それだけに、昔から、ロンダルキア山脈には眼《め》を光らせてきた。

それが、代々国王の務めでもあった。

だが、敵の動きはすばやかった。

数日後、ムーンブルク地方は突如《とつじょ》うだるような激《はげ》しい熱波に襲われた。

夜になっても気温が下がる気配がなく、じっとしていても玉のような汗《あせ》がしたたり落ちてきた。

城下の町の人々は、寝苦《ねぐる》しさに悶々《もんもん》としていた。

そこを、大神官配下の魔物の大軍団が襲撃した。

しかし、城下の街門を守っていた警備隊は必死に抗戦し、魔物の軍団を撃退した。

ところが、いったん撤退したと見せかけた魔物の軍団は、後方で待機していた援軍と合流し、巨大化した怪獣の群れを引き連れて、ふたたび強襲した。

そして、強固な城下の街門をあっという間に突破《とっぱ》すると、怒濤《どとう》のように町に雪崩《なだ》れ込んで次々に火を放ち、着の身着のまま飛び出した町の人々に容赦《ようしゃ》なく襲いかかった。

女性や子供《こども》の断末魔《だんまつま》の悲鳴があちこちから轟《とどろ》き、無数の血飛沫《ちしぶき》がいたるところに散って、町は地獄《じごく》と化した。

魔物は、残忍《ざんにん》な笑みを浮《う》かべながら、逃《に》げ惑《まど》う人々の胴《どう》や腕《うで》を喰《く》い千切《ちぎ》り、首を切り落とし、鋭《するど》い爪《つめ》で背中をかき裂《さ》いた。

なかには、死体の血を吸《す》いあさる獰猛《どうもう》なものまでいた。

ただちに城から援軍《えんぐん》が出陣《しゅつじん》し、必死に抗戦《こうせん》した。

だが、敵の相手ではなかった。魔物の大軍団と巨大な怪獣の群れは、援軍を血祭りにあげると、いきおいよく城内に雪崩《なだ》れ込み、斬《き》り殺した兵士たちの無数の死体を踏《ふ》みつけながら、城の中央部である宮殿に突入《とつにゅう》して火を放った。

宮殿の窓《まど》という窓から、いっせいにすさまじい火の粉が噴《ふ》き出し、一瞬にしてムーンブルク城はまっ赤《か》な炎《ほのお》に包まれた。

そして、人口一万二〇〇〇人を数えた城壁《じょうへき》の町と、名城の名を欲《ほ》しいままにした荘厳華麗《そうごんかれい》なムーンブルク城は、翌日《よくじつ》の昼まで燃え続けたという――。

こうして、ファンドリアン家とムーンブルクは、一夜にして平和と栄華《えいが》を謳歌《おうか》した長い歴史にあっけなく終止符《しゅうしふ》を打った。

ムーンブルク暦二〇〇三年、ローレシア暦二一七年の、暑い夏のことであった。

瀕死《ひんし》の兵士の早馬が、ムーンブルクのはるか北東にあるムーンペタの町にたどり着いたのは、それから七日後の夜明け前のことであった。

『ムーンブルク壊滅《かいめつ》・国王以下全員討死《うちじに》』――の報に、町は騒然《そうぜん》となった。

ただちに、通信用の二羽の伝書鳩《でんしょばと》が、まだ薄暗《うすぐら》い東の空にむけて放たれた。

第一章　勇者ロトの末裔たち

ローレシア大陸の東側半分を占《し》めるローレシア国。

その中央を、東西を分断するように、南北に長いローレシア山脈が走っている。

この山脈の東側には、荒涼《こうりょう》とした未開の地が続いている。

だが、その西側には、緑豊かな丘陵《きゅうりょう》地帯が広がっていて、ローレシア山脈を源流《げんりゅう》とする水量豊かなローレシア川が、この丘陵地帯をゆったりと縫《ぬ》うように流れて、西の海へと注《そそ》いでいる。

この丘陵地帯のほぼ中央の、ローレシア川の川岸に、この国の政治、経済、文化の中心として栄えている、人口一万八〇〇〇人のローレシアの町がある。

そして、この町を見おろすように、丘《おか》の上に、ひときわ美しい白亜《はくあ》の城がそびえている。

およそ二〇〇年前、勇者アレフが十五年もの歳月《さいげつ》をかけて築城《ちくじょう》したローレシア城だ。

このローレシア城に、伝書鳩《でんしょばと》によって予期せぬ凶報《きょうほう》がもたらされたのは、瀕死《ひんし》の兵士の早馬がムーンペタの町にたどり着いた、その日の夜のことであった。

1　ローレシア城

カーンカーンカーンカーンカーン――！

突然《とつぜん》、真夏の夜空に、けたたましい鐘《かね》の音が響《ひび》きわたった。

ローレシア城の緊急《きんきゅう》招集の鐘だ。

重臣《じゅうしん》たちは、血相を変え、われ先にと宮殿《きゅうでん》の謁見《えっけん》の間へ急いだ。

宮殿の玄関《げんかん》から謁見の間まで続く長い回廊《かいろう》には、壮大《そうだい》な絵が描《えが》かれている。

勇者アレフの物語だ。旅立ちから始まって、魔物《まもの》との闘《たたか》い、そして竜王《りゅうおう》との闘いと続いて、ラダトーム城に凱旋《がいせん》して終わっている。

アレフの死後、アレフ二世が高名な絵師に命じて、二十年がかりで描かせたものだ。

駆《か》けつけた重臣たちに、現国王のアレフ七世が、『ムーンブルク壊滅《かいめつ》・国王以下全員討死《うちじに》』の報《ほう》を告《つ》げると、重臣たちは悲鳴にも似た驚愕《きょうがく》の声をあげ、顔を凍《い》てつかせた。

あまりの衝撃《しょうげき》に、言葉を失い、二の句が継《つ》げなかった。無理もなかった。

ムーンブルクとローレシアとサマルトリアの三国は、定期的に国防会議を開いて情報を交換《こうかん》していたが、その中心的役割《やくわり》を担《にな》っていたのがムーンブルクだった。

大神官ハーゴンの不穏《ふおん》な活動やハーゴンが魔界《まかい》の悪霊《あくりょう》の神々と手を結んだという情報も、ムーンブルクから届《とど》いていた。

また、地理的条件から、ハーゴンに対して一番警戒心《けいかいしん》の強かったムーンブルクが、ローレシアやサマルトリアよりもはるかに強力で勇敢《ゆうかん》な戦闘部隊《せんとうぶたい》を擁《よう》していた。

その強国ムーンブルクの居城《きょじょう》と城下が、ハーゴン配下の魔物の大軍団によって、一夜にして壊滅したのだ。

重臣たちの誰《だれ》もが、自分の耳を疑《うたが》った。

謁見の間には、いいようのない重苦しい空気が流れた。と、

「父上！」

まっ先に口をきいたのは、アレフ七世のひとり息子《むすこ》の王子アレンだった。

アレンは、今年十六歳《さい》を迎《むか》えたばかりだ。

まだ、少年のあどけなさを残しているが、きりりとした顔立ちと、聡明《そうめい》そうな目、意志の強そうな口許《くちもと》は、勇者ロトとアレフの血をひく者にふさわしかった。

「ぼくが行きます！　ぼくが行って大神官ハーゴンを倒《たお》してきます！」

重臣たちは、驚《おどろ》いて互《たが》いに顔を見合わせた。

「父上！」

アレンは、アレフ七世の返答をうながした。

その目には確固とした強い意志と決意があふれていた。

アレフ七世もまた、じっとアレンを見つめた。

今年五十歳を迎えたアレフ七世は、髪《かみ》に白いものが目立つようになったが、まだ四十代半《なか》ばにしか見えない若さを保っている。と、アレフ七世の後ろに控《ひか》えていた老執事《ろうしつじ》が、

「な、な、なにをおっしゃいます、アレンさま！」

慌《あわ》てて叫《さけ》んだ。

アレフ七世の誕生《たんじょう》以来、五十年もの長い間、ずっと宮殿に仕えてきたセマルゼだ。

アレフ七世とアレンの二代にわたって王子の面倒《めんどう》を見てきたセマルゼは、二人のもっともよき理解者でもあった。

「もしものことがあったら、どうなさるおつもりです！　この爺《じい》、命に代えてもそのようなことはさせませせぬぞっ！」

「あなたさまは、このローレシアのたったひとりの王子なのですぞ！」

「そうです！　自分のお立場をよくお考えくだされ！」

「アレンさま！」

ほかの重臣たちも、口々に反対を唱《とな》えた。

「じゃあ、このままじっとしていろっていうのか!?　ムーンブルクが壊滅させられたんだぞっ！　黙《だま》っていたら、ほかのところも襲《おそ》われるかもしれないんだ！　今こうやっている間にもなっ！」

アレンはそういうと、アレフ七世に詰《つ》め寄った。

「父上！　行けと命じてください！」

だが、アレフ七世は肩《かた》で大きくため息《いき》をつくと、さとすようにいった。

「アレンよ。みなのいうとおりだ」

「父上っ！」

「おまえの気持ちはわかる。だが、おまえをやるわけにはいかんのだ」

「そ、そんなに心配なら……！」

アレンは隅《すみ》に控えていた連隊長のルチアを見た。

ルチアは、ローレシアで一番剣《けん》の腕《うで》の立つ男だ。その腕と度量が認《みと》められ、弱冠《じゃっかん》二十七歳で連隊長に抜擢《ばってき》された、いわば、エリート中のエリートだ。

また、ルチアはアレンの剣の師範《しはん》でもあった。いつの日か、ルチアの腕前を越《こ》えたいと、アレンが密《ひそ》かに目標にしている男でもあった。

だが、「ルチアと一緒《いっしょ》に行かせてください！」といおうとして、アレンは思わずその言葉をのみ込んだ。先日、ルチアは結婚《けっこん》したばかりの美しい妻を連れて、アレンのところに懐妊《かいにん》の挨拶《あいさつ》にやってきた。その幸せそうな二人の笑顔を、思い出したからだ。

「とにかく、誰がなんといおうと、ぼくは行きます！」

「ならん！　わしの命令は絶対だっ！」

アレフ七世は、アレンに対して、初めて大声をあげた。

この十六年間、一度もなかったことだ。

アレンは、キッとアレフ七世を睨《にら》みつけると、踵《きびす》を返し、いきおいよく扉《とびら》を開けた。

「アレンッ！」

慌ててアレフ七世が呼《よ》び止めた。

「おまえはいずれわしの跡《あと》を継《つ》いでこのローレシアを守っていかねばならんのだ！　それが、王子として生まれたおまえの使命だ！」

「……！」

アレンは、哀《かな》しそうにアレフ七世を見ると、乱暴《らんぼう》に扉を閉めた。


半時後《はんとき》――。

城内のいたるところに篝火《かがりび》がたかれ、武装《ぶそう》した五〇〇名の近衛兵《このえへい》と戦闘部隊が、城壁《じょうへき》や城門を固めた。

同時に、六〇〇名の戦闘部隊が、城下を守るために、広場や、町のおもな通りや、街道《かいどう》に通じる外門を固めた。

町はいつものように、夕食後の夕涼《ゆうすず》みの散歩を楽しむ人や、酒場《さかば》でたむろしている男たちで賑《にぎ》わっていたが、『ムーンブルク壊滅』の報が流れると、人々は慌てて自分の家に飛んで帰った。

人通りの消えた通りや路地を、戦闘部隊の隊列が慌ただしく駆《か》け抜《ぬ》けていく。

夜空に響きわたる軍靴《ぐんか》の音が、家のなかでじっと息を殺して不安におののいていた人々の恐怖《きょうふ》を、いっそうかき立てた。

そして、アレフ七世の伝令を持った早馬が、蹄《ひづめ》の音もけたたましく国中の町や村へ飛んでいくと、街道と町をつなぐ強固な外門がぴたりと閉じられた。

建国以来一度として閉じられたことのなかったこの外門は、ローレシアの平和の証《あかし》でもあった。

また、この外門のアーチの上に、『訪《おとず》れる者にやすらぎを——。立ち去る者に幸いを——』と、楔形文字《せっけいもんじ》の短い言葉が刻《きざ》まれている。すべての人々に開かれた町であることを願った勇者アレフが、ミトラ教の聖書《せいしょ》の一節から引用した言葉だ。

その外門が、二一七年目にして、初めて閉じられたのだ。

アレンは、宮殿の三階にある自分の部屋《へや》の窓《まど》から、慌ただしい兵士たちの動きを見ながら、自分の体を流れている勇者ロトとアレフの血があらぶるのを、抑《おさ》えきれないでいた。

アレンは、四年前の『ロト祭』で会ったファン一〇三世の温厚な顔と、気品のある王妃《おうひ》の美しい笑顔を思い出した。そして、あのかわいい王女セリアのことも——。

だが、どうしてもアレンには、セリアが死んだとは信じられなかった。

アレンは、『ロト祭』で二度セリアと会っている。二人が六歳のときと十二歳のときだ。

『ロト祭』は、勇者ロトの「勇気」と「正義」と「平和を愛する心」を永久に讃《たた》えるために、六年に一度アレフガルドの王都ラダトームで国を挙げて行われる盛大《せいだい》な祭りだ。

その祭りには、ローレシアやサマルトリアやムーンブルクからも、ロトとアレフの末裔《まつえい》たちが集まることになっていた。

そして、ラダトーム城で行われる誓《ちか》いの儀式《ぎしき》で、参列者たちは、「勇気」と「正義」と「平和を愛する心」を、勇者ロトとアレフに誓うのだ。

四年前の十二歳のとき――。

アレンとセリアは、儀式のあとラダトーム城をこっそり抜け出して、二人っきりでラダトームの町を見物に出かけたことがあった。

セリアが、どうしても行きたいといって、だだをこねたからだ。

そのとき、セリアが夜店《よみせ》で売っていた安物の翠色《みどりいろ》の小さなペンダントが気に入って、そのペンダントを二つ買うと、

「二人だけの秘密《ひみつ》よ――」

と、そのひとつをアレンにくれた。

以来、アレンはそのペンダントを胸《むね》からはずしたことがなかった。

アレンは、胸のペンダントをそっと手で包んだ。

魔物たちに襲われさえしなければ、今日がセリアの十六回目の誕生日だったのだ。ちょうど今ご

ろ、その祝いの宴《うたげ》が賑やかに行われていたはずだった。

そう思うと、なおさら怒《いか》りが込みあげてきた。

「くそっ、ハーゴンめっ！」

アレンは、ペンダントをぐっと強く握《にぎ》りしめると、机《つくえ》に向かって羽《は》ペンをとった。

すでに、心は決まっていた。


『父上、ぼくのわがままをお許しください。

必ず大神官ハーゴンを倒してきます。

かつて、勇者ロトやアレフが、戦ったように――』


紋章《もんしょう》入りのまっ白な便箋《びんせん》に、力強い字で書き終えると、アレンは心のなかで読み返し、最後の一行を、自分にいい聞かせるようにつぶやいた。

「かつて、勇者ロトやアレフが、戦ったように……」

2 出発《たびだち》

その真夜中のこと――。

宝物殿《ほうもつでん》の前は、いつも番をしているはずの近衛兵の姿《すがた》もなく、不気味なほどひっそりと静まり返っていた。

ほかの近衛兵たちと一緒《いっしょ》に、城内の警備に駆り出されたからだ。

アレンは、セマルゼの留守《るす》を狙《ねら》って執務室《しつむしつ》から持ち出した鍵《かぎ》で、宝物殿の扉の頑丈《がんじょう》な鉄の錠《じょう》を開けた。

勇者アレフが、三人の子供に「ロトの鎧《よろい》」と「ロトの盾《たて》」と「ロトの兜《かぶと》」を至宝《しほう》として授けたという。

その至宝のひとつ「ロトの鎧」が、この宝物殿に納《おさ》められている。

勇者アレフが、竜王を倒すとき、身につけていたという伝説の鎧だ。

その鎧が、この宝物殿にあるというのは、城の者ならだれでも知っているが、アレンは今まで一度も見たことがなかった。

また、「ロトの盾」はサマルトリア城に、「ロトの兜」はムーンブルク城にあるのだ。

アレンに限らず、勇者ロトとアレフの血をひく末裔たちは、幼《おさな》いころから『勇者ロトの伝説』と『勇者アレフの伝説』を聞かされて育つ。同時に、絵本や伝記を暗記するぐらい繰《く》り返し読まされる。

かつて、神より光の玉を授かった勇者ロトが、大魔王《だいまおう》を倒してアレフガルドに平和をもたらした――という『勇者ロトの伝説』と、その光の玉を奪《うば》ってアレフガルドを暗黒の世界に陥《おとしい》れた悪の権化《ごんげ》・竜王を、勇者ロトの血をひくアレフが倒し、ふたたびアレフガルドに平和をもたらした――という『勇者アレフの伝説』を。

その伝説を聞かされるたびに、祖国や同盟国が危機《きき》に陥《おちい》ったときには、必ず「ロトの鎧」と「ロトの盾」と「ロトの兜」を身につけて立ちあがろう、とアレンは子供のころから決めていた。

その三つの至宝を身につければ、勇者ロトと勇者アレフが、同じ血をひく自分に、偉大《いだい》な力を与《あた》えてくれそうな気がしたからだ。

さらにもうひとつ、「ロトの剣《つるぎ》」も持ちたいと思っていた。

だが、勇者アレフが竜王との闘いで失った「ロトの剣」は、どこにあるのか見当すらつかなかった。

蠟燭《ろうそく》の明かりを頼《たよ》りに奥《おく》に入ると、目もくらむような豪華《ごうか》な装飾品《そうしょくひん》や、高価な宝石類《ほうせきるい》、さらに名画、彫刻《ちょうこく》、陶器《とうき》などの美術品や工芸品、珍《めずら》しい異国の絹織物などが、ところ狭《せま》しと陳列《ちんれつ》されていた。

中央の陳列棚《だな》に、鏡のような光沢《こうたく》の立派《りっぱ》な鎧がひとつ飾《かざ》ってあった。

その鎧を見て、アレンは思わず目を見張った。

両肩に、美しい翼《つばさ》の飾りがほどこしてある。胸には黄金色《こがねいろ》の美しい紋章《もんしょう》があった。不死鳥が雄々《おお》しく翼を広げて飛翔《ひしょう》している紋章だ。

ロトのしるしだ。

「こ、これが、ロトの鎧かっ……!　これを着て勇者ロトとアレフが悪と戦ったのか……!」

アレンは、そっと手にとってみた。ずしりと重かった。

そして、ゆっくりとそれを身につけた。

ぴたっと体に吸いつくような感触《かんしょく》がした。と、ぶるぶるっ——と、全身が震《ふる》えた。不思議な力が伝わってきた。その力が、全身を駆けめぐり、胸の奥から熱い闘志《とうし》が込みあげてくる。

「よーし！」

アレンは、肩で力強く息をすると、元気よく飛び出した。

鍵をもとの場所に返すと、執務室の窓から庭に飛び出して、慌てて植えこみのなかに身を隠《かく》した。

ちょうど、警備兵の隊列が軍靴《ぐんか》を響かせてやってきたからだ。

隊列が通りすぎるのを確かめると、アレンは自分の部屋の下へ行き、植え込みに隠しておいた外出用の頑丈な革の長靴《ながぐつ》にはき替え、旅行用の大きな革袋《かわぶくろ》を肩にかけ、立派な長剣《ちょうけん》を腰《こし》に差した。

あらかじめ用意して、窓から紐《ひも》で吊《つ》るして、落としておいたのだ。

革袋には、旅費や旅用のマントのほかに、厨房《ちゅうぼう》からかすめた干《ほ》し肉などの保存食や、旅に必要なさまざまな道具が詰め込んであった。

長剣は、十六歳の誕生日にアレフ七世から引き継いだ大切なものだ。

その柄《つか》にはラダトームのラルス家の紋章と同じ紋章である、天翔の獅子《しし》の像が刻んであり、その獅子の目には赤い宝石が埋《う》め込まれている。

十六歳になると、ローレシア城の後継者《こうけいしゃ》の証《あかし》として、代々この剣が引き継がれるのが、ローレシア城の習わしになっていた。

当家の紋章が、ラルス家とまったく同じなのは、勇者アレフの妻ローラが、ラルス家の王女だったからだ。ローレシアを建国したその年、アレフがローラの父ラルス十六世の承諾《しょうだく》を得て、同じ紋章に決めた。

本来なら、娘婿《むこ》のアレフがラルス家を継がなければならなかった。だが、その申し出を断り、新天地を求めてローレシア大陸に来たのだ。あえてラルス家と同じ紋章にしたのは、ラルス十六世を想《おも》うアレフのやさしさからだった。

準備を終えたアレンは、すばやく厩舎《きゅうしゃ》の方へと走った。

ローレシア城は、二重の城壁に守られている。

美しい宮殿を守る城壁と、城門や兵舎、武器庫、厩舎などを守る城壁だ。その東西南北の四隅《よすみ》には円塔《えんとう》の櫓《やぐら》がそびえていた。

厩舎のなかは、がらんとして、静まり返っていた。兵もいない。

おそらく、緊急用《きんきゅうよう》に残しておいたのだろう、運よく葦毛《あしげ》と栗毛《くりげ》の二頭の馬が残っていた。

アレンは、葦毛の手綱《たづな》をとった。葦毛のほうが元気そうな若駒《わかごま》だったからだ。

そして、兵士たちの動きに注意しながら、葦毛の馬を引いてこっそり裏門《うらもん》へ向かった。

裏門の、背後には鬱蒼《うっそう》とした木々の険しい山が迫《せま》っている。

二人組の近衛兵が、裏門の見まわりに来たが、すぐ立ち去った。

警備の主眼は、眼下の城下や、その向こうに広がる丘陵地帯におかれているからだ。

魔物とはいえ、裏山から襲ってくるのは、困難だと判断したのだ。

アレンは、裏門を抜けて、険しい裏山に踏《ふ》み入った。


一時半後《いっときはんご》――。

やっと裏山を越えたアレンは、馬でローレシア川をわたって、ローレシア街道《かいどう》に出ると、ローレシア城のある東の方角を振《ふ》り向いた。

はるか向こうの山の稜線《りょうせん》に、美しいローレシア城の姿と、城下の荘厳華麗《そうごんかれい》な大聖堂《だいせいどう》の塔《とう》が小さく見えた。

夏の朝は早い。東の空は、すでにうっすらと明るくなりかけていた。

アレンは、まず「ロトの盾」があるサマルトリア城に行くことに決めていた。

アレンは、サマルトリアのある北西の方角を向くと、

「そりゃあっ！」

力強く馬の腹《はら》を蹴《け》った。

3 サマルトリア

アレンは、ひたすら馬を飛ばした。

三日後――。

ローレシア街道は内陸を通る北街道と、海沿《ぞ》いを通る南街道に分かれていた。

アレンは、迷《まよ》わず北街道を選んだ。

南街道を西へ向かえばローレシア第二の都市リリザの町へと続き、さらに南街道を北上すれば、ローレシアとサマルトリアの国境でふたたび北街道と合流する。

これらの街道筋《すじ》には、たくさんの宿場町や村があった。

アレンは、乗馬の腕にも優《すぐ》れていた。

だが、長い間乗り続けたのは初めてだった。

走り出して、幾時《いくとき》もしないうちに、めまいと激《はげ》しい吐《は》き気《け》に襲われた。

それでも必死に手綱にしがみついて飛ばした。

だが、四日目ぐらいから、なんとか慣れてきた。

ローレシアを旅立ってから八日目の昼過ぎのこと。

アレンは、国境の町グラハに入ろうとしていた。

グラハは、北街道と南街道の合流地点で、ローレシア街道最大の宿場町だ。

アレンは、ここへ来るまでに、すでに三度魔物に襲われていた。

魔物といっても、大昔《おおむかし》からローレシア大陸に棲息《せいそく》している魔物だ。襲われたのは、三度とも馬を休めているときだった。

最初の魔物は、二匹《ひき》のスライムだった。

ぷよぷよの、足のない、まん丸いスライムが、鋭《するど》く尖《とが》った頭の先を突《つ》き出して、体当たりしてきたのだ。見かけによらず身軽で獰猛《どうもう》だ。

だが、アレンの敵ではなかった。アレンの剣の腕前は、連隊長のルチアを別格とすれば、ローレシア城内でも一目《いちもく》置かれていた。

アレンは、剣を振りかざすと、一刀《いっとう》のもとに胴《どう》をまっ二つにし、返す力でもう一匹も斬り裂いた。スライムは、みるみるうちにどす黒い血の塊《かたまり》になって、いきなり爆発《ばくはつ》してあたり一面に飛び散った。

二度目は、ぬめぬめした粘着性《ねんちゃくせい》の皮膚《ひふ》を持つ巨大《きょだい》な大なめくじだった。

アレンと同じくらいの大きさで、粘着性の液体を吐いて襲いかかってきたが、アレンが、吐きかける液体をかわしながら、めった斬りにすると、魔物はどろどろに溶《と》け、やがて地面に吸《す》われて消えた。

一番手間どったのが、巨大なアイアンアントだった。

鉄のように強固な表皮を持つ大アリ属《ぞく》のこの魔物は、何度斬りつけても凶暴《きょうぼう》なアゴでしつこく襲いかかってきた。

だが、アレンはアイアンアントの足を斬り落として体勢を崩《くず》させると、すばやく両眼を突《つ》き刺《さ》した。そして、アイアンアントがひるんだ一瞬《いっしゅん》の隙に、高々と宙《ちゅう》に飛び、思いっきり剣を振りおろすと、アイアンアントの首はいきおいよく地面に転げ落ちた――。

グラハの町の要所要所に、五十人ばかりのローレシアとサマルトリアの連合駐屯部隊《れんごうちゅうとんぶたい》の兵士たちが分散して、魔物の襲撃《しゅうげき》に備えていた。

アレンは、兵士たちが制止するのもきかず、馬を走らせた。

町は、死んだようにひっそりと静まり返っていた。街道筋にびっしりと軒《のき》を並《なら》べる宿屋や食堂、食料品店、肉屋、雑貨屋、道具屋――それらのすべての店が、ぴたりと戸を閉めていた。

あっという間に、グラハの町を駆け抜けたアレンは、さらに馬を飛ばした――。


グラハを通過してから六日目の夕方。

なだらかな丘陵を越えると、前方に、まっ赤な夕日を浴《あ》びながら、森のなかに悠然《ゆうぜん》とそびえている美しい城が姿を現した。

リンド家の居城サマルトリアの城だ。

おそらくサマルトリアもローレシアと同様、戦闘部隊や近衛兵が城内や城下の町の要所の警備についているはずだ。

やがて、人口一万三〇〇〇人の城下の町並《まちな》みが見えてくると、アレンは街道から北にそれて馬をおり、馬を引きながら、鬱蒼《うっそう》とした森の中へ入っていった。

森は、サマルトリア城の背後に連なる山まで続いていた。

アレンは、夜になるのを待って城に忍《しの》び込むつもりだった。

ひょっとしたら、通信用の伝書鳩が、「アレンが来たら引きとめろ」という知らせを、とっくにローレシアから運んでいるかもしれない、と考えたからだ。

もしそうなら、直接城下の町に入るのは危険《きけん》だ。外門で警備の兵士たちに捕《つか》まってしまうからだ。

だから、ローレシアから知らせが届いているどうかを、まずサマルトリアの王子のコナンに確かめようと思ったのだ。

城壁を見あげるところまで近づくと、日はとっぷりと落ちていた。

城壁のなかには篝火《かがりび》がたかれ、兵士たちの動きまわる姿が見えた。

アレンは、馬の手綱を木の幹《みき》にしっかりと結わえると、月が城の上空にあがるのを待って、慎重《しんちょう》に城壁をのぼり、兵士たちの隙を見て、すばやく城壁のなかに忍び込んだ。

城内や宮殿のことなら、どこに何があるか、ほとんど知っていた。というのは、ラダトームで行われる『ロト祭』への行き帰りに、アレフ七世とアレンの一行は必ずサマルトリア城に十日ほど滞《たい》在《ざい》していたからだ。

宮殿の二階の窓に明かりがひとつ灯《とも》っていた。

それは、コナンの部屋ではなく、隣《となり》の王女マリナの部屋だった。

マリナはコナンの二歳下の妹だ。リンド六世の子供はこの二人だけだ。

二人の母である王妃シーナは、マリナを出産したあと亡《な》くなっていた。

裏口からこっそり宮殿に忍び込んだアレンは、すばやく二階に駆けあがると、マリナの部屋の扉をノックした。

「だれ？」

なかからマリナの声がした。

「だれなの？」

しばらくして、マリナがいぶかしげに扉を開けた。

と、すばやくアレンはなかに潜《もぐ》り込んで、悲鳴をあげようとしたマリナの口をふさいだ。

「ぼくだよ。アレンだ」

アレンは、声を殺していった。

「……!?」

苦しそうにもがいていたマリナが、思わずアレンの顔を見た。

とたんに、脅《おび》えていたマリナの目がぱっと輝《かがや》いた。

アレンが、ほっとして手を離《はな》すと、

「アレン……!? うれしい！ 会いに来てくれたのねっ！」

いきなりマリナが抱《だ》きついた。

「あたしね、ずっとあなたのこと思っていたのよ」

「えっ……」

マリナの熱いまなざしにアレンはうろたえた。

この前会ったのは、マリナが十歳のときでまだ子供だった。

だが、今年十四歳になるマリナは、すっかり美しい少女に成長していた。

「また、大きくなったのね」

マリナは、まぶしそうにアレンを見あげた。

「それに、たくましくなったわ」

「マリナだってきれいになったよ」

「ほんと！　うれしい！」

「それより、コナンはどこ？　コナンを呼んでくれないか？」

「それがねえ……」

とたんに、マリナは顔を曇《くも》らせた。

「行方不明《ゆくえふめい》なの」

「えっ!?」

「セリアの仇《かたき》を討つって飛び出していったのよ。ハーゴンを倒すって」

「い、いつ!?」

「十四日前。ムーンペタからムーンブルクが壊滅したって連絡《れんらく》があった夜に……。おにいさま、セリアのこと愛していたから」

「そうか……」

六歳のときの『ロト祭』で、アレンとコナンとセリアの三人は、初めて会った。

セリアは、そのころからかわいくて、セリアに一目惚《ひとめぼ》れしたコナンが、会食している一同の前で、「ぼく、大人《おとな》になったらセリアと結婚するんだ!」と、宣言したことがあった。

アレンは、ふとそのときのコナンの顔を思い出した。

「でもねえ、あのおにいさまじゃねえ。からっきしだらしがないもん」

マリナは、コナンの剣の腕前のことをいっているのだ。

コナンの稽古嫌《けいこぎら》いはアレンも知っていた。

「こんなちっちゃな虫だって怖《こわ》がるくせに、身のほど知らずよ。死ぬために行ったようなもんよ。ま、気持ちは分《わ》かるけど……」

マリナはマリナなりにコナンのことを心配していた。

「あ、あのさ、ぼくのことでローレシアから何かいってきてない? 国王が何かいってなかった、ぼくのこと?」

マリナは首を横に振った。

「何かって？　何をしたの？」

「い、いや、知らなきゃいいんだ」

「今、おとうさま、おにいさまのことで、頭ぐちゃぐちゃなの」

「そうか……。実は、ぼくもハーゴンを倒すために旅に出たんだ」

「えーっ!?」

「その途中《とちゅう》で寄ってみたんだけど……」

「なーんだ。そうだったの」

マリナはがっかりして、ちょっとすねてみせると、

「あっそう……そうなの……」

上目遣《うわめづか》いで探《さぐ》るようにじっとアレンを見て、いきなり大声で叫《さけ》んだ。

「分《わ》かった！　アレンも内緒《ないしょ》で出てきたのね!?」

アレンは、ドキッとした。

「やったあ！　図星ね!?」

「ち、違《ちが》うって！　違うってば！」

マリナのカンのよさに妙《みょう》に感心しながらも、慌てて否定した。

「ほんと、アレンはうそが下手《へた》なんだから」

マリナは、自信たっぷりに白い歯を見せると、からかうようにいった。

「だって、いくらアレンのおとうさまでも、お許しするわけないじゃない！　それによ、なんで!?　なんで、泥棒《どろぼう》みたいにこっそり入ってきたの!?」

「そ、それは……」

アレンは、うろたえた。そのときだった。

「おい、マリナ！　おったぞ！　コナンのやつがなっ！」

甲冑《かっちゅう》に身を固めたリンド六世が、大きな体を揺《ゆ》すりながら、嬉々《きき》として飛び込んできた。

「リリザにおるんだそうじゃ！　たった今連絡があった！」

「ねえ、おとうさま、アレンもハーゴンを倒しに行くんですって！」

「アレン……!?」

リンド六世は、驚いてアレンを見た。

マリナにいわれて、やっとアレンがいることに気づいたのだ。

「ご無沙汰《ぶさた》しております……」

アレンは、丁重《ていちょう》に頭をさげて挨拶《あいさつ》をした。

「ま、まことか!?　ハーゴンを倒しに行くというのは!?」

リンド六世は、あ然として見つめた。

「はい」

「内緒でお城を出てきたんですって！」

また、横からマリナが口をはさんだ。

「なにっ!?」

とたんに、リンド六世の顔が険しくなった。

「ち、違います！」

アレンは、思わず嘘《うそ》をついた。

「しかと、父上のお許しを得ました」

リンド六世は、じっとアレンを見つめたまま、大きく肩で息をすると、

「まあよい。話はあとで聞こう。それより、しばらく見ないうちにすっかり立派な若者になったな」

と、顔をほころばせた。そして、

「おなかが空《す》いとるんじゃろ？」

鏡台の横の小さな円卓《えんたく》に置いてあった陶器の鈴《すず》を慣らして侍女《じじょ》を呼んだ。

4　親心

一階の食堂の食卓《しょくたく》につくと、サマルトリア産の地鶏《じどり》のシチューと温かいパンが運ばれてきた。

おいしそうな匂《にお》いが鼻をつき、アレンは急に空腹《くうふく》を覚えた。

十四日、食事らしい食事をしていなかった。アレンは、むしゃぶるように食べ始めた。

食べながら、アレンは、目の前にマリナと並んで座《すわ》っているリンド六世に、本当のことをいおうかどうか迷っていた。だが、嘘をついてもいずればれてしまう。

アレンは、大きくため息をつき、決心した。

「実は……」

食べる手を止めて、リンド六世を見た。

「マリナのいったことはほんとうなんです。ぼく、父上や執事たちに反対されたので、黙って抜け出してきたんです」

「ほら、みなさい」

マリナは、悪戯《いたずら》っぽく笑った。

「わたしも一緒についていっちゃおかな」

「マリナッ！」

思わずリンド六世が大声でたしなめた。そして、

「ま、どうせそんなことじゃないかと思っておったよ」

と、アレンにいった。

「えっ？」

「実はな、先日、アレフ七世から言《こと》づけが届いたんじゃよ」

「えっ!?　じゃ引きとめろっていってきたんですね!?」

「いや……アレンが行ったら、くれぐれもよろしく……ってな」

「よ、よろしくって⁉」

アレンは、一瞬自分の耳を疑った。

「ということは、許していただけたということですか？」

「そうなるかな」

「で、でも、どうして……⁉　あんなに反対したのに……⁉」

アレンには、どうしても信じられなかった。

「もしアレフ七世がおまえと同じ立場だったら、きっと同じことをするだろうな。どんなことをしてでも」

「父上が……？」

「きっと、おまえのなかに、若いときの自分を見つけたからかも知れんな。それで許したのじゃろう。立場上は反対であっても、内心嬉《うれ》しかったのじゃよ。おまえが飛び出すのを、内心望んでいたのかもしれん」

「で、でも……」

「いや、アレフ七世はそういう男じゃ。わしは何十年もつき合っておる。彼の気心はだれよりも知ってるつもりじゃよ」

アレンは、ハーゴンを倒しに行くといったとき、「ならん！　わしの命令は絶対だっ！」と、大声をあげて怒《おこ》ったアレフ七世の顔を思い浮《う》かべていた。

あの父上が、ほんとうは内心嬉しかったんだろうか——。もし——、もし、ほんとうにリンド六世のいうとおりだとしたら——。ほんとうにそうだったとしたら——。

アレンは、心のなかで感謝した——。

「それにしても……」

リンド六世は、じっとアレンの鎧を見つめていた。そして、

「見事な鎧じゃ……」

ぽつりとつぶやくと、

「ロトの盾が欲しいのじゃな」

と、何気ない口調でさらりといった。

「えっ？」

弾《はじ》かれたようにアレンはリンド六世を見た。

「そのために寄ったのじゃな」

「ど、どうしてそのことが……!?」

「それぐらいのことはこのわしでも察《さっ》しがつく。二十日以上かかるところを、たった十四日ですっ飛んできたんじゃからな。ロトの鎧を身につけりゃ、ロトの盾が欲しくなる。ロトの兜も、ロトの剣もな。このわしだって、ロトの血が流れておるからな。だが、残念ながら、ここにはロトの盾は

ない」

「な、ないって!?」

「コナンじゃよ。コナンが持っていったんじゃよ」

「コナンが!?」

「実は、アレン。頼《たの》みがある。リリザに行って、コナンを連れ戻《もど》してくれんか」

「えっ!?」

「どういうわけでリリザにおるのかさっぱり見当がつかんが、わしはアレフ七世のようにコナンを許すことができんのじゃよ。ロトの血をひく者として、恥《はず》かしいことかもしれん。だが、どうしてもできんのじゃ……。あの子の親としてな……」

いつの間にか、リンド六世の目から大きな涙《なみだ》が流れていた。

「わしは、コナンが出ていってから、ろくに寝《ね》てないんじゃ。心配で心配でな……」

「でも、もしコナンがいやだといったら……?」

「縄《なわ》を巻いてでも、連れ戻してくれ。コナンは強情なところがあるから、後悔《こうかい》していても素直に帰ってこれないでおるのかもしれん。たとえ、コナンの決意が固いとしても、コナンには何ひとつできんじゃろう。体だって弱いし、ちょっとした病気でもすぐ寝込《ねこ》んでしまう子なんじゃ。とても、ハーゴンどころじゃない。あの腕前じゃ、その辺のスライムにだって、かないっこない。あの子が魔物に殺される夢《ゆめ》に、何度うなされたことか。たったひとりでリリザに行ったようじゃが、あの子にしては奇跡《きせき》に近いことなんじゃよ。あの子のことは、親のこのわしが一番よく知っておる。頼む、アレン。このとおりじゃ！」

リンド六世は、涙をぬぐって、深々と頭をさげた――。

翌朝《よくちょう》――。

城下の外門まで送ってくれたリンド六世とマリナに別れを告げると、アレンは思いっきり馬の腹を蹴《け》った。

ローレシア街道を走り去るアレンの馬を見送りながら、リンド六世は、はっきりと自分の覚悟《かくご》を決めなければならないときが近づいていることを感じていた。

昨夜《さくや》から、ずっとコナンのことを考えていた。

もし、コナンが帰らなかったらどうしよう。そのことばかりを考えていた。

だが、明け方。東の空にゆっくり昇《のぼ》ってきた美しい朝日を見て、ふと思った。

どうしてもコナンの意志と決意が変わらないなら、コナンの思うようにやらせるべきではないか――と。

「正義」と「勇気」と「平和を愛する心」があるかぎり、精霊《せいれい》ルビスが、そして勇者ロトとアレフが、守ってくれるのではないか――と。

コナンも、やっとそこまで大人になったという証《あかし》なのだ。コナンだって、勇者ロトの血をひく者なのだ。もし不幸にも、命を落とすようなことがあったら、それはそれで運命としてあきらめよう。親として、子にしてやれることは、今はそれしかないのだ――。もし、コナンが帰ってこなくても――と。


いつの間にか、なだらかな丘陵の向こうに、アレンの姿が消えていた。

一陣《いちじん》の風が、音をたてながら、通りすぎていった。

それでいいだろう、シーナ――。それで――。

リンド六世は、心のなかで亡き王妃に問うた。

そして、精霊ルビスと勇者ロトとアレフに祈《いの》りを捧《ささ》げた。

どうか、勇者ロトの血をひく者たちの行く手に光を――と。

5　魔物たち

不気味にそびえるロンダルキア山脈――。

その山脈の南に位置する巨大な洞窟《どうくつ》のなかでのことだ。

「なにっ、まだ王女の手がかりがつかめぬというのかっ！」

空色のローブに藍《あい》色のマントを身にまとった悪魔神官《あくましんかん》が、思わず近衛軍団の幹部たちを睨みつけた。

ローブの胸に、魔鳥《まちょう》が飛翔する黒の紋章がある。大神官ハーゴンを崇《あが》める邪教徒《じゃきょうと》の紋章だ。

悪魔神官は、布教活動を行う地区本部全体を統轄《とうかつ》する最高責任者だ。

ちょうど近衛司令官のベリアルが、その直属の部下であるバズズ、アトラス、アークデーモンらの連隊長と談合《だんごう》していたところに踏み込んで、ムーンブルク襲撃後の情報を問いただしたのだ。

この近衛軍団は、ハーゴンが魔界と手を結んだのち、戦闘部隊として魔界から派遣《はけん》されてきた凶暴な軍団で、ムーンブルクを一夜のもとに壊滅した張本人たちだ。

昔からハーゴンに仕えてきた悪魔神官を中心とする人間の集団と、新たに派遣されてきたベリアルを中心とする魔物の軍団は、ことあるごとに対立していた。

悪魔神官の強い口調に、魔物軍団の連隊長たちが、さっと顔色を変えて悪魔神官を睨み返した。

だが、さすがに司令官のベリアルだけは、悠然《ゆうぜん》として薄笑《うすわら》いを浮かべたままだ。

今回のムーンブルク襲撃の目的は、ムーンブルクの王女を捕《とら》えることであった。

そこで、近衛軍団は独断《どくだん》でいきなりムーンブルクを襲撃し、王女を強奪《ごうだつ》しようとした。

だが、どこを捜《さが》しても王女の姿はなかった。

近衛軍団は、焼け落ちた城下の町や城内に転がる無数の死体を調べたが、それらしきものを発見できなかった。

結果として、ただ破壊《はかい》と殺戮《さつりく》を繰り返したにすぎなかった。

その後、手分けして王女の情報を集めたが、これといった手がかりをつかめないまま、今日に到《いた》ったのだ。

「そもそも、なんでわしに相談なしにムーンブルクを襲撃《しゅうげき》したのだっ!?　ムーンブルクを襲うときは、このわしに相談すると約束《やくそく》したはずだっ！　あれほど勝手に行動するなと忠告したではないかっ！」

悪魔神官はついに、我慢《がまん》の限界に達したようだ。

「わが宗派の目的はむやみに人間を殺すことではない！　多くの人間をわれわれの組織に入れて悪の道へと導くのが目的なのだ！　悪の世界をこの世に構築するのが、大神官ハーゴンさまの教えなのだっ！　王女なしでどうやって邪神《じゃしん》の像を手に入れられようぞ！　大神官ハーゴンさまに、なんといって報告すればいいのだっ！」

「黙《だま》れ！　黙れいっ！」

アトラスが、カッとなって恐《おそ》ろしい眼ですごんだ。

「人間の分際《ぶんざい》でわれわれに説教するというのかっ!?」

「な、なにっ!?」

「魔物の力は万能《ばんのう》だ！」

「そのとおりだ！　われわれの力でなんとでもしてみせようぞ！」

バズズも怒鳴《どな》り声をあげ、

「貴様《きさま》ら人間どもの指図《さしず》なぞ受けん！」

アークデーモンも怒鳴った。

そのときだった。突然、澄《す》んだ美しい音色《ねいろ》が静かに流れてきた。

笛《ふえ》の音《ね》だった――。

いがみ合っていた一同が、思わず笛の音のする方を見た。

洞窟の横に大きな穴《あな》があった。いわば、巨大な洞窟の窓のようなものだ。

その穴の先に突き出た岩に腰かけて、ひとりの若者が横笛を吹《ふ》いていた。

腰まで伸《の》びた長い髪が、首のところでひとつに束《たば》ねてある。

そのはるか向こうの西の険しい山脈に、まっ赤な夕日がいまにも沈《しず》もうとしていた。

心にしみるような美しい音色だった。だが、どこか物哀《ものがな》しい旋律《メロディー》だ。

と、さっきまで悠然としていたベリアルが、とたんに顔を引きつらせて苛立《いらだ》ち始め、いきなり若者を怒鳴りつけた。

「ええいっ！　やめぬかっ！」

だが、若者は無視して、笛を吹き続けた。

「やめいっ！　やめいっ！　やめいっ！　そんな音なぞ聞きたくもないわっ！」

ベリアルは、さらに怒鳴りつづけた。

いつも冷静なベリアルにしては珍《めずら》しいことだった。

若者は、おもむろに唇《くちびる》から笛を離すと、くるりと振り向いた。

風が吹き抜けて、長い髪が揺れた。

日に焼けた黒い顔をしていた。だが、その目は氷のように冷たかった。

また風が吹き抜けていった。

と、若者の姿が、風とともにすーっと消えた。

「ふんっ！　あんなものがいいとはふしぎなものよなっ、人間はっ！」

と、吐き捨てるようにいうと、悪魔神官を鋭くにらみつけた。

「とにかく、わしらはわしらの流儀《りゅうぎ》で、大神官の手助けをするまで！　二度とわしらに指図するような真似《まね》は許さん！　よーく心にとめておくんだなっ！」

「うぬぬっ！」

悪魔神官は、キッと唇を噛《か》みしめた。

握りしめた拳《こぶし》は、怒りにわなわなと震えていた。

だが、それ以上なにもいえなかった――。

6　王子コナン

国境の宿場町グラハまで戻ったアレンは、今度は南街道をまっすぐ南下した。

そして、サマルトリアを発《た》ってから八日目の夕方、やっとリリザの町に着いた。

人口八〇〇〇人のリリザの町は、ローレシア国第二の町で、この地方の交易の中心地として栄えていた。

かつてはローレシア城の重要な出城《でしろ》だったが、北方にサマルトリアが建国されると、その役目を終え、城壁のなかに町がつくられた。

城壁の門や町の要所には、およそ三〇〇人ばかりのローレシアの駐屯部隊が、魔物の襲撃に備えて警備していた。

だが、町のなかは活気があった。すでに『ムーンブルク壊滅』の報から二十日以上経《た》っていたので、町の人々からはいくらか緊張感が消え、もとの暮《く》らしに戻りつつあるようだった。

町の中央に聖堂があり、その聖堂前の広場を中心に、四方に通りがのびている。

アレンは、町に三軒《さんげん》あるという宿屋を訪ねて、コナンを捜した。

三軒目のレンガ造りの小さな宿に行くと、玄関前に二人の武装した兵士が、所在《しょざい》なげにぶらぶらしていた。

よく見ると、コナンを追跡《ついせき》してきたサマルトリアの兵士だった。ローレシアとサマルトリアの兵士たちの甲冑《かっちゅう》はほとんど同じで、わずかに額《ひたい》と胸の紋章が違うだけだった。

アレンは、自分の名を名乗り、リンド六世に頼まれてコナンを連れ戻しに来たと告げると、兵士たちはさすがにほっとしたようだ。

コナンは二階の部屋に閉じこもったままで、部屋に入ろうとすると、舌を噛むとか腹を切って死ぬとかいってわめき散らすので、ほとほと手を焼いていたのだ。

アレンは、兵士たちを外に待たせて二階へあがり、コナンの部屋の扉を叩いた。

「おい、コナン！　開けてくれ！」

「うるさーい！」

すかさずコナンの怒鳴り散らす声が飛んできた。

「とっととサマルトリアへ帰れ！　これ以上いたらクビだぞっ！」

「おい、ぼくだよコナン！　アレンだ！」

「アレン……？」

「そうだよ！　ローレシアのアレンさ！　さあ開けてくれよ！」

とたんに、コナンの声がしなくなった。

「おい、聞こえてるのか!?　アレンだよ！　開けてくれ！」

しばらくすると、扉がほんの少しだけ開いて、コナンがその隙間から顔をのぞかせた。

額のまんなかに、三日月の切り傷《きず》のあとがある。十年前、アレンがつけたものだ。

ロト祭でラダトームに行ったときのことだ。アレンとセリアが遊んでいるところに突然コナンが飛び込んできて、「セリアと仲よくするなっ！　決闘《けっとう》だっ！」と、おもちゃの剣を振りまわした。

だが、アレンがすばやくかわして剣を取りあげようとしたとき、あやまって剣の刃先《はさき》を額に突き刺してしまったのだ。驚いたセリアは突然泣き出してしまった。顔中が血まみれになるほどの大きな傷だった――。

コナンは、むっとしたままアレンを見あげていった。

「チェッ。また伸びやがったな……」

四年前に会ったときも、コナンの第一声は同じセリフだった。

アレンはたしかに十六歳にしてはかなり大きい方だ。

コナンも決して小さい方ではないが、どうもアレンの背丈《せたけ》に劣等《れっとう》感を抱《いだ》いているようだ。

「なにしに来たんだよ？」

「そんないい方ないだろ？　四年振りに会ったんだぜ。開けろよ！」

「父上に頼まれてきたな!?」

「ああ……。とにかく入れてくれよ」

「だめだ！」

コナンは扉を閉めようとしたが、一瞬早く、アレンが靴《くつ》の先を扉の隙間にはさんでいた。

ほんのしばらく扉を引っ張り合ったが、アレンが強引に扉を開けて部屋に入ると、コナンは不貞《ふて》腐《くさ》れてベッドに仰向《あおむ》けになった。

「ぼくは、帰らないぜ。セリアの仇《かたき》を討つまではなっ」

「だったら、なぜこんなとこに閉じこもってんだよ」

コナンは、むっとしてアレンを睨んだ。

「おまえにぼくの気持ちなんかわかるか」

「どうして?」

「どうしてって……ここを動けないんだよ」

そういってコナンは唇を噛んで押し黙ったが、しばらくしてやっと口を開いた。

「今回ほど、腕の立つやつが羨《うらや》ましいと思ったことはないぜ……」

そして、ぽつりぽつりと話し始めた。

サマルトリア城を出たコナンは、ロンダルキア大陸にわたるためにローラの門をめざして馬を飛ばした。

だが、その夜、魔物の山ねずみに襲われ、なんとか逃《に》げたが、深い森のなかで迷ってしまった。

その後、何度も巨大な毒蛇《どくへび》のキングコブラや大アリのラリホーアントなどの魔物に襲われ、ひたすら逃げまくっているうちに、方向違いのリリザの町にたどり着いたのだ——。

「とにかくさ、一度サマルトリアへ帰ろう。おじさん、すごく心配してたぜ。夜も眠《ねむ》れないってな……」

「まさかおまえ、父上の涙にだまされたんじゃないだろうな?」

「だまされた?」

「あれで結構芝居《しばい》がうまいのさ。ちょっと臭《くさ》いけどな」

そういいながら、コナンの目はアレンのロトの鎧に釘《くぎ》づけになっていた。

「アレン。それ、もしかして……」

「ロトの鎧だ」

「やはりそうか……。ま、まさか、おまえ……!? おまえもハーゴンを倒すために城を出たんだな!?」

「い、いや、それは……」

アレンは、いい澱《よど》んだ。

コナンを連れ戻すには、そのことをコナンに知られてはまずいと思っていたからだ。

「だって、六歳のときのロト祭で、セリアとぼくにいったんだぜ。もし、なんかあったら城にあるロトの鎧をつけて立ちあがるって。そうか、わかったぜ! おまえ、ぼくを城に帰してひとりでハーゴンを倒しに行く気だなっ!? おまえってやつは、いつだってそうだ! いつだって、ひとりでいい子になりたがるんだ!」

「そ、そんなんじゃない!」

「ぼくは帰らないぞ! 二度と帰らない覚悟で飛び出したんだからなっ!」

「だけど、ぼくは約束したんだ! おまえを連れて帰るって!」

「そんな約束なんか破っちまえ! ぼくはセリアの仇《かたき》を討つんだ!」

いきなりコナンは剣を抜いて身構えた。

「な、なにするんだ!?」

「どうしてもおまえひとりで行くなら、ぼくを斬《き》ってから行けーっ!」

そう叫びながら猛然《もうぜん》とアレンに斬りかかった。

「うわあっ!」

アレンは、慌ててかわして逃げたが、

「だれがひとりでなんか行かせるもんかっ！」

コナンは、剣を振りまわしながらなおも斬りかかった。

「ぼくだってな、ロトの血が流れてるんだ！」

「やめろ、コナン！」

アレンは、必死にかわしながら叫んだ。

「くそっ！　くそっ！　くそっ！」

コナンは、力任せにメチャクチャ剣を振りまわした。

そして、アレンを壁《かべ》に追いつめると、

「はあ、はあ、はあ……！」

肩で激しく息をしながら、剣を握り直して構えた。

「わかった、コナン！　そこまでいうなら一緒に行こう！」

しかし、コナンは信じようとしなかった。じっと鋭い目で睨みつけたままだ。

「ほんとうだ！　信じてくれよ！　一緒にハーゴンを倒そう！　セリアの仇を討つんだ！」

コナンはまだ睨みつけていた。だが、おもむろに剣をおろすと、

「よし、約束したぜ！」

といって、ベッドの下から鏡のような光沢の盾を取り出すと、

「これがそのしるしだっ！」

アレンに放り投げた。

「こ、これはっ⁉」

アレンは、目を見張った。

盾のまわりに黄金色の縁どりがしてあり、中央には同じ黄金色の美しい紋章があった。不死鳥が翼を広げて飛翔している紋章だ。ロトの鎧の胸にある、ロトのしるしと同じ紋章だった。

「こ、これがロトの盾か……」

アレンは把手《とって》を握りしめた。

ぴたりと手に吸いつくような不思議な感触《かんしょく》がした。

「今のぼくには邪魔《じゃま》なだけさ」

そういって、コナンはにやりと笑うと、

「こっちの方がぼくの性格に合っている」

懐《ふところ》からぼろぼろの古文書《こもんじょ》のような書物を取り出した。呪文《じゅもん》の書物だった。

「独学でやってるのさ。もう少しでなんとかなる」

「コナン、ひとつ条件がある」

「条件⁉」

「呪文もいいが、剣の腕をあげろ。みっちり稽古をつけてやる。おじさんと約束した手前おまえが死んだら困るからな」

「わかったよ……」

コナンはしぶしぶ答えた。


その夜――。

アレンとコナンは、サマルトリアの兵士の目を盗《ぬす》んで、リリザの町を抜け出した。

もちろん、宿にはリンド六世への手紙を残した。

『リンド六世、約束を破ったこと、お許しください。ハーゴンを倒して帰るまで、命に代えても
コナンをお守りします』――と。

第二章　悲劇の王女

ロンダルキア大陸の北端《ほくたん》の半島の目と鼻の先に、風光明媚《ふうこうめいび》な海岸が広がっている。

ローレシア大陸で最《もっと》も美しい海岸といわれ、いつもなら夏の間たくさんの避暑客《ひしょきゃく》で賑《にぎ》わうところだ。

またここは、かつて新天地を求めて航海を続けていたアレフが、初めてローレシア大陸に上陸した記念すべきところであり、のちに王妃《おうひ》ローラの別荘《べっそう》が建てられたところでもあった。

この海岸の西の岬《みさき》に、荘厳華麗《そうごんかれい》な大理石の門が建っている。ローラの門だ。

この門から、海底の隧道《トンネル》を通って、ロンダルキア大陸の北端へとわたることができる。

ローレシアとムーンブルクを結ぶ唯一《ゆいいつ》の道だ。

もともとこの海底の隧道《トンネル》は、二七〇年ほど前、ムーンブルク国が、当時のローレシア大陸を支配していた蛮族《ばんぞく》を攻略《こうりゃく》するために、秘密に掘《ほ》り始めたものだった。

魔神《まじん》を崇《あが》める蛮族は、たびたびムーンブルク国を襲撃《しゅうげき》していたからだ。

だが、完成前に、この大陸に恐《おそ》ろしい悪性の疫病《えきびょう》が大流行し、蛮族はあっという間に滅亡《めつぼう》してしまった。

そのことは、ムーンブルク国にとって、幸運であった。もし、隧道《トンネル》が完成し、蛮族を攻略していたら、ムーンブルクにも疫病が伝染《でんせん》し、蛮族と同じ運命をたどっていたかも知《し》れないからだ。

その後、アレフが上陸するまで、疫病を恐れて誰《だれ》もローレシアに近づこうとしなかった。

だが、アレフがローレシアを支配し、王女がムーンブルクの王子に嫁《とつ》ぐと、王妃ローラがその祝いの記念として友好の証《あかし》のために、両国をひとつの道で結ぶべきだと提唱《ていしょう》し、四年の歳月《さいげつ》をかけてやっとこの隧道《トンネル》が完成した。

そのことから、この門がローラの門と呼ばれるようになった。

リリザの町を出て十日後、ローラの門にたどり着いたアレンとコナンは、この長い隧道《トンネル》を抜けて、ムーンブルク大陸の北端へ渡った。

ここから、月光街道《げっこうかいどう》がまっすぐ南下し、ムーンペタの町をへて、ムーンブルク城へと続いている。

暦は、夏の牛頭神《ミノタウルス》の月から、秋の一角獣《ユニコーン》の月に替わっていた。

1　商都ムーンペタ

アレンとコナンは、なだらかな丘陵《きゅうりょう》地帯にえんえんと続く、陽炎《かげろう》の立つ古い石畳《いしだたみ》の月光街道を、ムーンペタに向けて馬を走らせた。

リリザからここへ来るまで、二人は何度も魔物《まもの》に襲《おそ》われた。

緑色の巨大《きょだい》な吸血コウモリのタホドラキーは、いきなり上空から攻撃《こうげき》してきたし、毒ガスの塊《かたまり》のスモークは、毒を吐《は》き散らしながらしつこく襲いかかってきた。

アレンは、毎日最低二時間を、コナンの剣《けん》の稽古《けいこ》に当てていたが、コナンは剣のことよりも呪文《じゅもん》の習練に執着《しゅうちゃく》していて、決していい弟子《でし》とはいえなかった。

そして、魔物に襲われると、コナンはただ悲鳴をあげて逃《に》げまわりながら、やたら呪文を連発するだけだった。

呪文は一度として効《き》いたためしがなかった。そのたびにコナンは自信を失っていった。

また、魔物への警戒《けいかい》と緊張《きんちょう》と、慣れない旅の疲《つか》れからか、コナンの顔から精気が薄《うす》れ、頬《ほお》はげっそりと落ち、ローラの門にたどり着いたころから、ほとんど口もきかなくなっていた。

ただ、決して弱音《よわね》を吐こうとはしなかった。それだけが、救いだった。

ローラの門を通過して、三日目の晩《ばん》のこと。

街道脇《かいどうわき》の小川のほとりに野宿をするために、アレンが木の幹に馬をつなごうとして、背中に殺気を感じ、

「あっ!?」

振《ふ》り向くと、目の前に、鋭《するど》い爪《つめ》を剥《む》き出しにした凶暴《きょうぼう》な魔物が迫《せま》っていた。

アレンより二まわりも三まわりも大きい、巨大な猿《さる》の化《ば》け物《もの》だった。

凶暴で、巨体《きょたい》のわりには身の軽い、マンドリルだ。

だが、アレンが、すばやく身をかわして剣に手をかけたとき、馬が脅《おび》えて、いきなり前脚《まえあし》をあげて激しく暴れ出した。

アレンは、馬を押さえようとして、必死に手綱《たづな》を引き寄せて、

「うっ！」

アレンは、顔を大きく歪《ゆが》め、がくっと片膝《かたひざ》をついた。

左腕《ひだりうで》に激痛《げきつう》が走り、軽いめまいを覚えた。

隙をついて、マンドリルの鋭い爪が、左腕をえぐったのだ。

ざっくりと開いた傷口から、まっ赤な鮮血《せんけつ》が噴《ふ》き出していた。

身をひるがえしたマンドリルは、空中で一転しながら爪を立ててふたたび襲いかかった。

アレンは体勢を立て直し剣を振りかざした。

だが、マンドリルの動きが、アレンよりも一瞬《いっしゅん》早かった。

――しまった！　アレンは思わず観念した。そのときだった。

両足をしっかりと踏《ふ》ん張り、頭上で高々と印《いん》を結んだコナンが、

「炎《ほのお》の精霊《せいれい》よ！　われに力を！　紅蓮《ぐれん》の業火《ごうか》を！」

ギラの呪文を唱《とな》え、

「たーっ！」

渾身《こんしん》の力で印を結んだ手を胸の前まで振りおろした。

その指先から真紅《しんく》の火炎《かえん》の球《たま》が、いきおいよく飛び出して、すさまじい炎の嵐《あらし》となってマンドリルの全身を包み込んだ。

「ギャオーォ！」

マンドリルは宙に浮《う》いたまま悲鳴をあげてもがいた。

体毛の焼け焦《こ》げるきな臭《くさ》い匂《にお》いが、剣をかざしていたアレンの鼻をついた。

「うりゃぁぁっ！」

すかさずアレンが、両手で思いっきり剣を振りおろしてマンドリルの肩口《かたぐち》を斬《き》り裂《さ》くと、返す剣でその心臓《しんぞう》を突《つ》き刺《さ》した。

黄色の鮮血があたり一面に散った。

マンドリルは、地響《じひび》きをたてて崩《くず》れ落ち、二度と動かなかった。

突然《とつぜん》、コナンは、その場にへなへなとだらしなく座り込んでしまった。

呪文は、瞬時《しゅんじ》にして体力や精力を消耗《しょうもう》させるのだ。

「き、効いたあっ……」

コナンは、やっと声を出し、信じられないような顔で、自分の指先を見つめていたが、徐々《じょじょ》にその顔が嬉々《きき》と輝《かがや》いてきた。

「やったあっ……！　やったぜ……！」

コナンは、ふらつきながらもなんとか立ちあがった。

「み、見ただろ、アレン！　なっ！　見ただろっ！」

コナンは、やたら興奮していた。初めて効いたのだから無理もなかった。

「あきらめなくてよかった」

コナンは白い歯を見せて笑うと、

「これでなんとかぼくも役に立てそうだぜ。アレンにもしものことがあったら、マリナに申《もう》し訳《わけ》ないからな」

そういいながら、アレンの傷の手当てを手伝った。

「マリナに？」

「ああ。だって、あいつおまえのこと好きなんだぜ。ずっと前から」

「えっ!?」

アレンは、サマルトリア城でじっと自分を見つめたマリナの、妙《みょう》に大人《おとな》びた熱いまなざしを、ふと思い出した。

「おまえと結婚《けっこん》する気でいるぜ。父上もすっかりその気でな、マリナが十六になったらおまえの父上に正式に申し込むといっていた」

「そ、そんな」

「ま、よろしく頼《たの》むぜ。結構《けっこう》あれでもかわいいとこあんだからさ」

「勝手に決めるなよ。親子そろって……」

アレンは、呆《あき》れて大きなため息をついた。

だが、このことをきっかけに、コナンに前の明るさが戻《もど》った——。


そして、ローラの門を通過してから十六日目の昼過ぎのこと。

前方のなだらかな丘《おか》の上に、聖堂の尖塔《せんとう》が見え、その丘をいきおいよく馬でのぼりきると、目の前の谷間に、川と城壁《じょうへき》に囲まれた美しいムーンペタの町並《まちな》みが広がっていた。

ムーンブルクの商都と呼ばれるこのムーンペタは、三〇〇年ほど前まではムーンブルク城の要塞《ようさい》であったが、その後ムーンブルクの経済や文化の中心として栄えてきた、人口二万を越《こ》すムーンブルク一の都市だ。

そして、ファン一〇三世の命《めい》を受けたファン家遠縁《とおえん》の貴族と、大聖堂の大司教《だいしきょう》、町を代表する豪商《ごうしょう》の三者が、合議制で行政を司《つかさど》り、ムーンブルク城直属《ちょくぞく》の常駐《じょうちゅう》部隊《ぶたい》によって、町は守られてきたのだ。

月光街道の中心として、商品や物資を運ぶ旅人や隊商《キャラバン》で賑わうこの町は、別名出会いの町とも呼ばれていた。

昔、旅の途中《とちゅう》立ち寄った勇者アレフの長女が、お忍《しの》びで来ていたムーンブルクの王子に見初《みそ》められたのもこの町だった。

強固な城壁の門に着くと、警備についていたムーンブルク軍の常駐部隊が、ただちにアレンとコナンを取り調べた。

だが、身元がわかると兵士たちはさっと顔色を変え、横柄《おうへい》な態度を一変させて、丁重《ていちょう》に城門のなかに招き入れると、報告を受けた三十代半《なか》ばの小隊長が慌てて飛んで来て、二人をファン家の遠縁に当たる貴族の館《やかた》へ案内した。

通りや角《かど》の空き地には、大勢の人たちがたむろしていた。男もいれば、老婆《ろうば》もいる。乳呑《ちの》み児《ご》を抱《かか》えた女や、子供たちもいる。それは、異様《いよう》な光景だった。

小隊長の説明によれば、ムーンブルク城の近隣《きんりん》の村から、着のみ着のまま逃げてきた難民《なんみん》たちだという。

その数はすでに七〇〇〇人を越え、この町の人口の三分の一にもなろうとしていたのだ。

難民たちは、町の庁舎《ちょうしゃ》や大聖堂、集会所、教会などのさまざまな施設《しせつ》に収容されているのだが、何もすることがないので、暇《ひま》を持てあましているのだという。

そして、ムーンブルク城が壊滅《かいめつ》してから五十日になろうとしている今なお、数多くの難民たちが助けを求めて、毎日のようにムーンペタに来ていて、最終的にその数がどれぐらいになるのかは、想像すらつかないのだという。

また、今は二〇〇〇人の常駐部隊と町の有志で編成された一〇〇〇人の自警団が町の警備に当たっているが、近いうちにこの難民たちから二〇〇〇人の兵を募《つの》って警備を強化することになっている、とも説明してくれた。

町の中心にある大聖堂の前の広場には、さらに多くの難民たちがたむろしていた。

広場を抜けると、目の前の丘に、城壁に囲まれた貴族の館が見えてきた。

かつて要塞の城が置かれていたあとが、そのまま館として使われているのだ。

ローレシア城やサマルトリア城とは比べようもないほど小規模《しょうきぼ》だが、荘重《そうちょう》な三層の館は、さすがに歴史の重みを感じさせるものがあった。

警備の兵士たちが館の門を開け、二人が小隊長に続いてなかに入ろうとしたときだった。

突然、門の外にいた白い子犬が吠《ほ》えながら二人に駆《か》け寄ってきた。

「しっしっ！　あっちへ行け！」

小隊長は、子犬を追い払《はら》おうとしたが、子犬はなおも吠え続けた。

「ええいっ！　うるさいやつだ！　あっちへ行かんかっ！」

小隊長は、剣を振りまわして子犬を追い払うと、

「二十日ほど前からこのあたりでうろついて困っているのですよ。どうせ、難民と一緒《いっしょ》にどこからか流れてきたのでしょう」

そういいながら兵士たちに門を閉じさせた。

本館の客間に現れた当主のキゲル四十世は、小柄《こがら》で痩《や》せていたが、七十八歳の高齢とは思えないほど元気だった。

アレンとコナンは、さっそくムーンブルク城の様子を尋《たず》ねた。

『ムーンブルク城壊滅・国王以下全員討死《うちじに》』の報を聞いただけで、具体的なことは何ひとつわかっていなかった。すべてが想像の域を出ていなかったからだ。

「実は……」

キゲル四十世は、顔を曇《くも》らせると、

「わしらにもはっきりしたことがわからんので、三十騎《き》の特別隊をムーンブルク城に派遣《はけん》したんですよ。その特別隊が、数日前戻って来たんですが……」

と、いって大きくため息をついて、肩を落とした。

「城も城下も……あまりにもすさまじい惨状《さんじょう》でしてな。いたるところに、無数の死体が転がっておったそうです。みな、肉を喰《く》い千切《ちぎ》られたり、腐敗《ふはい》してたりして、兵士なのか侍女《じじょ》なのかも、判別できないほどだったそうです……」

「じゃあ、国王たちはやっぱり!?」

すかさずアレンが聞いた。

「……」

キゲル四十世は、いまにも泣き出しそうな顔で、力なくうなずいた。

「折り重なった死体のそばに、国王の剣と兜《かぶと》が落ちてたそうです……。できることなら、このわしが身代わりになりたかった——。この年まで生きてきて、まさかこのようなことになるとは……」

「じゃあ王女は!?　セリアは!?」

コナンが聞いた。

キゲル四十世は、黙《だま》って首を横に振った。

「で、でも！」

コナンは詰《つ》め寄った。

「も、もしかしたら、どっかに隠《かく》れているのかもしれないじゃないか!?　助けが来るのを待っているのかもしれないじゃないか!?」

「わしもそう願いたい――。だが、そのような気配はまったくなかったそうです」

「そ、そんな！　もう一度よく調べようよ！」

「いや、残念だが、今は手のほどこしようがありません。それに、今はこの町を守るだけで精一杯《せいいっぱい》なんです。あれ以来……ハーゴン配下の魔物たちの動きが静かだが、わしにはどうしてもやつらに見張られているような気がしてならんのですよ。ひょっとしたら、この町の警備が手薄《てうす》になるのを待っておるのかもしれん……。とにかく、なんとしてもこの町だけは守らなければならんのです。そして、いつの日か、国王のためにもムーンブルク城を再建せねばならんのです。それが、残されたこのわしの役目です！　それまではこのわしはどうしても死ねんのですよ……！」

いつの間にか、キゲル四十世の目に大粒《おおつぶ》の涙《なみだ》が浮かんでいた。

その涙を見て、コナンはそれ以上いうのをやめた。

その夜、二人は、キゲル四十世の厚いもてなしを受けた。

食卓《しょくたく》には、ムーンペタ風燻製《くんせい》ハムとサラダ、子山羊《こやぎ》とトマトのスープ、焼きジャガイモと辛味《からみ》のきいた赤大根と瓜《うり》のソース添《ぞ》えの鹿肉《しかにく》、木苺《きいちご》や林檎《りんご》などの果物《くだもの》など、この地方の郷土料理がたくさん並んだ。

緊張下において、これだけの料理を用意するのは大変なことだ。

二人は、精一杯もてなそうとするキゲル四十世の気持ちに感謝した。

そして、柔《やわ》らかなベッドで、翌日の昼近くまで死んだようにぐっすり眠《ねむ》ると、キゲル四十世に見送られて、ムーンペタの町を出発した。

キゲル四十世はムーンブルク城に行っても無駄《むだ》だといって反対したが、アレンとコナンの決意は変わらなかった。

どうしても、自分の目で確かめなければ気がすまないからだ。

町の城門を出てすぐ、二人は昨日《きのう》の子犬が必死に追ってくるのに気づいた。

二人は、どちらからともなく馬を止めて降りると、子犬はいきなりコナンに抱《だ》きついて、しきりにコナンの額の三日月《みかづき》の傷あとを舐《な》め始めた。

「人なつっこいやつだな。だけどおまえを連れていくわけにはいかないんだ」

そういって子犬の頭をなでると、二人はふたたび馬に跨《また》がって、

「そりゃあ!」

いきおいよく馬を飛ばした。

子犬はまた、必死に二人を追った。

だが、どんどん二人との距離《きょり》が離《はな》れていった。

やがて二人の姿が月光街道のはるかかなたに消えると、子犬は追うのをあきらめた。

そして、哀《かな》しそうな声で遠吠えをした。

2　哀《あわ》れムーンブルク城

暦《こよみ》の上では初秋を迎《むか》えていたが、照りつける太陽はまだ真夏を思わせた。

だが、朝晩は、めっきり冷え込むようになっていた。

月光街道を三日ほど南下すると、道は西へ向かって大きく曲がっていた。

街道筋にはたくさんの村や民家があった。すでに逃げ出して、廃墟になっている村もあれば、人々がひっそりと家のなかに閉じこもっている村もあった。

道中、アレンとコナンは、何度も難民たちとすれ違《ちが》った。

難民は、二、三十人の集団もあれば、一〇〇人近いものもあった。

荷車にわずかな家財道具と老人や子供たちを乗せ、黙々《もくもく》とムーンペタの町をめざして行進していた。

また、途中、何度も魔物に襲われた。

なかでも、群れをなして襲ってきた巨大なハエのリザードフライと、固い表皮を持つ巨大な兜ムカデが特に手強《てごわ》かった。

だが、マンドリルとの闘《たたか》いでコツと自信をつかんだコナンは、さらに呪文の練習を積み、ギラの呪文の火力はより強力になっていた。

また、ギラのほかに、敵の魔法《まほう》を封《ふう》じ込めてしまうマホトーンや、闘いで受けた傷をいやすホイミの呪文も習得していた。

コナンは、群れをなして激しく跳《と》びまわりながら攻撃してくるリザードフライたちに次々にギラの火炎の球《たま》を浴びせ、ひるんだ隙にアレンが片《かた》っ端《ぱし》から斬り落とした。

また、何本もの足でしめつけてくる兜ムカデにもコナンのギラの火炎の嵐が炸裂《さくれつ》し、宙に大きく跳んだアレンが、剣を振りおろして強固な表皮を斬り裂いた。

ムーンペタを出て十四日目の夜のこと――。

アレンとコナンは、野宿に適した岩場を探《さが》しながら、馬を飛ばしていた。

激しい稲光《いなびかり》が上空の暗雲を斬り裂き、秋の季節にはふさわしくない、生ぬるい、ねっとりと肌《はだ》にまとわりつくような風が吹いていた。

と、ピカーッ――いちだんと激しい稲光がした。

「あっ!?」

二人は、同時に声をあげた。

その稲光に照らし出されて、ほんの一瞬だが、前方の丘の上に、黒々とした不気味な城が浮かびあがったのだ。

「ムーンブルク城だ！」

二人は、さらに馬を飛ばした。

そして、城下の街門の前に馬をつなぎ、廃墟と化した町に入って、

「うあっ！」

思わず悲鳴をあげて、顔をそむけた。

石畳の路上に、無数の白骨化《はっこつか》した死体が転がっていて、腐敗臭《ふはいしゅう》が漂《ただよ》っていた。

骨の大きさと、ぼろぼろに破れた衣服の残りや、身にまとっている甲冑《かっちゅう》から、かろうじて大人《おとな》か子供か、あるいは兵士のものかが判別できた。

「ひどいや、これは……！」

鼻と口を押さえながら、アレンはコナンと顔を見合わせると、さらに町の中央にある焼け落ちて骨組だけがかろうじて残っている大聖堂の前の広場へと進んだ。

稲光が、いたるところに転がっている死体を照らし出した。

くそっ、ハーゴンめっー！　アレンの胸の奥《おく》から、新たな怒《いか》りが込みあげてきた。そのときだった。背中にぞっと冷たいものを感じたのは。

アレンは、振り返って、

「うわあっ!」

すさまじい悲鳴をあげて、数歩飛び退《の》いた。

コナンも、腰《こし》を抜かして、

「あ、あ、あ、あ、あ……」

と、まっ青《さお》になってわなわな震《ふる》えるだけで、声すら出なかった。

全身の肉がどろどろに溶《と》けた男が、両手をだらんとさげて、ぼーっと突っ立っていた。

額から溶けた肉が右眼《みぎめ》をふさぎ、左眼の肉は頬の方に溶け落ちて、穴の開いたその左の眼窩《がんか》が異様な赤い光を帯びている。全身からは、息がつまるような強烈《きょうれつ》な腐敗臭を放っていた。ハーゴンの魔力《まりょく》によって死から甦《よみがえ》った腐《くさ》った死体の魔物、リビングデッドだ。

リビングデッドは、ゆっくりと両手をあげると、ずるっ、ずるっ、と両足を引きずりながらコナンに迫《せま》った。

「コナン、呪文だ!」

アレンが叫んだが、腰を抜かしたコナンは呪文どころではなかった。逃げることもできない。

リビングデッドは、どろどろの手でコナンの首をしめつけた。

「ぎゃややゃやーっ!」

コナンは、頭の先から悲鳴をあげた。すかさず、

「たーっ!」

アレンは、いきおいよく飛び込んでリビングデッドの両腕を斬った。

だが、斬られたどろどろの手はコナンの首から離れなかった。

リビングデッドは向きを変えて、今度はアレンに迫ってきた。

「く、くそっ！」

腐敗臭がさらにひどくなった。

アレンは、息を止めて、リビングデッドに斬りかかった。

メッタ斬りにして、リビングデッドの動きを止めると、アレンは宙に大きく跳んで、首をめがけて思いっきり剣を振りおろした。

リビングデッドの首は、いきおいよく宙に飛んだ。

アレンは、コナンの首から離れないリビングデッドの両腕を蹴飛《けと》ばすと、失神《しっしん》しかけているコナンに肩を貸して、城下の後方にそびえる城へ向かって必死に逃げた。

城門を入ると正面に、焼け焦げたまま無残な姿をさらしている三層建ての宮殿がある。宮殿のなかにも、兵士たちや侍女たちの白骨化した死体が、足の踏み場もないほど無数に転がっていた。

焼け落ちた宮殿の天井《てんじょう》の上の暗雲を、稲光が切り裂いた。

その光に照らし出された、無残に破壊《はかい》された彫像物《ちょうぞうぶつ》や壁画《へきが》。

そして、眼《め》をそむけたくなるような床や壁の大量の血痕《けっこん》――。

二〇〇〇年の栄華《えいが》を極めた、荘厳華麗な宮殿の面影《おもかげ》は何ひとつなかった。

さらに奥へ進むと、いきなり後方から魔物が突進《とっしん》してきた。

コナンは、ふたたび悲鳴をあげて飛び退《の》いた。だが、メタルスライムだとわかると、

「このやろーっ！」

とたんに元気になって、頭上で両手を組んで、ギラの呪文を唱えた。

だが、何度かけても炎の球は全身流白銀《ミスリル》のメタルスライムに、あっけなく弾《はじ》き返されるだけだった。

メタルスライムは、さんざん手こずらせて、逃げ去ってしまった。

コナンは、疲れきってその場に座り込んでしまった。

大量のエネルギーを使って、全身から力が抜けてしまったのだ。

そのとき、アレンは、地下に続く階段《かいだん》の奥からほのかな明かりがもれているのに気づいた。それは、ほんのかすかなものだった。

「な、なんだ、あの明かりは？」

アレンはコナンを促《うなが》して、そっと階段をおりた。

階段をおりると、通路は左に折れていた。

二人は、明かりに誘《さそ》われるように、さらに奥へと進んだ。

明かりは、崩れかけた壁《かべ》の向こうからもれていた。

二人は、緊張しながら、そっと壁に近づいて、なかを覗《のぞ》いて驚いた。

壁の中の一室で、篝火《かがりび》のような大きな炎が、宙に浮いて燃えていた。

と、炎がゆらゆらっと揺れ動くと、どこからともなく男の声がした。

「待っておったぞ……。勇者ロトとアレフの血をひく者たちよ……」

「うわあっ！」

コナンはびっくりしてアレンの腕にしがみついた。

「わしじゃ……。ファン一〇三世じゃ……」

声は、炎からだった。

「ファン国王!?」

アレンは、思わずコナンと顔を見合わせた。

「どうしても死にきれんからな。炎の亡霊《ぼうれい》となって、おまえたちが来るのをずっと待っておったのじゃ……」

アレンは、四年前にラダトームで会ったときの、ファン一〇三世の温厚な笑顔とやさしい声を思い出していた。

「どうしても頼みたいことがあってな……。魔物たちの襲撃《しゅうげき》によって、わしも、妃《きさき》も、そしてファン家の血をひく直系の者たちもすべて死んだ……。だが、セリアだけは、どこかで生きておるはずじゃ……」

「えっ!?」

「セリアが!?」

二人の顔が、ぱっと輝いた。

「ほ、ほんとうですかっ!?」

アレンは、大声で聞き返した。

「だが、おそらく何かに姿を変えておるはずじゃ」

「姿を……!?」

アレンは、またコナンと顔を見合わせた。

「魔法によってな……」

「何に姿を変えてるんですか?」

「それはわからん……。だが、東方の沼地《ぬまち》の奥にラーのほこらと呼ばれておる岩場がある。そこにラーの鏡が奉納《ほうのう》されておる……。かつて妖精《ようせい》が使っていたといわれ、古くからこのムーンブルクに伝わっておる神器《じんぎ》の鏡じゃ……。満月の夜に、魔術によって姿を変えられた者をその鏡に映し出せば、たちまちにして魔法が解け、真の姿に戻るといわれておる……。そのラーの鏡で、セリアをもとの姿に戻してくれ……。そして、一緒に大神官ハーゴンを倒して、わしの無念を晴らしてくれ……」

すると、炎の背後にある厚い石の扉《とびら》が、ギギギィ——と、不気味な音をきしませながら、ひとりでにゆっくりと開いた。

なかには、鏡のような光沢《こうたく》の立派な兜がひとつ飾《かざ》ってあった。

「ロトの兜《かぶと》じゃ……」

「ロ、ロトの!?」

アレンは、思わず駆け寄って兜を手にした。

左右の耳の上からは、勇ましい、そして美しい、一対《いっつい》の角が突き出ている。額には、黄金色《こがねいろ》の美しい紋章《もんしょう》がある。ロトの鎧《よろい》やロトの盾《たて》と同じ、不死鳥が雄々《おお》しく翼《つばさ》を広げて飛翔《ひしょう》している紋章だ。

「そうか、これがロトの兜か……！　これが……！」

アレンは、目を輝かせて見入った。

「それをおまえたちに授《さず》けよう……」

ファン一〇三世がそういうと、すーっと炎が消えた。

とたんに、まっ暗な闇《やみ》に包まれた。

「ファン国王!?」

「国王ーっ!?」

二人は、慌てて何度も叫んだ。

だが、どこからもファン一〇三世の声はしなかった。

そのとき、ザザザザ――ッ！

闇のなかの静寂《せいじゃく》を破って、すさまじい雨の音が聞こえてきた。

宮殿の外に出ると、滝《たき》のような雨が降っていた。

アレンには、この雨は、無念の死を遂《と》げたファン一〇三世や王妃、さらには多数の兵士や町の人々の涙《なみだ》のように思えてならなかった。

──ファン国王。セリアを救《すく》い、そして必ずや大神官ハーゴンを！

二人は、心のなかでそう誓《ちか》った。

雨は、夜が明けてもいっこうにやむ気配がなかった──。

3 ラーの鏡

セリアだけは、どこかで生きておるはずじゃ──といったファン一〇三世の言葉が、なによりも二人を勇気づけた。

アレンとコナンは、ムーンブルク城の東方にある沼地に向かって馬を飛ばした。

二人は、まずラーの鏡を手に入れてから、セリアを捜すことにしたのだ。

いつの間にか山や森は色づき始め、美しい紅葉《こうよう》の季節を迎えようとしていた。

ムーンブルク城を出て十日目の昼過ぎのこと。

二人は、森のなかに滝を見つけて、ひと休みするために、馬を止めた。

さほど大きな滝ではないが、足場のいい岩場に囲まれた滝壺《たきつぼ》は、水浴びするには充分《じゅうぶん》な水量をたたえていた。水際《みずぎわ》の水中には、まっ白で美しい可憐《かれん》な花が群生している。きれいな水域にしか生息しないといわれている、水白花《みずしろばな》だ。

二人は、乾《かわ》いた喉《のど》を潤《うるお》すと、埃《ほこり》と汗《あせ》で汚《よご》れた体を洗うために裸《はだか》になろうとした。

そのとき、二人は、獣《けもの》のうなり声と逃げまわる犬の鳴き声を聞いた。声は、下流からした。

二人は、怪訝《けげん》そうに顔を見合わせると、そっと声のする方向に向かった。

数十歩下流へ下り、ほんの少し森に入った窪地《くぼち》で、

「あっ!?」

二人は、声をあげた。

同時にアレンは剣を抜き、コナンは両足を踏ん張って頭上で印を結んでいた。

巨大な大ねずみが、大木の根に追いつめた子犬に、襲いかかったところだった。

子犬は、ムーンペタの町で二人を追ってきた、あの子犬だった。

大ねずみの鋭い大きな前歯が、子犬の首元に迫った。

そのときだった。突然、大ねずみの全身を強烈な火炎がおおい、いきおいよく燃えあがった。コナンのギラの呪文が直撃《ちょくげき》した。

大ねずみは、激しくもがきながら振り向いた。そして、恐怖《きょうふ》に顔を凍《い》てつかせた。

目の前に、アレンの振りおろした剣がうなりをあげて迫っていたからだ。

「ギャアオオオーッ！」

大ねずみの悲鳴が一帯に響《ひび》き、どす黒い大量の血が飛び散った。大ねずみの首元を鋭く斬り裂いたアレンは、返す剣でその横腹も斬り裂いていた。

大ねずみが無様《ぶざま》な格好《かっこう》で崩れ落ちると、子犬は嬉《うれ》しそうに尻尾《しっぽ》を振って、コナンに跳びついた。

「どうしたんだ、よくこんなところまでこれたなあ」

コナンは、子犬の頭をなでると、子犬はコナンの額の傷あとを舐め始めた。

「な、なんだよ、よせよ！」

コナンはいやがって顔をそむけようとしたが、子犬はやめようとしない。

子犬の汚れた毛から、土埃《つちぼこり》が舞《ま》った。

「おうおうおう、こんなに汚れて。よしよし、おまえも洗ってやるからな」

滝に戻ったコナンとアレンは、下着一枚になると、一緒に水を浴びながらていねいに洗ってやった。

子犬は見違えるようにまっ白になった。すると、子犬はいきなり吠えながらアレンに飛びついて、胸の淡《あわ》い翠色《みどりいろ》のペンダントの鎖《くさり》を千切《ちぎ》ってしまった。

「あっ！　なにするんだよ！　このペンダントは……！」

アレンは、慌てて水中に落ちたペンダントを拾いあげながら、ふとセリアの顔を思い浮かべた。

そして、はっとなって、

「セリア……!?」

思わず大声をあげて、弾《はじ》かれたように子犬を見た。

「セリア!?」

コナンは、怪訝そうに子犬を見た。

「こ、この子犬がっ!?」

「ファン国王は、何かに姿を変えられているっていっただろっ!?」

「で、でも、あのセリアがこの子犬だなんて……。あんまりだよ！」

「だけど、よく考えてみろ！　ムーンペタの町に着いたときからこの子犬はぼくたちにまとわりついてきたんだぜ！　おまえの額の傷あとだって、しきりに舐めてたじゃないか！　ムーンペタの町を出るときだって！　さっきだって！　きっとぼくたちに気づいてほしかったんだよ！　それにこのペンダント……」

セリアにもらったものだ——と、いおうとして、思わず言葉をのんだ。

ペンダントのことは、セリアと二人だけの秘密だ。そのことを知ったら、コナンは傷ついてしまうに違いないからだ。

「とにかく、その傷あとの秘密を知っているのは、ぼくとおまえと、セリアだけなんだからな！」

「そういわれりゃ……」

コナンにはまだ信じられないようだった。

「この犬がセリアだなんて……」

「だからぼくたちを追ってここまで来たんだよ！」

子犬はアレンの言葉に応えるように、しきりに吠えつづけた。

アレンは、セリアであることを確信した——。

秋の日が落ちるのは早い。

ついさっきまで明るかったのだが、半時《はんとき》もしないうちに、すっかり暗くなっていた。

子犬を連れて滝を出発したアレンとコナンは、翌日、馬を引きながら鬱蒼《うっそう》とした沼地の森を歩き続けていた。一歩踏み出すたびに、やわらかな沼地に踝《くるぶし》まで沈む。馬を走らせるのは無理だからだ。

野宿に適当な場所を探そうとしたときだった。

急に目の前の森が開け、草原の向こうに、丘のような岩場が姿を現した。

東の空には、大きな赤い満月が出ていた。

「あ、あれだっ!」

アレンたちは、喜び勇んで岩場に駆け寄った。

馬をつないで中央の石段をのぼり、さらに奥に進むと、洞窟の入り口があった。

アレンたちは、松明《たいまつ》に火を灯して、慎重になかに入った。

突然、闇のなかで閃光《せんこう》が走った。はっとなったときは、その閃光が強烈な火炎の球となって、ブォォッ——と、音を立てながらすぐ目の前に迫っていた。

「あっ!」

反射的にアレンが横に飛ぶと、すぐ後ろにいたコナンが火炎の球を浴びて悲鳴をあげながら後ろの壁まで吹っ飛んだ。一瞬のことだった。

「何者だっ⁉」

アレンは、剣を抜いて叫《さけ》んだ。と、

「ふっふっふっふ」

不気味な笑い声とともに、まっ白な仮面をつけ、白いローブに真紅《しんく》のマントをまとった魔術師が
おもむろに奥の岩陰《いわかげ》から現れた。

ローブの胸には、魔鳥《まちょう》が飛翔する黒の紋章がある。邪教徒《じゃきょうと》の紋章だ。

大神官ハーゴンを崇《あが》め、悪魔神官の指示のもとに世界中で布教活動をしている下部組織の魔術師だ。

魔術師は胸の前で印を結んで呪文を唱えると、指から放たれた火炎の球が、轟音《ごうおん》をあげ、ふたたびアレンを襲った。

間一髪《かんいっぱつ》、アレンが宙に跳んでかわすと、

「ちっ！」

舌打ちしながら魔術師は、すばやくアレンの着地点を読みとり、狙《ねら》いを定めて呪文を唱えた。

だが、次の瞬間《しゅんかん》、

「うわあっ！」

突然、強い衝撃とともに魔術師が火炎の嵐につつまれた。

倒れたままかけた、コナンの渾身《こんしん》のギラの呪文が炸裂したのだ。

「タアーッ！」

すかさずアレンが急下降しながら、思いっきり剣を振りおろした。

ガギーン――！ 骨を斬るようなすさまじい音が洞窟に響きわたった。

とたんに、魔術師の動きが止まった。

パカッ――仮面がまっ二つに割《わ》れて、地面に転がり落ちた。

「あっ？」

アレンとコナンは、声をあげて驚いた。

仮面のなかから現れたのは、アレンたちと同じぐらいの年齢《とし》の若者だった。

その顔には、まだ少年のあどけなさが残っていた。

「うぬぬぬっ！」

魔術師は恐ろしい形相《ぎょうそう》で睨みつけ、最後の力を振り絞《しぼ》って頭上で印を結んだ。

だが、そこまでだった。身につけていたローブがみるみるうちに大量の血に染まり、滲《にじ》み出た血が、ぽたっ――ぽたっ――と、足元にしたたり落ちたのだ。

やがて、魔術師は全身を激しく痙攣《けいれん》させながら、ばったりと前のめりに倒れた。

アレンとコナンは、大神官ハーゴンに身も心も捧《ささ》げている同世代の若者がいることを知って、さすがに驚きを隠《かく》せなかった。

さらに奥へ進むと、すぐ小さな神殿《しんでん》の前に出た。

その中央の祭壇《さいだん》に、皿《さら》のような円形の鏡が祀《まつ》ってあった。

「こ、これだ！」

アレンは、おもむろに手に取った。

鏡はちょうど両手を並べたぐらいの大きさで、ずしりと重かった。

薄翠《うすみどり》の外枠《そとわく》には美しい文様《もんよう》が、黄金色の内枠には古代の楔形文字《せっけいもんじ》が彫《ほ》られていた。その中央に、灰《はい》色の鏡がはめ込まれている。ラーの鏡だ。

アレンは、自分の顔を写してみた。だが、何も写らなかった。

洞窟の外に出たアレンとコナンは、さっそく満月を背に子犬を座らせると、

──どうかセリアでありますように。

そう祈りながら、そっと子犬の前に鏡を置いた。

満月の明かりを浴びた灰色の鏡の表面が、鈍《にぶ》い色を放って、大きく歪《ゆが》み始めた。

と、突然、鏡が七色のまばゆい光を放ち、

「うっ！」

アレンとコナンは、思わず目を閉じた。

まばゆい光は、子犬の全身を包むと、さらに光を増した。

やがて、光が消えると、アレンとコナンは目を開け、

「セリア……！」

顔を輝かせて、叫んだ。

薄い桃色《もも》の絹のローブをまとった、はっと目を見張るような、美しい娘《むすめ》が座っていた。

澄《す》んだ大きな瞳《ひとみ》。まっ白な肌《はだ》。整った、気品のある顔立ち。肩まで伸びた、しなやかな艶《つや》のある美しい亜麻《あま》色の長い髪――四年前の面影と少女のあどけなさが、いくらか残っているが、まぶしいほど美しく成長していた。

手には、美しい赤い石玉のついた杖《つえ》を持っていた。

胸には、アレンのペンダントと同じ、淡い翠《みどり》のペンダントが輝いていた。

4 王女セリア

「セリア！　セリアだよねっ!?」

アレンが、尋ねた。

「……」

セリアは、瞳を潤ませて、こっくりとうなずいた。

「よかった！　心配したんだぜ！」

コナンも、嬉しさに目を潤ませた。

そして、セリアのペンダントを見て、はっと目を見張った。アレンのペンダントと同じものであることに気づいたのだ。コナンは、愕然《がくぜん》として二人の顔を見比べた。

だが、アレンもセリアも、コナンのその態度に気づかなかった。

「ありがとう……。アレン、コナン……」

セリアは、やっと聞きとれるようなか細い声でいうと、小さな肩でため息をついて、瞳を曇らせた。助かったことは嬉しいが、大神官ハーゴンの魔物たちに襲われたあの夜のことが、セリアの脳《のう》裏《り》を離れないのだ。

「でも、どうして子犬に……？」

「それは……」

アレンの問いに、セリアは話し始めた。


あの忌《い》まわしい夜――。

セリアは、寝つかれないまま起きていた。

激しい熱波に襲われたムーンブルクは、夜になってもうだるような暑さが続いていた。

風はほとんどなく、ときおり思い出したように、開けっ放しの窓のカーテンが、かすかに揺れるだけだった。

突然、カンカンカンカンカン――！

けたたましい警鐘《けいしょう》が鳴った。

セリアは、慌ててローブに着《き》替《が》えて廊下《ろうか》に飛び出すと、魔物の襲撃を告げながら駆け抜けていく兵士たちの慌ただしい声がした。

大神官ハーゴンの魔物たちが襲撃し、城下の街門で激しい闘いが始まっていた。

魔物の軍団を率いるのは、近衛《このえ》司令官ベリアルの直属の部下であるバズズの連隊だった。

不安におののきながら、セリアはまっ青《さお》な顔で階下の国王の間に駆けつけると、

「心配ない。ムーンブルク自慢《じまん》の勇敢《ゆうかん》な戦闘部隊《せんとうぶたい》が守っておるんじゃからな。それに、わがムーンブルクは、今までの長い歴史のなかで、一度たりとも破れたことがないんじゃ」

ファン一〇三世は、自信たっぷりにいい、

「そうよ、おとうさまのおっしゃるとおりよ」

母の王妃シルサが、やさしくセリアの肩を抱いて力づけた。

国王の間には、ファン一〇三世のほかに、侍従長《じじゅうちょう》や侍女、そして長く宮殿に仕えてきた今年一二〇歳になる女魔道士のサルキオが駆けつけていた。

そして、一時《いっとき》後――。

「魔物撃退《まものげきたい》」の知らせが伝令の兵士によってもたらされると、その場に居合わせた者たちは、いっせいに歓声をあげ、抱き合って喜んだ。

だが、その喜びも、束《つか》の間《ま》だった。

いったん撤退《てったい》したと見せかけたベリアルは、魔力で墓場の死体を腐った死体として甦《よみがえ》らせ、家《か》畜《ちく》や動物を巨大化、凶暴化させると、待機していたアトラスとアークデーモンの連隊をバズズの連

隊に合流させて、ふたたび襲ってきたのだ。

その数は、城下と城を守る五〇〇〇の兵士たちと匹敵《ひってき》するほどだった。

魔物の大軍団と、巨大な怪獣の群れは、あっという間に街門を突破し、怒濤《どとう》のように城下に雪崩《なだ》れ込むと、アークデーモン配下のベビルやグレムリンの大群が、空中を飛びながら火を放った。

そのあとをアトラス配下のギガンテスやサイクロプスの巨人属が、容赦なく破壊していく。

その知らせが、国王の間に届くと、さすがのファン一〇三世も顔色を変えた。

窓の眼下《がんか》に見える城下の町は、一瞬にして火の海と化し、上空をまっ赤に焦がしていた。

ファン一〇三世の檄《げき》もむなしく、アトラスの連隊が逃げまどう人々を殺戮《さつりく》している隙に、バズズの連隊とアークデーモン配下のベビルやグレムリンの大群が、城内に雪崩《なだ》れ込んで、宮殿に火を放った。

たちまち宮殿は、轟音をたてて燃えあがる炎と、すさまじい黒煙《こくえん》に包まれた。

壁や天井に血飛沫《ちしぶき》が飛び、立ち向かっていった兵士たちが次々に倒れ、その屍《しかばね》を踏み越えて、バズズの連隊が、国王の間に侵入《しんにゅう》してきた。

生き残った将軍や近衛兵たちが、ファン一〇三世や王妃やセリアの前に厚い壁をつくり、必死に抗戦《こうせん》した。

だが、バズズ配下のシルバーデビルやデビルロードが、兵士たちを血祭りにあげる隙に、バズズはファン一〇三世と王妃とセリアの前に、立ちはだかった。

サルキオは、すばやくセリアの腕を引いて逃げた。

次の瞬間、セリアの背後で王妃の悲鳴が響きわたった。

バズズが巨大な牙《きば》で王妃の喉元《のどもと》に噛《か》みついていた。そして、かばおうとしたファン一〇三世の心臓に、巨大な鋭い爪《つめ》を突き刺した。

王妃とファン一〇三世は、もつれるように、床《ゆか》に倒れた。

「おとうさま！　おかあさま！」

セリアは長い髪を振り乱して泣き叫んだ。

だが、血まみれの王妃はすでに息絶えていた。

ファン一〇三世は、遠のいていく意識のなかで、最後の力を振り絞って叫んだ。

「サ、サルキオ、ひ、姫《ひめ》を頼んだぞ、ひ、姫を……！」

そのとき、頭上から巨大な火柱が天井とともに落下した。

地響きとともに、火の粉が舞いあがり、一瞬にしてファン一〇三世と王妃の姿が炎のなかに消えてしまった。

サルキオは、狂《くる》ったように泣き叫ぶセリアの腕を引いて逃げた。

バズズは、執拗《しつよう》にセリアを追ってきた。

サルキオは、愛用の呪文の杖を振りかざし、ギラの呪文をかけながらバズズの攻撃をかわして必死に逃げた。だが、セリアの身をかばうたびに、バズズの巨大な鋭い爪が何度もサルキオの体を切り裂いた。

なんとか運よく地下室の物陰まで逃げて身を隠したが、すぐさまセリアはファン一〇三世のところへ駆け戻ろうとした。

「な、なりませぬ、姫……！」

全身血まみれのサルキオが、セリアの両肩をわしづかみにして、必死に止めた。

ごつごつした骨だらけのサルキオの指が、セリアの肩に喰《く》い込むのではないかと思われるほど、力が込められていた。

「ひ、姫だけでも生きのびてくだされ……！　せ、せめて姫だけでも……！」

サルキオは、苦しそうにあえぎながらいった。その目から、涙が流れている。

「ム、ムーンペタの町へ……お、お逃げくだされ……」

「ムーンペタ？」

「わ……わたしの魔法で……。お、おそらく大神官ハーゴンは……じゃ、邪神《じゃしん》の像を手に入れるために……あ、あなたさまが欲しいのでしょう……」

そこまでいうと、セリアは小さな肩を震わせて泣いた。

あの夜の惨状《さんじょう》を思い浮かべると、泣かずにはおれないのだ。目の前で、愛する両親が殺されたのだ。多くの人々や兵士たちが殺されたのだ。生まれ育った、城を焼かれたのだ。

アレンは、慰《なぐさ》める言葉もなかった。

「くそーっ！　ハーゴンめ……！」

コナンも、ペンダントのことを忘れて、怒りに目を潤ませていた。

「ところで、その邪神の像っていったいなんなんだ？」

アレンが尋ねた。

「わたしもサルキオに同じことを聞いたわ……」

セリアは、気を取り直して、そのときの様子の続きを話し始めた。


「どうして？　なぜわたしが？　なぜそれを手に入れるために、わたしが必要なの？」

だが、サルキオは、哀しそうに首を横に振った。

「わ、わたしには……そ、それ以上わかりませぬ……。いずれ……あ、あなたさまの前に……あ、あなたさまと同じ……ロ、ロトの血をひく若者が現れるでしょう……」

「ロトの血をひく若者……？」

セリアは、まっ先にアレンのことを思い浮かべた。

そして、次にコナンのことを。

「そ……その若者と一緒に……か、風の塔に行きなされ……。そ、その塔に棲《す》む魔女が……邪神の像のことを……お、教えてくれるでしょう……。こ、これを……」

サルキオは震える手で、先に赤い石玉のついた愛用の呪文の杖を手渡し、

「き……きっと……あ、あなたさまの……お、御身《おんみ》をお守りするでしょう……さ…さらばじゃ……姫……！」

サルキオは印を結んで、最後の力を振り絞り必死に呪文を念じた。

すると、サルキオの全身が激しく震え、突然印を結んだ指先から、黄金色のまばゆい光が発せられ、その光がセリアの全身を包んだ。と、

「うぉぉぉぉ……！」

すさまじい声で絶叫《ぜっきょう》すると、サルキオの目がまっ赤な光を帯び、力尽《ちからつ》きてばったり倒れた。すでに、こと切れていた。

「サルキオ！」

セリアは思わず叫んだ。

そのとき、すーっと光が消え、セリアの姿も光とともに一瞬にして消えてしまった——。

「それで、魔物たちに見つからないように、子犬に変えられてしまったのか……」

コナンがいうと、

「ええ、たぶん……」

頬を伝う大粒《おおつぶ》の涙を拭《ぬぐ》おうともせず、セリアがうなずいた。

「気がついたら、ムーンブルクとムーンペタの間の、街道筋の小さな村にいたわ……」

「で、風の塔ってどこにあるんだ?」

今度はアレンが、尋ねた。

「ここから東の方角よ……」

「よし、そこへ行って、魔女に邪神の像の正体を聞くんだ。なぜ、セリアが必要なのか。なぜ、大神官ハーゴンが手に入れたがっているのか」

だが、セリアは何も答えず、ローブの袖口《そでぐち》から美しい短剣を取り出して、鞘《さや》を抜いた。月の明かりに、鏡のような刃《は》がキラリと光った。護身のためにと、十五歳の誕生日にファン一〇三世から授った短剣だ。

「あっ!?」

アレンとコナンは、慌ててセリアから短剣を奪《うば》い取ろうとした。

悲しみのあまり、もしや——と、思ったのだ。

だが、セリアは、しなやかな艶のある美しい髪の毛を首元で束ねると、キッと唇《くちびる》を噛んで、まっ赤な満月を見つめた。そして、バサッ——と、いきおいよく長い髪を切り落とした。

アレンとコナンは、あ然として見ていた。

セリアは力強く涙を拭《ふ》いて、立ちあがった。

その瞳《ひとみ》は、怒りと決意に燃えていた——。

第三章　風の伝説

ロンダルキア大陸の東部に、年中風が吹《ふ》き荒《あ》れている一帯がある。

この一帯の、ほぼ中央に位置する草原に、風の塔《とう》がそびえ立っている。

およそ二〇〇〇年ほど前、古代ムーンブルク王朝が、築いた四つの塔のうちのひとつだ。

今から二〇〇年ほど前、かつて勇者アレフとともに旅をしたと伝えられるガルチラが、この風の塔を居城《きょじょう》として、この地方に風の国と呼《よ》ばれる国を興《おこ》したが、ガルチラの死とともに、わずか数十年でその歴史に幕《まく》を閉じたという。

風の塔をめざして、ラーのほこらを旅立ったアレンとコナンとセリアの三人は、いったん西に戻《もど》ると、月光街道《げっこうかいどう》をさかのぼり、途中《とちゅう》から月光街道をはずれて、険《けわ》しい山脈へと入った。

そして、山脈を越《こ》え、東の海岸に出ると、海に沿《そ》って南下した。

いつの間にか、紅葉《こうよう》から落葉の季節になり、一雨《ひとあめ》ごとに寒さが増すようになっていた。

暦《こよみ》も、一角獣《ユニコーン》の月から、犬頭神《アヌビス》の月に替わっていた。

1　風の塔

東の海上から、容赦《ようしゃ》なく冷たい風が吹《ふ》きつけてくる。

海に沿って南下してから四日目、砂漠《さばく》のような大きな砂丘《さきゅう》を越えると、アレンたちは進路を西に変え、大草原へと馬を飛ばした。

十日ほど前、月光街道にある小さな宿場町で、アレンたちは馬を一頭手に入れた。

その宿場町の老人や女、子供《こども》たちはすでにムーンペタの町に避難《ひなん》していたが、長老や町の有志たちおよそ六十人ほどが、魔物《まもの》の襲撃《しゅうげき》から町を死守するために、自警団《じけいだん》を組織して、残っていた。

アレンたちが町にたどり着くと、王女の姿《すがた》を見た自警団の人々は、歓声をあげ涙《なみだ》を流しながらその無事《ぶじ》を喜んだ。

最初は、警戒《けいかい》してセリアのことを信じようとしなかったが、ムーンブルク城に何度か招かれたことのある長老が、セリアの顔をよく知っていたのだ。

そして、アレンたちから、ムーンブルク壊滅後《かいめつご》のいきさつや旅の目的を聞いた長老は、『王女生《せい》存《ぞん》』の報をキゲル四十世に伝えるために、二人の自警団員をムーンペタへと旅立たせると、緊急《きんきゅう》用《よう》に確保しておいた三頭の馬のうち、一番毛艶《けづや》のいい元気な一頭を、セリアのために提供《ていきょう》してくれたのだ。

もちろん、長老は、ムーンペタの要職者以外の者には決して『王女生存』のことを口外なさらぬようにとキゲル四十世への親書にしたためた。また、自警団の人々にも、決して口外してはならぬと命じた。ハーゴン配下の魔物たちにそのことを知られたらまずい、という配慮《はいりょ》からだった。

大草原に入るとさらに風が強くなった。

見《み》わたすかぎりの、一面の枯《か》れ草《くさ》が、荒れた海のように、激《はげ》しく波打っている。

アレンは、セリアを助けてからのコナンの態度が気になっていた。

コナンは、セリアにはやさしくて親切だった。沈《しず》みがちなセリアを励《はげ》まそうと、わざと明るく振《ふ》る舞《ま》った。だが、アレンとなかなか顔を合わそうとしなかった。

また、明るく振る舞っていたかと思うと、ふと急に思いつめたような顔をして押《お》し黙《だま》ってしまうことがしばしばあった。こんなことは、二人で旅しているときにはなかったことだ。

セリアはセリアで、必要なこと以外、ほとんど口をきかなかった。

いつも、思いつめたような哀《かな》しい顔をして、四年前の、あの吸い込まれるようなまぶしい笑顔《えがお》を一度も見せなかった。それだけ、セリアの悲しみが深いのだ。

コナンがなぜアレンをさけるのか、そして急に思いつめた顔をするのか？

アレンは最初、セリアの呪文《じゅもん》がコナンの呪文より強力だったことに、ショックを受けたのだろうか——とも考えた。

セリアと再会した翌日《よくじつ》のこと。以前ムーンブルク城へ向かう途中襲《おそ》ってきたあの兜《かぶと》ムカデが、今度は群れをなして現れた。兜ムカデは四匹《ひき》だった。

コナンはすかさず一匹に狙《ねら》いを定め、印《いん》を結んでギラの呪文を唱《とな》えた。

だが、それより一瞬《いっしゅん》早く、呪文の杖《つえ》を頭上にかざしていたセリアが、渾身《こんしん》の力を込めて振りおろした。杖の先の赤い石玉が、うなりをあげて空を斬《き》った。

すさまじい真空《しんくう》の渦《うず》が、鋭《するど》い刃物《はもの》のように四匹の兜ムカデを襲った。

たちまち兜ムカデの硬《かた》い表皮が裂《さ》けて、薄緑色《うすみどりいろ》の体液が一面に飛び散った。

強烈《きょうれつ》なバギの呪文だった。

火炎《かえん》の球を飛ばすギラの呪文は、魔物一匹にしか効果がない。

それに対して、真空、つまりかまいたちによって敵にダメージを与《あた》えるバギ系の魔法《まほう》は複数の敵に有効だ。その一発で、兜ムカデはすでに虫の息だった。

だが、セリアは容赦せず、立て続けにバギの呪文をかけた。

真空の渦が消えると、巨体《きょたい》をバラバラに切り裂かれた四匹の兜ムカデは、無残な死骸《しがい》を枯れ草の上にさらけ出していた。

セリアは、額《ひたい》に汗《あせ》を浮《う》かべ、小さな肩《かた》で苦しそうに息をしながら、憎《にく》しみを込めてその残骸を見つめていた。

アレンとコナンは、あ然としてセリアの呪文の威力《いりょく》を見ていた。コナンのギラの呪文より、はるかに強力で破壊力《はかいりょく》があった。コナンは、あきらかにショックを受けていた。

だが、そんなことにいつまでもこだわるようなコナンではないことは、アレンが一番よく知っている。

その後、アレンは、食事の最中に、じっと思いつめたようにセリアの美しい横顔を見つめているコナンに気づいた。また、アレンは、何度かコナンの刺《さ》すような視線《しせん》を感じた。はっと見ると、コナンは慌《あわ》てて目をそらした。

もしかしたら——と、アレンは思った。コナンは、アレンとセリアが、同じペンダントを持っていることに気づいてショックを受けていたのではないか——と。それ以外、思い当たることがなかった。

子犬に滝《たき》で鎖《くさり》を千切《ちぎ》られてから、アレンのペンダントは革袋《かわぶくろ》の底にしまわれたままだった。

大草原をさらに進むと、風はいっそう強くなった。

地鳴りのようなすさまじいうなりをあげ、黄色い砂塵《さじん》を巻きあげて、龍巻《たつまき》のような烈風《れつぷう》が容赦なく襲いかかってきた。空まで黄土《おうど》色に染《そ》まり、目を開けているのさえやっとだった。

そして、大草原に入って二日目の夕方。

夕日のなかに悠然《ゆうぜん》とそびえ立っている風の塔が見えてきた。

巨大な八層のこの石造りの円塔は、かすかに傾《かたむ》いて見えた。

近づくと、想像していたよりもずっと荒れ果てていた。何百万という気の遠くなるような石を積み重ねて造られた塔だが、いたるところの石壁《いしかべ》が無残に崩《くず》れ落ちて、風と砂塵にさらされている。

塔のなかに入ると、そこも廃墟《はいきょ》同然に荒れ果てたままだった。

床《ゆか》を吹き抜《ぬ》ける砂塵。崩れかけた石壁と石柱。それしかなかった。

アレンたちは、比較《ひかく》的頑丈《がんじょう》な石柱に馬をつなぐと、慎重《しんちょう》に奥《おく》へと進んだ。

奥の突《つ》き当たりに、上にあがる長い階段《かいだん》があった。階段の、ひとつひとつの段の角《かど》は、まるで削《けず》られたように丸くすり減っている。二〇〇〇年もの長い間に、数えきれないくらい多くの人々がのぼりおりしたあとだ。

その階段をあがったときだった。突然《とつぜん》、前方の暗がりから、魔物が咆哮《ほうこう》をあげて猛然《もうぜん》と襲いかかってきた。鋭い刃物のような前歯を持った巨大なお化けねずみだ。

三人は、三方に飛んでかわすと、すかさずコナンが印を結んでギラの呪文をかけた。骨がきしむような強烈な衝撃《しょうげき》がお化けねずみを襲い、すさまじい火炎の嵐《あらし》が全身を包んだ。お化けねずみは、奇声《きせい》をあげて苦しそうに暴れた。

立て続けに、杖をかざしていたセリアがバギの呪文をかけると、

「ギャアアアアっ！」

お化けねずみが悲鳴をあげて、激しく全身を痙攣《けいれん》させた。

黒焦《くろこ》げの毛が炎《ほのお》とともに飛び散り、ビシッビシッビシッ――と、肉が裂け、紫《むらさき》色の血飛沫《ちしぶき》が噴《ふ》き出し、一瞬にして血まみれになった。

そして、剣《けん》を構えたアレンが疾風《はやて》のように突進《とっしん》した。

二度目にお化けねずみが悲鳴をあげたとき、アレンの剣が心臓を突き刺していた。アレンは、剣を抜くと、今度は肩口《かたぐち》から思いっきり斬《き》り裂いた。お化けねずみは、よろけて数歩後退すると、階段から足を踏《ふ》みはずし、まっ逆《さか》さまに長い階段を転げ落ちていった。

三人は、さらに上の階にあがって、奥の階段へ向かった。

するど、突然吐《は》き気《け》をもよおすような腐敗臭《ふはいしゅう》が鼻をつき、

「うっ――！」

三人は思わず鼻と口をふさいで振《ふ》り向くと、

「うわぁっ！」

まっ青《さお》になって飛び退《の》いた。

いつの間にか目の前に、ムーンブルク城で襲ってきたあの全身の肉がどろどろに腐《くさ》ったリビングデッドが、だらんと両腕《りょううで》をさげて突っ立っていた。

ムーンブルク城襲撃のため、ハーゴン配下の近衛《このえ》司令官ベリアルの魔力《まりょく》によって無数の魔物たちが死界から蘇《よみが》えったが、襲撃後、そのほとんどが新しい獲物《えもの》や住処《すみか》を求めて西へ東へとぞろぞろ散っていった。おそらくこのリビングデッドやさっきのお化けねずみもその一部で、いつの間にか流れてきて、この風の塔に棲《す》みついたのだ。

「く、くそーっ！」

コナンが、必死に臭《にお》いをこらえながら、印を結んでギラの呪文をかけた。

強烈な衝撃がリビングデッドを襲い、まっ赤な火炎が全身を包んだ。

だが、腐敗臭と焼け焦げる臭いが混ざって、さらに異様な臭いになった。

続いて、セリアも必死に臭いをこらえてバギの呪文をかけた。

すさまじい真空の渦に、リビングデッドのどろどろの肉が無数に千切《ちぎ》れて吹っ飛び、一瞬にしてリビングデッドは骨だらけになってしまった。

床のいたるところに、足の踏み場もないほど、どろどろの肉の塊《かたまり》が散乱した。

すかさずアレンが斬りかかろうとしたが、ばらばらに肉が散乱したために、さらに腐敗臭が強烈になっていた。その臭いが、目にまで染《し》みてひりひり痛《いた》んだ。

三人は、慌てて口や鼻や目を押さえて吐き気をこらえた。だが、

「だ、だめだっ――!」

コナンが叫《さけ》び、三人はたまらずその場から逃《に》げ出した。

骨だらけのリビングデッドは、足を引きずりながら三人を追った。

だが、一直線に歩いていって、突き当たりの壁《かべ》にぶつかると、バラバラになって崩れ落ちた。

三人は必死に逃げた。上の階から、さらに上の階へと逃げると、そこは大広間になっていた。

そのほぼ中央まで行って、やっとひと息ついた。そして、あたりがすっかり暗くなっているのに気づいて、松明《たいまつ》に火をつけたときだった。

突然、ぶんぶんぶんぶんぶん――という不気味な羽音《はおと》が接近してきた。

　はっとして見ると、巨大なハエの魔物リザードフライの大群が四方から襲撃してきた。二十四、いや三十匹近くいる。一匹の大きさは大人《おとな》の人間とほぼ同じくらいだ。

「こっちだ！」

　アレンが叫んで、一番近い壁まで逃げた。

　壁を背にすれば、後ろからの攻撃《こうげき》を気にしなくてすむからだ。

　セリアは、呪文の杖を身構えて、すばやくバギの呪文をかけた。

　とたんに、数匹のリザードフライの動きが止まり、ビシッビシッビシッ——と、音をたてて羽《はね》や触角《しょっかく》がひび割れた。

　すかさずアレンが斬り落とし、コナンもギラの呪文で攻撃した。

　だが、バギの呪文を運よく逃《のが》れた残りのリザードフライは、体勢を立て直すと、ふたたび群れをなして襲いかかった。

　セリアは立て続けにバギの呪文をかけた。

　だが、斬っても斬っても、その数はなかなか減らなかった。

　また、呪文をかけるたびに、セリアとコナンの体力が消耗《しょうもう》し、その効果も薄《うす》くなった。

　最後のリザードフライを斬り落としたとき、セリアとコナンはぐったりとして床に倒《たお》れてしまった。また、アレンも両腕がしびれて、剣を持つのさえやっとの状態だった。

　だが、そのあとも、次々に魔物たちが襲いかかってきた。

昔《むかし》から塔に棲みついている兜ムカデやスモーク、ラリホーアント、タホドラキーたちだ。

そして、一時半後《いっときはん》――やっと三人は八階にあがる階段にたどり着いた。

八階にあがると、吹き荒れるすさまじい風の音に混じって、バタン――バタン――と、機《はた》を織る音が聞こえてきた。

三人は、息を殺して、そっと奥へと進んだ。

崩れかけた石壁を曲がると、奥の一室からほのかな明かりが見えた。

ちりちり燃える一本の蠟燭《ろうそく》の前で、赤いマントをまとった小柄《こがら》で痩《や》せた老婆《ろうば》が、古い小さな織り機に向かってマントを織っていた。この塔に棲む魔女《まじょ》だ。

魔女の顔は皺《しわ》だらけで、頬《ほお》はげっそりと落ちている。手も指も骨だらけだ。

魔女は、機織りの手を止めて、

「お待ちしておりましたぞ……」

と、しわがれた声でいいながら、三人を見た。

だが、その両目はつぶれていた。盲目《もうもく》なのだ。

「勇者ロトとアレフの血をひきし者たちよ……」

魔女は、親しみを込めてそういった。

2　風のマント

「ど、どうしてぼくたちのことを⁉」

アレンは、驚《おどろ》いて、思わず尋ねた。

「こう見えても魔女ですから、すぐわかります……。わたしは、あなたさま方が来るのを、ずっとここで待っておりました……。精霊《せいれい》ルビスさまのお言葉に従って……」

「精霊ルビスの⁉」

「はい……。精霊ルビスは、こうおっしゃられたのです……。勇者ロトとアレフの血をひきし者たちがここを訪《たず》ねてくるとき、そのときはローレシア、サマルトリア、ムーンブルクの三国が最大の危機《きき》に陥《おちい》ったとき……。そして、この世に巨大な邪悪《じゃあく》が君臨《くんりん》しようとするとき……と。……その日が来ぬことを祈《いの》りながら、ずっとここでこうして機を織りながら、長い間待っておったのでございます……。だが、とうとうその日が来てしまったようでございます……」

そういって、魔女は悲しそうに肩で大きくため息をついた。

セリアはじっと魔女を見つめると、

「実は、サルキオから聞いてきたのです……」

重い口を開いて、ここへ来た目的を話し始めた。

大神官ハーゴン配下の魔物たちによってムーンブルク城と城下が壊滅し、国王や王妃《おうひ》以下、すべての者が殺されたこと。老魔道士《ろうまどうし》サルキオのこと。そして、謎《なぞ》の邪神《じゃしん》の像のこと——を。

「そうでございましたか……」

魔女は、また肩で大きく息をついた。

「……しかし、邪神の像のことについては、それ以上のことは知りませぬ……。魔道士サルキオが知っていた以上のことは……。なぜなら、ロンダルキア大陸のはるかかなたの東方の大海にある邪神の像を手に入れるには、王女さまが必要だということを、姉から聞いただけなのですから……」

「あ、姉って……!? どこにいるの!?」

アレンがきいた。

だが、魔女は首を横に振った。

「……わかりませぬ。もう二〇〇年近くも会っておりませぬゆえ……。ただ、この地にやってきたとき、ひとりの盲目の魔女がドラゴンの角《つの》の北の塔に棲んでおるということを、風の噂《うわさ》で聞いたことがあります……」

「ドラゴンの角!?」

「はい……。ロンダルキア大陸とルプガナの海峡《かいきょう》をはさんで、二つの塔が角のように建っておるんだそうでございます……。ロンダルキア側は南の塔、ルプガナ側は北の塔……。北の塔に棲む魔女は、おそらく姉か妹かのどちらかではないかと……。どちらにしろ、きっとあなたさま方がお見えになるのを、待っておるのでございましょう……。それがわたしたち三姉妹の使命なのでございますから……。実は……わたしは、いやわたしたち三姉妹は、かつて竜王に仕える魔女だったのでございます……」

「えっ!?　竜王にっ!?」

三人は、驚いて顔を見合わせた。

およそ二二〇年ほど前――。

魔女の三姉妹は、竜王の間諜《スパイ》として、アレフガルドの王都ラダトームに潜伏《せんぷく》していた。

当時、まだ二十歳《はたち》前後だった三姉妹は、はっとするような美貌《びぼう》の持ち主だった。

だが、勇者アレフによって、竜王が倒されると、三姉妹はラダトームから逃亡《とうぼう》し、各国を転々として、やっと未開の大陸にたどり着いた。

ところが、新天地を求めてアレフガルドを旅立ったアレフとローラ姫《ひめ》が、その大陸に上陸して、ローレシア国を建国したのだ。

ひっそりと身を隠《かく》していた三姉妹は、ふたたび逃亡しようとしたが、兵士たちに捕《つか》まって、国王アレフの前に引き立てられたのだ。

「国王、なにとぞこの魔女どもを断罪に！」

竜王に対する憎しみが冷《さ》めやらない重臣たちは口々に進言した。

だが、アレフの慈悲《じひ》によって三姉妹は救われた。

「刑《けい》によって命を奪《うば》うことは簡単《かんたん》なことだ。だが、もう一度人間として、世のなかのために生きてみようと思うのなら、精霊ルビスの名によって許してやってもよい。もし、精霊ルビスを信じ、心の支えとして生きていくのなら、いつの日にか必ずやルビスがそなたたちの罪をお許しになるはずだ……」

アレフは、そういって、免罪追放《めんざいついほう》を命じたのだ。

ところが、アレフの言葉に、自分たちの罪を恥《は》じた三姉妹は、自らの手で両目を突き刺して、永久に光を絶っしてしまった。それが、三姉妹のアレフへの忠誠の証《あかし》のつもりだった。そして自ら下した罰《ばつ》であった。

その後、精霊ルビスの啓示《けいじ》を受けた盲目の三姉妹は、それぞれ離《はな》れ離《ばな》れになって、遠い異国へと旅立っていったのだ——。

アレンたちは、痛々しそうに、魔女の両目の傷あとを見ていた。

「そして、わたしは異国を放浪《ほうろう》しながら、この地にたどり着いたのです……。勇者アレフさまが竜王を倒すために旅をお続けになっているとき、一緒《いっしょ》に旅をしたお方がおりました……」

「ガルチラだ！」

アレンの横にいたコナンが叫んだ。

「ガルチラも知ってるの!?」

アレンたちは、勇者アレフの伝説に出てくるガルチラのことも、子供のころから耳にたこができるぐらいよく聞かされていた。

「はい……。そのガルチラさまが、ムーンブルクの国王に頼《たの》まれて、ちょうどこの地に風の国を建国なさったばかりでした……」

そういって、今度はガルチラの話を始めた。


ガルチラがこの風の塔に居城を構えると、無口ながらも心根のやさしいガルチラを慕《した》って、多くの人々がこの地にやって来た。

魔女がこの地に来たときには、すでにこの風の塔を中心にして、人口四〇〇〇人の美しい町ができあがっていた。

そして、ガルチラと一緒に旅を続けた巨大な大鷲《おおわし》は、この国のシンボルとなった。

もともと、この大鷲は、ガルチラを育ててくれた養父が飼《か》っていたものだ。

だが、ラダトーム国王の間諜《スパイ》だったガルチラの養父は、竜王配下の六魔将《ましょう》のひとりザルトータンの息子の魔界童子《まかいどうじ》にその正体を見破られ、無残にも命を奪われた。

その復讐《ふくしゅう》に燃えて、ガルチラは大鷲と一緒に旅を続け、アレフと知り合った。

だから、ガルチラは竜王に対して人一倍強い憎しみを抱《いだ》いていた。

そのガルチラが、特に魔女に親切にしてくれた。

魔術《まじゅつ》の心得のあった亡き養父と同じような感覚の魔女に同情したからなのか、あるいは魔女を許した親友アレフの慈悲《じひ》に応《こた》えるためなのかは、定かではなかった。

魔女は、そんなガルチラに感謝し、この地に骨を埋《う》める決心をした。

魔女が風の国に来てから二十年後、何度アレフが縁談《えんだん》を持ちかけても見向きもしなかったガルチラが、突然若い娘《むすめ》と結婚《けっこん》した。

花嫁《はなよめ》は、どこといって取柄《とりえ》のない娘のように思えたが、注意深く見れば、どことなく若き日のローラ姫に似ていた。

翌年、ガルチラの妻は、玉のような男の子を出産した。

だが、その次の年——突如《とつじょ》としてこの地を恐《おそ》ろしい悪性の疫病《えきびょう》が襲ったのだ。

一夜のうちに命を落としてしまう、恐ろしい伝染病だ。

ガルチラは、ただちに妻と子をはるか西方の安全な地に疎開《そかい》させ、疫病の対策に奔走《ほんそう》したが、疫病は猛威《もうい》を増すばかりだった。

そして、ついにガルチラも発病してしまった。

魔女の必死の看病《かんびょう》にもかかわらずガルチラは無念の死を遂《と》げ、それから十日もしないうちに、町から人の姿が完全に消え、いたるところに疫病で倒れた死体が転がっていた。

廃墟《はいきょ》の町を、すさまじい風が吹き荒れるだけだった。

ガルチラが亡くなると、大鷲もまた老齢《ろうれい》のために、あとを追うようにして死んだ。

魔女は、悲しみに毎日泣き続けた。

ある夜のこと。生きる望みを失った魔女は、自らの手で命を絶つことを決心した。そのときだった。どこからともなくやさしい声が谺《こだま》した。精霊ルビスの声だった。

「……いつの日にか、勇者ロトとアレフの血をひきし者たちが、ここを訪ねてくるときがあるでしょう。そのときはローレシア、サマルトリア、ムーンブルクの三国が最大の危機に陥ったとき……、そしてこの世に巨大な邪悪が君臨しようとするときなのです……。その日まで、そなたは生き続けなければならない運命にあるのです。そなたの姉も、そして妹も……。それぞれの使命を持って生き続けなければなりません……。そなたは、勇者ロトとアレフの血をひきし者たちのために、大鷲の残した柔《やわ》らかな羽毛《うもう》で風のマントを織り続けるのです。それがそなたの残された使命なのです……。それがそなたの使命……。それが……」

そういいながら、精霊ルビスの声は遠のいていった。

魔女は、慌ててルビスの名を呼んだ。

だが、二度と精霊ルビスの声は聞こえなかった——。


「これが……」

魔女は、織り終えたばかりの風のマントを織り機からはずすと、

「これが、あなたさま方がお見えになるのを待ちながら、毎日毎日心を込めて織り続けてきた風のマントでございます……」

丁重《ていちょう》にアレンに差し出した。

「こ、これが……」

アレンは、マントを広げてみた。

薄空色《うすそらいろ》のマントはふんわりしていて、ほとんど重さが感じられないくらい軽かった。

「その風のマントをまとって、高いところからうまく風に乗ると、鳥のように空を飛ぶことができます……」

「鳥のように空を!?」

「はい……もっとも、鳥のようにどこまでも、というわけにはいきませぬ。だが、きっといつかお役に立つはず……」

「ありがとう……」

「これで、わたしの役目は終わりです。もう二度とお目にかかることはないでしょう……」

魔女は、そういって微笑《ほほえ》むと、

「ただ……わたしには、ガルチラさまのご子孫がどこかで生きのびておるような気がしてなりませぬ……。ガルチラさまは、王妃と王子を安全な地に送られたとき、銀の横笛《よこぶえ》をお二人に託したのでございます……」

「銀の横笛……!?」

アレンが聞いた。

「あの、ガルチラが肌身《はだみ》離さなかったという銀の横笛のこと!?」

「はい……。魔界童子に殺された養父の形見でございます。おそらく、あのときガルチラさまは、死ぬお覚悟《かくご》を決めておったのでしょう……。もし、ご子孫が生きのびておれば、必ずや銀の横笛を持っておられるはず……」

「わかった！　旅をしながら捜してみるよ！　もし見つけたら、ガルチラがアレフと一緒に旅したように、ぼくたちの仲間になってくれるかもしれないからね！」

と、アレンがいうと、

「もし、そのようなことになれば……」

魔女は、嬉《うれ》しそうにうなずいた――。


いつの間にか風がやみ、空は三日月が出ていた――。

アレンたちを見送ると、魔女はつらそうにゆっくりと織り機のそばに横たわった。

命の精気が、急激《きゅうげき》に消え失せていくのが、魔女にははっきりとわかった。

魔女は、覚悟を決め、胸の上で両手を組むと、

「精霊ルビスよ……」

最後の力を振り絞って、祈るようにつぶやいた。

「これで、安心して、アレフさまのところへ行けます……。そして、愛するガルチラさまのところへも……。ただ……生きのびられておられるなら……一度でいいから、ガルチラさまのご子孫にお会いしとうございました……。それだけが心残りでございます……」

織り機の横の蠟燭《ろうそく》立ての明かりが、風もないのにかすかに揺《ゆ》れた。

そして、すーっと静かに消えた。まるで、魔女の命のように——。

そのとき、織り機がピカーッとまばゆい光を放って、粉々に砕《くだ》け散った。

キラキラと輝《かがや》く白銀色の光の飛沫《しぶき》が、横たわった魔女の上に雪のように降りかかると、魔女の全身から怪《あや》し気《げ》な湯気がゆらゆら立ちのぼった。

すると肉や骨や身にまとっているものまでが、みるみるうちにどんどん風化し、そのあとにさらに乾燥《かんそう》した、灰《はい》のような粉塵《ふんじん》だけが残った。

それを待っていたかのように、すさまじい風が巻きながら吹きぬけていった。

ふたたび静寂《せいじゃく》が戻ると、魔女の姿は跡形《あとかた》もなく消えていた——。

3 嫉妬《しっと》

ロンダルキア大陸のほぼ中央に、広大な中海がある。

この中海とムーンブルクの北の外海がつながっているところに、中海と外海を遮断《しゃだん》するように大きな島が浮かんでいる。

ロンダルキア中部から陸路を通ってドラゴンの角へ行くには、この島にわたり、さらに島の西海岸にあるほこらを抜けて、対岸のロンダルキア西部に渡《わた》らなければならない。

この対岸から北西に向かって、ルプガナ街道がのびている。

風の塔を旅立ってから二十日後、島のほこらから対岸のロンダルキア西部にわたったアレンたち三人は、ルプガナ街道を北西に向かって、馬を飛ばした。

ロンダルキア西部は、古代王朝時代からのムーンブルク国の領地だ。

だが、ムーンブルク城やムーンペタのある中部や北部の豊沃《ほうよく》な土地と違《ちが》って、荒涼《こうりょう》とした痩《や》せた土地と砂漠ばかりのこの地方は、これといった産業や文化もなく、中部や北部の人々からは、辺境の地としてしか見られていなかった。

ロンダルキア西部にわたってから十日目の午後――。

烈風が吹きすさぶ荒涼とした砂漠のルプガナ街道を走り続けてきた三人の目の前に、突如として黒々とした森が姿を現した。

森の南には美しい湖があり、そのほとりに戸数八十あまりの小さな宿場町があった。

ルプガナ街道の、ほぼまんなかに位置する宿場だ。

日はまだ西に傾きかけたばかりだったが、秋の日は落ちるのがはやい。

三人はこの宿場で一泊《いっぱく》して、ゆっくり休むことにした。

セリアと再会してからすでに五十日を過ぎているが、一度も宿に泊《と》まったことがなかったからだ。

宿場は急ごしらえの木の柵《さく》で囲まれ、村人は魔物の襲撃に備えて厳重な警備を敷《し》いていたが、宿場の入り口にある小さな宿屋へ行くと、宿の主人は快《こころよ》く泊めてくれた。

ここへ来るまでのコナンのアレンに対する態度は、前と同じだった。

相変わらずセリアにはやさしくて親切で、わざと明るく振る舞いセリアを元気づけようとするが、アレンとは、なかなか顔を合わせようとしなかった。

だが、翌朝のこと——。

アレンは、なんとか話すきっかけをつかみたいと思って、渋《しぶ》るコナンを無理《むり》やり朝霧《あさぎり》に煙《けむ》る湖の水辺まで引っ張り出して、久々に剣《けん》の稽古《けいこ》をつけた。

セリアと再会してから、コナンはほとんど剣の稽古をしなくなっていた。

だが、セリアの呪文に刺激《しげき》されてか、以前よりもさらに呪文の習練に精を出していた。

その腕前《うでまえ》も威力も、セリアと同じレベルまであがっていた。

この朝は、いつもより冷《ひ》え込みが厳《きび》しかった。吐く息もまっ白だ。

コナンは、かじかむ手で、木の枝《えだ》を削った特製の木剣《ぼっけん》を持つと、

「くそーっ！」

いきおいよくアレンに突進してきた。

アレンは、後退しながら軽くかわした。

だが、コナンは、今まで教えた剣の基礎《きそ》をまったく無視して、

「くそっ！　くそっ！　くそっ！」

ただがむしゃらに木剣を振りまわすだけだった。

「どうしたコナン!?」

「うるさいっ！」

コナンは、なおも力任せに木剣を振りまわした。

そのコナンの目を見て、アレンは思わずはっとなった。

今までの稽古のときの目と違う目だった。

十年前、決闘《けっとう》を申し込んだときと同じ、憎しみに燃えた目だった。

アレンは、横に飛ぶと、いきおいよくコナンの木剣を払《はら》った。

木剣は宙で一回転して、コナンの足元に転がり落ちた。だが、コナンは、木剣を拾おうともせず、
鋭い目でアレンを睨みつけたまま、肩で荒い息をしていた。

「どうした!?　そんなんじゃ敵にすぐやられちまうぞ！　さあ来いっ！」

「いやだっ！」

「なんだって!?」

「いやなんだよっ！」

「どうして!? ちゃんと稽古をやるって約束《やくそく》じゃないかっ!」

「そんなんじゃない! セリアのことだ!」

「セリア!?」

「そうだ! どうしておまえとセリアは同じペンダントを持っているんだっ!?」

「そ、それは……!」

とたんに、アレンは口ごもった。

なるべくなら、その話題に触《ふ》れたくなかったのだ。触れると、なおさらコナンが傷つくと思ったし、これ以上気まずくなると、一緒にいるのがつらくなるからだ。それに、コナンの額に三日月の傷あとを残したことに、アレンは負い目を感じていた。

だが、コナンはペンダントのことに気づいたときから、何度もそのことを聞こうと思っていた。しかし、魔物たちを警戒していつも三人は離れないでいたから、聞くに聞けなかった。セリアの前では恥ずかしくて、とてもそんなことは聞けるわけがない。嫉妬している自分を、セリアに見せるのがいやだからだ。男としてのプライドが許さないのだ。死んでもいやなのだ。だから、アレンと二人だけになるのを待っていたのだ。

「次のロト祭までは互《たが》いに抜けがけをしないって約束したじゃないかっ!」

「で、でも……!」

約束といっても、もともとコナンが一方的にいいだしたことだ。

しかも四年前のロト祭が終わり、ラダトーム城からサマルトリアに帰る途中のことだった。セリアにペンダントをもらったのは、それよりも数日前だったのだ。

だが、それをいっても、いい訳にしかならないのだ。

「汚《きた》ねえぜっ！　こっそりそんな真似《まね》するなんてさっ！　おまえが贈《おく》ったんだろっ!?　おまえだろっ!?」

「……」

なんと答えていいかわからず、アレンは黙って目を伏《ふ》せた。

「見損なったぜっ！　卑怯者《ひきょうもの》っ！」

コナンはいまにも泣き出しそうな顔で叫ぶと、

「いいかっ！　ぼくだってセリアを愛してるんだっ！　どこのだれよりもなっ！　世界で一番愛してるんだっ！」

いきおいよく森に向かって走り出した。

アレンは、ため息をついて見送るしかなかった。

また、コナンは、走りながら、問いただしたことを後悔《こうかい》していた。

ここまで来る旅の途中、コナンはペンダントについてあれこれ推測した。偶然《ぐうぜん》同じものだったのか？　アレンが贈ったものなのか？　それともセリアが――？　セリアが贈ったものだとしたら――それが、コナンの一番恐れていた答えであった。うそでもアレンが贈ったものであってほしかったのだ。

だが、アレンを責めた自分が、急に惨《みじ》めで情けなくなってきたのだ。自分で自分がいやになったのだ。コナンは、立ち止まると、

「くそっ！」

思いっきり拳《こぶし》で木の幹を突いて、やり場のない自分への怒《いか》りをぶつけた。

そのときだった。突然後ろから、ズズズズズッ——と、何かを引きずるような不気味な音がして、はっと振り向くと、巨大なまっ赤な花がすぐそばまで接近していた。

「ヒエーッ！」

思わずコナンは悲鳴をあげて飛び退《の》いた。

大神官ハーゴンの近衛司令官ベリアルの魔力によって生み出された怪物《かいぶつ》で、巨大な人喰《ひとく》い植物のマンイーターだ。

コナンは慌てて呪文をかけようとしたが、マンイーターが先に花粉を撒《ま》き散らしながら襲いかかってきた。

マンイーターは、花弁《かべん》の中央にある毒々しい赤褐色《せきかっしょく》の口から、異様な臭いの息を吐きかけ、

「うわっ！」

コナンは思わず鼻と口をふさいだ。

ねっとりと湿《しめ》った、吐き気のするような強烈な息だ。

とたんにコナンの頭がしびれて、睡魔《すいま》に襲われた。

「くそっ！」

コナンは、また呪文をかけようとしたが、力が入らなかった。

マンイーターはさらに強力な息を吐きかけた。

「うっ……！」

さらに頭がしびれ、コナンは我慢《がまん》できずに膝《ひざ》をついて倒れた。

そのときだった。アレンとセリアが駆《か》けつけたのは。アレンとコナンを捜《さが》しにきたセリアが、水辺にいるアレンを見つけたとき、ちょうどコナンの悲鳴が聞こえたのだ。

セリアは、すかさずバギの呪文をかけると、コナンを喰《く》おうとしていたマンイーターの花弁や茎《くき》や葉が瞬時にして裂け、花粉がいきおいよく宙に舞った。

そのあとにアレンが続いた。苦しそうにのけぞるマンイーターの花弁を斬り落とし、返す剣で太い茎をまっ二つに斬り裂いた。

「大丈夫《だいじょうぶ》か、コナン!?」

アレンは、コナンを抱き起こそうとした。

だが、コナンは、乱暴にアレンの手を払いのけた。

ゴォォォォッ――と、地鳴りのようなすさまじいうなりをあげて、冷たい烈風が大地を払うように吹き抜けていく。

朝一番の教会の鐘《かね》とともに、湖の小さな宿場を出発した三人が、半日かけて森を抜けると、ルプガナ街道はふたたび烈風が吹きすさぶ砂漠地帯に突入《とつにゅう》した。

砂や細かい石がバラバラと容赦なく体に当たる。目を開けているのもやっとだ。

上空にはうっすらと日が差しているが、昼になっても気温があがらなかった。

三人はひたすら馬を飛ばした。一刻でも早く、この砂漠を抜けたいからだ。

この三人が走り去るのを、崖《がけ》の上から馬に跨《また》がってじっと見ている男がいた。

日に焼けた黒い顔。氷のような冷たい目。腰《こし》まで伸びた長い髪《かみ》と、身にまとったマントが烈風に激しくなびいている。歳《とし》は二十歳《はたち》前後か。背が高くてがっしりした若者だ。

以前、大神官ハーゴン配下の悪魔神官《あくましんかん》と近衛司令官一派が、ロンダルキア山脈の巨大な洞窟《どうくつ》でいがみ合っていたとき、ひとり静かに笛《ふえ》を吹いていた、あの若者だ——。

4　ドラゴンの角

湖の宿場を出発してから八日目の午後——。

ルプガナ街道をひたすら飛ばしてきたアレンたち三人は、大きな峠《とうげ》を越えると、

「おおっ!」

思わず顔を輝かせた。

目の前のなだらかな丘陵《きゅうりょう》の向こうに、巨大な二つの塔がそびえていた。

手前の六層の塔は南の塔。その向こうの海峡の対岸にある七層の塔が北の塔。

双子の塔ともいわれている、ドラゴンの角だ。

「そりゃ！」

三人は、馬の腹を蹴《け》ってさらに飛ばした。

ルプガナ街道は、塔の手前で戸数三〇〇ばかりの城壁《じょうへき》に囲まれた小さな町に入った。

城門には、魔物の襲撃に備えて、二十人あまりの兵士たちが警備に当たっていた。

大通りを直進すると、すぐ断崖絶壁《だんがいぜっぺき》の上にそびえる塔の前に出た。

ここでルプガナ街道は、いったん途切《とぎ》れる。そして、目と鼻の先にある対岸の北の塔から、ふたたびルプガナ島の中心地であるルプガナに向かって街道がのびているのだ。

塔は、風の塔と同じように何百万個もの石を積み重ねて造られた壮大《そうだい》なものだった。

ところどころ石壁が崩れかけているが、風の塔よりは、はるかにしっかりしていて、何度も修復の手が入れられたことが、容易《ようい》に想像がついた。

だが、三人が最も驚いたのは、二つの塔を遮断《しゃだん》している断崖絶壁の海峡だった。

歩けば四、五〇〇歩で届きそうな狭《せま》い海峡を、激しい海流が無数の大渦を作り、その渦と渦が轟音《ごうおん》をたてててぶつかり合いながら流れていた。

その大渦の衝突《しょうとつ》が、狭い海峡の気流を変化させ、すさまじいいきおいで上空に吹きあげてくる。うっかりすると吹き飛ばされそうな強風だ。

「どうやってわたるんだよ、こんなすごい海峡!?」

コナンは断崖の上の柵にしがみつきながらいった。

気まずい関係にあるが、そんなことにこだわっている状況《じょうきょう》ではなかった。

「とにかく、あの人たちに聞いてみよう」

塔のそばに足場を組んだ作業現場があった。

巨大な弓《ゆみ》が設置され、数人の人夫たちが、大量の綱《つな》を滑車《かっしゃ》に巻きあげていた。

アレンが、その人夫のひとりに聞くと、

「どうしたらわたれるかって? はっははは。ま、あと十年待つんだな。今おれたちが塔と塔を結ぶ吊り橋《つりばし》を造ってるところさ。それがいやなら、空でも飛んでわたるんだな」

と、相手にもしてくれなかった。要するに、わたる方法はないのだ。

アレンは、ため息をついて空を見た。白い海鳥が数羽、翼《つばさ》を広げてゆったりと舞っている。

空か――アレンは心のなかでつぶやくと、ぱっと顔を輝かせた。

魔女に授かった風のマントのことを思い出したのだ。

「そうだ、風のマントを使ってみよう!」

「えっ!?」

コナンとセリアが驚いた。

「ほ、本気かよ!?　いくら風のマントだって、この海峡じゃ無理だぜ！」

「やってみないとわからないいじゃないか。あの北の塔に行くには、どうしてもこの海峡をわたらなきゃならないんだ」

そういわれると、それ以上コナンは反論ができなかった。ほかに方法がない。

「そうと決まれば……」

アレンはふと顔を曇《くも》らせた。そして、自分の馬の鼻面《はなづら》をやさしくなでた。

コナンもセリアも、ため息をついてそれぞれの馬を見た。

風のマントで海峡をわたるには、この町に馬を置いていかなければならない。

それに、三人は二度とこの南の塔には戻ってくるつもりはないのだ。

北の塔にわたった後、三人は港町のルプガナに行って船を探《さが》し、邪神の像があるというロンダルキア大陸のはるかかなたの東方の海に船出しようと、風の塔を出たときから決めていた。

アレンは先頭に立って、馬の手綱《たづな》を引きながら町へ引き返した。

馬を預かってくれる人がいるかどうか、町の長老に聞いてみることにした。

広場には精霊ルビスを祀《まつ》った聖堂があり、その裏《うら》の高台に瀟洒《しょうしゃ》な長老の館《やかた》があった。

館の門で用件をいうと、使いの男が玄関《げんかん》横の部屋に案内して長老を呼びに行った。

今年九十歳になるという白髪《はくはつ》の小柄な長老は、部屋に入ると、はっとなって弾《はじ》かれたようにセリ

アを見た。そして、感激《かんげき》に体を震《ふる》わせながら涙《なみだ》を浮かべて、

「王女さま……。よ、よくぞ……ご無事で……」

と、平伏《へいふく》した。

一年前、ムーンブルク城に招かれたときに、セリアを見て知っていたのだ。

長老は、さっそく三人を二階の豪華《ごうか》な部屋《へや》へ案内した。

窓からは、対岸の北の塔がよく見えた。

セリアからムーンブルク壊滅の様子を聞いて、長老はしきりに涙を拭《ふ》いていた。

だが、涙がおさまると、

「馬ならわしがお守りいたしましょう」

と、申し出た。

「ありがとう」

アレンが礼をいった。

「ずっと一緒に旅してきたから、大事にしてほしいんだ」

「承知しております。しかし、馬を置かれてどうなさるおつもりです?」

「あの北の塔にわたるんだ」

アレンは、窓の外の塔を指さした。

「えっ!? わ、わたるっ!?」

長老は驚いた。

アレンは、革袋から風のマントを取り出して、風の塔の魔女のことを話した。

「……あの塔に棲《す》む魔女に会いたいんだ」

「たしかに、あの塔の最上階に棲む魔女が、月夜の晩に糸を紡《つむ》いでおるという噂は聞いたことがありますが……。吊り橋さえ焼かれなければ、馬と一緒に苦労しないでわたれたのですが……」

「焼かれた？」

「はい、北の塔の四階と南の塔の三階にかかっておったのでございます。北側は、こちらよりちょっと地形が低いものですから……。そのころは、けっこうこの町も賑《にぎ》わっておったのですよ。ルプガナからやってくる観光客で……。それに、ここはムーンブルクの国とはいえ、一番結びつきの深いのは対岸のルプガナなのです……。食料も衣料も何もかもが、すべてルプガナの町から吊り橋を通って運ばれてきていたのです……。ところが八年前……何者かによって吊り橋は無残にも焼かれてしまいました。同時に、この町の精霊ルビスさまを祀る聖堂も……」

「聖堂も!?」

アレンたちは思わず顔を見合わせた。

「当時、邪教徒《じゃきょうと》が急に増えましてな……。ルビスさまから邪教徒に鞍替《くらが》えする者もけっこういましてね……。ところが聖堂が焼かれると、この町から邪教徒たちが突然姿を消してしまったのです……。今にして思えば、すでにそのころから大神官ハーゴンがその邪教徒たちを操《あやつ》っておった……

ということでしょうな……。聖堂はなんとか復元しましたが、吊橋の工事は思うようにすすまんのです……。綱を一本通せば、その綱を伝って人夫たちを向こうへ送ることもできますし、作業も簡単になるんですが、その最初の綱が通せんのですよ……。追い風の日を選んで、巨大な弓で綱を結んだ矢を射ったのですが、何度やっても北の塔まで届かないのです……。ですから、今もっと強力な弓に作り変えておるところなんですよ……」

「じゃあ、ぼくたちが綱を運んでいってあげるよ！」

突然、コナンが立ちあがって長老にいった。

アレンたちは、驚いてコナンを見た。

「もし、ほんとに三人が風のマントで海峡をわたれるならよ、綱ぐらい引っ張って行けるだろ⁉ 体にぐるぐる巻きつけてさ！」

「そりゃ、名案だ！　長老、やってみようよ！」

アレンも賛成した。

「ほ、ほんとですか？」

「そりゃあ、やってみなきゃなんともいえないけど……」

いいだしてみたものの、さすがにコナンも不安は隠《かく》せなかった。

もし、風のマントがうまく空を飛べなければ、激しい渦が逆巻《さかま》く海峡に落下してしまうからだ。

一時後《いっときご》——。

はるか西の空に、大きな夕日がいまにも沈もうとしていた。

綱を体中に巻きつけた三人が、南の塔の三階のもと吊り橋がかかっていたところに立った。

まんなかのアレンが風のマントを身にまとっている。

綱の反対側は、三階の床に組み込まれた巨大な滑車にぐるぐる巻きつけてある。

その横には長老と、十数名の人夫たちが待機している。

準備はすべて完了《かんりょう》していた。塔の下には、長老からの知らせを聞いて駆けつけた町の人々約二〇〇名が、固唾《かたず》をのんで見守っている。

三人の足元には、目のくらむような断崖絶壁と、その下を渦を巻いてすさまじいいきおいで流れている海流が見える。

「や、や、やっぱり、一度試した方がよかったんじゃないか!?」

恐怖《きょうふ》に震え、歯をガチガチ鳴らしながらコナンがいった。

セリアも、まっ青《さお》な顔をして緊張《きんちょう》している。

「とにかく、精霊ルビスに祈るんだ。心を込めて、必死にな！」

アレンは自分にいい聞かせるようにいった。アレンも不安なのだ。

三人は、手をつなぐと、目をつむって精霊ルビスに祈った。

――精霊ルビスよ。われらに力を――。主の力を与えたまえ――！

「さあ行くぞっ！　勇気を持って思いっきり跳《と》ぶんだ！　それっ！」

アレンが号令をかけ、三人が一緒に宙に大きく跳んで両手を広げた。

三人の体が急に浮上《ふじょう》した。海峡から吹きあげてくる強風も味方した。

「うわあっ！」

三人は、目を開けて歓声をあげた。

三人は全身に風を受けながら、北の塔に向かって空を飛んでいた。

風のマントが風をはらみ、大きくふくらんでいる。

三人に巻きつけた綱が、まるで凧《たこ》の糸のように、シュルシュルと音をたてながら、放物線を描《えが》いた。

見守っていた人々から大歓声が沸《わ》いた。

5　雨露《あまつゆ》の糸

「す、すげえっ！」

コナンは興奮して叫ぶと、大きく深呼吸した。

まるで鳥になった気分なのだ。三人が上を向くとさらに上昇《じょうしょう》し、水平になると速度が速まる。

自分たちの思いどおりに空を飛べるのだ。

アレンもセリアも、顔を輝かせながら、空から見えるすべての風景を見逃《みのが》すまいとして必死に目を凝《こ》らしていた。

感激のあまり言葉が出なかった。

精霊ルビスよ——アレンは心のなかで感謝した。

目の前に北の塔が接近してきた。

「それっ！」

三人は体勢を整えると、北の塔の四階の床《ゆか》を両足でしっかりと踏んだ。

そして、床に埋め込まれた鉄の柱に綱をぐるぐる巻きつけてきつく結わえると、三人は自分たちの綱を解いて、

「やった、やったーっ！」

口々に叫びながら、小躍《こおど》りして喜んだ。

コナンは、満面に笑みを浮かべて、アレンに握手《あくしゅ》の手を差しのべた。

「コナン……！」

アレンは、今までのことがあるので、よけい嬉《うれ》しかった。

だが、アレンが手を握《にぎ》ろうとすると、はっとコナンが顔色を変えた。

今までのことをすっかり忘れて、つい手を出してしまったことに気づいたのだ。

コナンは、すばやく手を引っ込めて、そっぽを向いてしまった。

「……」

アレンは、ため息をつくと、手を握って南の塔に終了《しゅうりょう》の合図を送った。

その合図を見て、南の塔の人夫たちがいっせいに巨大な滑車の歯車を反対側に回転させて綱を巻き始めた。海峡の上にだらんとぶら下がっていた綱がピィーンといきおいよくのびた。

こうして、八年振りに、南の塔と北の塔が一本の綱で結ばれたのだ。

人々からまた拍手《はくしゅ》と大歓声があがった。

そして、三人は風のマントを革袋にしまうと、階段を探して五階にのぼった。なかは、複雑な迷路になっていた。通路をいくつも曲がって、やっと前方に六階へのぼる階段を見つけたときだった。

突然、頭上の暗がりで、不気味な眼がピカーッと光ったのだ。

三人は、とっさに身構えた。

一瞬、天井の隅《すみ》に巨大な毒蜘蛛《どくぐも》が巣《す》を張っているように見えた。だが、よく見ると、蜘蛛とは似ても似つかぬ別の魔物だった。中心に巨大な目玉が一個あり、それを何十本ものぬるぬるした太い髪の毛のようなものがおおっていた。太い髪の毛に見えるのは、なんとみんな毒蛇《どくへび》だった。

魔物は、悪の魔力によって無数の毒蛇が合体したメドーサボールだ。

毒蛇たちが鎌首《かまくび》をもたげると、メドーサボールが急降下しながら襲いかかってきた。

コナンは、ギラの呪文を唱えて、火炎の球を放った。

だが、火炎はメドーサボールに吸いこまれてあっけなく消えた。

コナンの目の前に、メドーサボールが接近した。

「うわあっ！」

コナンは慌てて床に伏すと、メドーサボールはコナンをかすめて急上昇した。

メドーサボールは、身軽で敏速《びんそく》だった。態勢を変えると、ふたたび急降下してコナンに襲いかかってきた。そのときだった、セリアがバギの呪文をかけたのは。

すさまじい真空の渦がメドーサボールの表皮を、たちまちにして斬り裂いた。

すかさずアレンが、巨大な目玉に剣を突き刺すと、宙に大きく飛んでメドーサボールをまっ二つに斬り落とした。そして、落下して激しくもがいているメドーサボールに、ふたたびセリアの強烈なバギの呪文が炸裂した——。

メドーサボールにとどめを刺して六階にあがると、今度は空中を漂《ただよ》うくらげのような姿のホイミスライムの大群が襲いかかった。

さらに、獰猛《どうもう》なマンドリルや、全身の肉がどろどろに腐ったあのリビングデッドも襲ってきた。

魔物たちを倒し、やっと七階への階段にたどり着いてほっとしたときだった。

階段の上からかすかに糸車のまわる音と、か細い歌声が聞こえてきた。女の歌声だ。

歌詞はよく聞きとれなかったが、物哀《ものがな》しい旋律《せんりつ》だった。

三人が、そっと七階にのぼると、奥の一室で、藍《あい》色のマントをまとった白髪の老婆が、紡《つむ》ぎ機の糸車をカラカラまわしながら小さな声で歌っていた。魔女だ。

窓の外は、いつの間にかすっかり暗くなり、満月が出ていた。

三人は、しばらくの間じっと見ていた。

すると、魔女は歌うのをやめて、糸を紡ぐ手を止めた。

だが、糸を紡いでいたはずなのに、糸はどこにも見当たらなかった。

「お待ちしておりました……。勇者ロトとアレフの血をひきし者たちよ……」

しわがれ声でそういって、三人の方を向いた。

風の塔の魔女と同じように、目はつぶれて、頬はげっそりと落ちていた。

「わたしは、こうして糸を紡ぎながら、あなたさま方の来るのをずっとお待ちしておりました……。

精霊ルビスさまのお言葉に従って……」

「実は、邪神の像のことを聞きたくてやってきたんだ」

アレンは、風の塔の魔女と会って風のマントをもらった話をした。

「そうですか……。上の妹が風の塔で……」

魔女は、嬉しそうに微笑むと、

「しかし、わたしも邪神の像がどこにあるのか知りませぬ。ロンダルキア大陸のはるかかなたの東方の大海……と、いう以外は……。ただ……邪神の像を手にするには、その前に満月の塔に隠されておるという月のかけらを手に入れなければならぬそうです……」

「月のかけら!?」

「はい……」

「その満月の塔というのはどこにあるんだ!?」

「それ以上のことは……」

魔女は、首を横に振ると、

「わたしたち三姉妹が、竜王配下の魔女だったという話はお聞きになりましたか……?」

「ああ。聞いたよ」

魔女は、満足そうにうなずくと、

「わたしは、妹たちと別れてから、あちこち異国を放浪《ほうろう》しました……。そして、やっとこのドラゴンの角の北の塔にたどり着いたとき、悪性の熱病にかかっておりました……。毎日毎日、熱にうなされて……。もう死ぬものとばかり思っていました……。ところが、夢のなかで、精霊ルビスさまの声を聞いたのです……。『……いつの日にか、勇者ロトとアレフの血をひきし者たちが、ここを訪ねてくるときがあるでしょう。その日まで、そなたは生き続けなければならない運命にあるのです。そして、そなたの妹たちも……。それぞれの使命を持って生き続けなければなりません。そなたは、勇者ロトとアレフの血をひきし者たちのために、心を込めて雨露の糸を紡ぎ続けるのです。それがそなたの残された使命なのです……』そうおっしゃいながらルビスさまの声は遠のいていったのです……。わたしは、はっと目が覚めました……。すると、わたしの熱がさがっていたのです……。そして、わたしの横にこの紡ぎ機が置いてあったのです……」

魔女は、いい終わると、紡ぎ機の錘《おもり》の上にそっと手を広げた。

すると、天井からすーっと一本の光が差し込んできて、魔女の手のひらに突き刺さったかと思うと、その光が、まっ白な美しいひと巻きの糸に変わった。

「これが……あなたさま方を待ちながら、心を込めて紡いだ雨露の糸です……」

魔女は、そういってアレンに差し出した。

「きっといつか、お役に立つ日がくるでしょう……。それから……下の妹にもぜひ会ってください……。きっと、あなたさま方がお見えになるのを待っておるでしょう……」

「どこにいるの!?」

アレンが聞いた。

だが、魔女は首を横に振った。

「三人が別れ別れになったとき、アレフガルドに行くようなことを申しておりましたが……。その後、なんの噂も聞いておりません……」

「アレフガルドに!?」

「これで、わたしの役目は終わりです……。もう二度とお目にかかることはないでしょう……」

魔女は、そういって微笑んだ……。

そして――。
アレンたちが立ち去ると、魔女はやっとの思いで震える手を糸車にかけた。

これが、最後の、残された力のすべてだった。

「精霊ルビスよ……。これで、安心して、アレフさまのところへ行けます……。そして、上の妹のところへも……」

魔女は、穏《おだ》やかな笑みを浮かべながら、精霊ルビスに感謝した。

と、糸車にかけていた手が滑《すべ》り落ちて、魔女の体もゆっくりと崩れ落ちた。

カラカラカラカラ――糸車は音を立てて回転した。

だが、やがて止まると、突然糸車がまばゆい光を放って炎のように燃えあがり、魔女の体に燃え移った。

そして、その光が消えると、魔女の姿も跡形《あとかた》もなく消えていた。

もちろん、アレンたちは知るはずもなかった――。

第四章　自由貿易都市ルプガナ

ルプガナ島は、ローレシア国の三分の一の面積を持った広大な島だ。

この島を東西に走るルプガナ連峰《れんぽう》が、北と南に二分している。

北部は未開の森林地帯だが、南部は豊沃《ほうよく》な丘陵《きゅうりょう》地帯だ。

この丘陵地帯のまんなかを、連峰に沿《そ》うように、ルプガナ街道《かいどう》が走っている。

同じルプガナ街道でも、ドラゴンの角《つの》を境に、辺境《へんきょう》の地ムーンブルク西部のそれとは、まったく様相が変わっていた。街道筋《すじ》には、たくさんの宿場町や村があった。

また、ルプガナ島は、自由自治の国としても知られていた。その中心が、ルプガナ街道の終着地でもある、自由貿易港のルプガナだ。島の政治、経済、文化の中心として栄えてきた人口二万二〇〇〇人のルプガナの町は、また異国《いこく》の船で賑《にぎ》わう国際都市でもあった。

ドラゴンの角の北の塔《とう》を出発してルプガナ街道を北上したアレンたちは、三十日後、このルプガナの町の手前まで来ていた。

季節は冬を迎《むか》え、暦《こよみ》は犬頭神《アヌビス》の月から竜《ドラゴン》の月に替わっていた――。

1　美少女

はるか遠くに見えるルプガナ連峰は、日ごとに白さを増していた。

十日前には、山頂《さんちょう》付近にしかなかった雪が、いつの間にか中腹《ちゅうふく》まで白く埋《う》めている。

このルプガナ連峰を左手に見ながら、アレンたち三人は、ポプラ並木《なみき》が続く運河沿いのルプガナ街道を旅していた。

運河は歩数にして五十歩ほどの幅《はば》しかないが、水量は豊かだ。この運河の河口に、ルプガナの町がある。

「大丈夫《だいじょうぶ》か？」

先頭を歩いていたアレンが額《ひたい》の汗《あせ》を拭《ふ》きながら、セリアとコナンに声をかけた。

朝晩の冷《ひ》えこみは厳しいが、昼にこうして歩いていると、汗でびっしょりになる。

セリアは黙《だま》ってうなずいたが、コナンは顔もあげようとしなかった。

だが、二人ともしっかりした足どりで、古い石畳《いしだたみ》の街道を歩いていた。

ドラゴンの角の北の塔を出て半日もしないうちに、コナンとセリアは両足に大きなまめをいくつもつくった。

その後、予定を変えて、無理しないように旅をしてきたが、それでも途中《とちゅう》の宿場町で四日も逗《とう》留《りゅう》しなければならなかった。二人のまめがつぶれ、アレンもまめをつくったからだ。馬での旅は慣《な》れていたが、歩くことには不慣れなので、無理もなかった。

だが、二十日過ぎたころから、三人は歩くペースをやっとつかんだのだった。

また、街道筋の宿場町や村々では、兵士たちが通常の警備をしているに過《す》ぎなかった。

ムーンブルク壊滅《かいめつ》からすでに一五〇日近く過ぎているせいか、町の人々や旅人たちは、何事もないように普通《ふつう》の生活をしていたし、兵士たちにも緊張感《きんちょうかん》が見られなかった。

運河の水門にかかる跳《は》ね橋《ばし》にさしかかったときだった。

「あっ」

思わずセリアが声をあげて、白い指で空を指した。

上空を三羽のカモメがゆっくりと舞《ま》っていた。

それは海が近いことの証明だ。ルプガナの町はもうじきなのだ。

三人の足は、自然と速まった。

やがて、両側に急峻《きゅうしゅん》な山が迫《せま》ってきた。ポプラ並木の運河と街道は、その山と山を縫《ぬ》うように蛇行《だこう》していた。

最後の山を曲がったときだった。三人は、

「やったあっ！」

思わず歓声をあげて喜んだ。

ポプラ並木のはるか前方に、大聖堂《だいせいどう》の尖塔《せんとう》と城壁《じょうへき》が見えたのだ。ルプガナの町だ。

三人は、運河沿いの宿場でひと休みしてから、かれこれ一時《いっとき》近く歩き続けていたが、その疲《つか》れも忘《わす》れて、さらに足を速めた。

城門や大聖堂の形がはっきり見えるところまで来ると、左手に樹齢《じゅれい》何百年も数える、天を突《つ》くような巨大《きょだい》な杉《すぎ》並木があった。

この並木の奥《おく》に、広場があり、さらにその奥に何百段もある長い急な階段があった。

その階段の上に、太陽の光を浴《あ》びて神殿《しんでん》の白い円堂がそびえていた。

三人が、ちょうど並木の前にさしかかったときだった。

突然《とつぜん》、奥の広場から、馬のいななきとともに女の悲鳴があがった。

三人が慌《あわ》てて駆《か》けつけると、二頭立ての豪華《ごうか》な馬車の横に年配の馭者《ぎょしゃ》がうつ伏《ぶ》せに倒《たお》れていて、その奥の杉木立《すぎこだち》のなかで、少女が魔物《まもの》に追いつめられていた。

魔物は、全身に緑の苔《こけ》が生えた、巨大な猿《さる》の化《ば》け物《もの》――バブーンだった。

冬になって、獲物《えもの》を求めて山奥からおりてきたのだ。

コナンは、印《いん》を結んでギラの呪文《じゅもん》を唱《とな》えた。

だが、バブーンは身軽で敏速《びんそく》だった。コナンが放った火炎《かえん》の球《たま》をかわしながら宙に跳《と》び、不気味な奇声《きせい》を発しながらアレンに襲《おそ》いかかった。

アレンは慌てて身を伏《ふ》せると、巨大な鋭《するど》い爪《つめ》がうなりをあげて首元をかすめた。

アレンの後方に着地したバブーンは、すばやく宙に跳んで杉の枝に飛び移ると、今度は呪文をかけようとしていたセリアとコナンに狙いを定めた。

二人は、慌てて飛び退《の》いて身をかわした。そのとき、

「いたっ！」

コナンが思わず倒れ込んで、右足首を押さえた。

地面に露出《ろしゅつ》していた岩を踏《ふ》みはずして、足首を挫《くじ》いたのだ。

それを見たバブーンは、奇声をあげながら宙を跳んでコナンの背後から襲撃した。

「危《あぶ》ないっ！」

セリアは、頭上にかざしていた呪文の杖《つえ》を渾身《こんしん》の力で振《ふ》りおろした。とたんに、

「ギャオオオオーッ！」

バブーンの悲鳴が、杉木立に響《ひび》きわたった。

すさまじい真空《しんくう》の渦《うず》が、バブーンの体を切り裂《さ》いたのだ。苔状《こけじょう》の体毛が宙にいきおいよく舞いあがり、バブーンはコナンの目の前にぶざまな格好《かっこう》で落下した。

「くそっ！」

さらにコナンが、渾身の力を込めてギラの呪文をかけた。

コナンが今までかけたギラの呪文のなかで、一番大きい強烈《きょうれつ》な呪文だった。

爆風《ばくふう》のような紅蓮の炎の嵐《あらし》を浴びて、バブーンの巨体《きょたい》が後ろに吹《ふ》っ飛んだ。

そこを、すかさずアレンが斬《き》りかかった。黄色い鮮血《せんけつ》が飛び散った。

血まみれのバブーンは、必死にもがきながら、アレンの首に鋭い爪を突き立てようとした。

だが、そこまでだった。バブーンは、突然カッと眼を見開くと、そのまま地響《じひび》きをたてて崩《くず》れ落ちた。一瞬《いっしゅん》早く、アレンの剣《けん》が心臓をひと突きにしていた。

「しっかりしろ！」

アレンは、剣についた血痕《けっこん》を振り落としながら、馬車のそばに倒れている馭者に駆け寄って抱《だ》き起こした。

馭者は、すぐ気がついた。幸い、傷はなかった。

いきなりバブーンに後頭部を殴《なぐ》られて、気を失って倒れたのだ。

だが、コナンが起きあがれないでいた。

「だ、大丈夫《だいじょうぶ》ですか？」

少女は、慌ててコナンに駆け寄った。

アレンたちと同じくらいの年齢《ねんれい》で、色白の、涼《すず》しげな瞳《ひとみ》をした、可憐《かれん》な少女だった。整った顔には、気品すらある。身にまとっているものも最上級の絹だ。ひと目で裕福《ゆうふく》な家族の娘であることがわかった。

「な、なんのこれしき……！」

コナンは、必死に立ちあがろうとしたが、

「うっ！」

大きく顔を歪《ゆが》めて、ふたたび足首を押さえて倒れ込んだ。

「わたしどものところへおいでください。すぐお医者さまに診《み》ていただかなければ……」

「へ、平気だよ……。ほっときゃすぐ治るさ……」

「いけません」

少女は強い口調でいうと、

「それではわたしの気がすみません。それに、おじいさまにも叱《しか》られます」

じっと哀願《あいがん》するようにコナンを見つめた。

どうしてもあきらめそうになかったので、アレンたちは少女の言葉に従うことにした。

アレンたちを乗せた二頭立ての馬車が、杉並木から街道に出ると、馭者は鞭《むち》を打って加速した。

少女は、レシルと名乗り、祖父の使いで神殿に来たのだといった。

アレンが、何の神殿なのか尋《たず》ねると、レシルは一瞬キョトンとした。ルプガナの人なら、誰《だれ》でも知っている神殿だからだ。

レシルは、神殿には海の神である竜神《りゅうじん》が祀《まつ》られていて、航海の安全を願う船乗りたちが出航前に必ず詣《もう》でるところだと説明して、

「ルプガナは初めてなのですか？」

と、逆に尋ねた。

「ぼくたちは大神官ハーゴンを倒すために旅をしてるのさ」

アレンに代わってコナンが答えた。そして、自分たちの名を明かした。

レシルは驚《おどろ》いて、三人の顔を見ていた。

目の前に、荘重《そうちょう》な三層建ての城門が迫ってきた。

城門のアーチの上に、翼《つばさ》を広げて飛翔《ひしょう》する海鳥の像があって、その下に見なれない古代文字の短い言葉が刻《きざ》まれていた。

アレンは、ローレシア城下の外門に刻まれた『訪れる者にやすらぎを――。立ち去る者に幸いを――』という言葉を思い出して、レシルに意味を尋ねると、

「『すべての者に自由の翼を……』。この町を蛮族《ばんぞく》から守った人の言葉ですわ」

レシルは、誇《ほこ》らしげに微笑《ほほえ》んだ。


およそ四〇〇年ほど前――。

ルプガナの町は、グフト王朝の王都だった。

だが、ある夜、突如《とつじょ》北部の蛮族の大軍に襲われた。

蛮族は、町を制圧すると、荘厳華麗《そうごんかれい》なルプガナ城に火を放った。

こうして、一〇〇〇年続いたグルフ王家は滅亡《めつぼう》し、町は蛮族の支配下におかれた。

だが、蛮族の支配にたまりかねた町の有志が、「ルプガナ奪還《だっかん》」に立ちあがり、町は戦場と化し

た。当時から貿易港として栄えていたルプガナの町は、もともと自由の気風の強いところだった。

そして、二年におよぶ闘《たたか》いの末、やっと蛮族の大軍を倒すと、「自由と平和」の旗印のもとに、自分たちの手で町を治めることに決めたのだ。

こうして、自由自治の国ルプガナが誕生《たんじょう》した——。


馬車は、城門の薄暗《うすぐら》いアーチを抜けて町に入った。

町は活気に満ちていた。さまざまな商店が軒《のき》を並《なら》べ、買物客で賑わっている。

その上空を、たくさんのカモメが鳴きながら舞っていた。

馬車は、大通りを慌ただしく駆け抜けて、町の中心である大聖堂前の広場まで来ると、前方の道の向こうに大型帆船《おおがたはんせん》が停泊《ていはく》している港の光景がちらっと見え、アレンは思わず身を乗り出した。

だが、馬車は港の方には向かわず、大聖堂の横を左に折れた。

やがて、前方の小高い丘に、城壁に囲まれた荘厳な館《やかた》が見えてきた。

2 ラーミア号

案内された館の部屋の窓《まど》から、ルプガナの美しい町並《まちな》みとたくさんの大型帆船が停泊している港、さらには岬《みさき》に囲まれたルプガナ湾《わん》までが、一望に見わたせた。

また、部屋は船のキャビンを模《も》して作られていて、壁《かべ》にはいくつもの美しい帆船の絵画が、棚《たな》に珍《めずら》しい帆船の模型《もけい》や、異国情緒《いこくじょうちょ》たっぷりな壺《つぼ》や、遺跡《いせき》から発掘《はっくつ》されたと思われる古い石像や古代文字の刻まれた青銅の鏡が飾《かざ》ってある。

アレンとセリアが、この部屋で待っていると、やがて右足首に包帯《ほうたい》を巻いたコナンが松葉杖《づえ》をつきながら、レシルと七十過ぎの白髪痩身《はくはつそうしん》の老人につき添《そ》われてやってきた。

館に到着《とうちゃく》すると、すぐ当家の主治医が呼ばれ、別室で治療《ちりょう》を受けていたのだ。

老人は、主治医ではなく、当家の主《あるじ》ハレノフ八世っだった。

「ようこそ、おいでくださいました……」

ハレノフ八世は、レシルとそっくりな涼しげな目で微笑むと、

「レシルの祖父で、貿易商のハレノフ八世でございます……」

と、丁重《ていちょう》に挨拶《あいさつ》をした。

物腰《ものごし》のやわらかい、気品にあふれた仕種《しぐさ》に、二人は思わず見惚《みと》れた。

「コナンさまの足は十日もあれば、もとどおりに歩けるようになるそうでございます」

ハレノフ八世はそういって、アレンとセリアに椅子《いす》を勧《すす》めた。

レシルは、コナンの手を取って椅子に座《すわ》らせた。

「ま、それまでご遠慮《えんりょ》なく、ごゆっくりと、この館でお過ごしくださいい……」

「ぜひそうしてください」

レシルも、微笑んだ。

「でも、これ以上迷惑《めいわく》をかけるわけには……」

とまどいながらアレンがいうと、

「いいえ。迷惑だなんて、おそれ多い……。かわいい孫娘を魔物から救っていただいたんです。それに、アレフ七世さま、リンド六世さまにも……」

「父上たちを知ってるんですか？」

コナンがハレノフ八世の言葉を遮《さえぎ》って尋ねた。

「はい。それに、ファン一〇三世も……」

ハレノフ八世は、悲しそうにセリアを見た。

「何度かお会いして、仕事のことで、いろいろと便宜《べんぎ》を図っていただきました……。ですから、どういたしましても……」

アレンたちは、互《たが》いに顔を見合わせた。そして、言葉に甘《あま》えることにした。

「よかった」

レシルは、嬉《うれ》しそうにハレノフ八世を見て微笑んだ。

「セリアさま……」

ハレノフ八世は、小さくため息をつくと、顔を曇《くも》らせていった。

「よかったら、ムーンブルクでの出来事をお聞かせ願えませんか……？」

「はい……」

セリアは、テーブルに視線を落として、おもむろに話し始めた。

セリアの話が終わると、

「そうでしたか……。お可哀相《かわいそう》に……」

ハレノフ八世は、そっとハンカチで涙《なみだ》を拭《ぬぐ》った。

「さぞ、国王も無念だったことでしょう……。わたしもできるだけのことはいたします。なんなりとお申しつけくだされ……」

「邪神《じゃしん》の像……って聞いたことがありますか？」

さっそくアレンが尋ねた。

「邪神の像？」

「はい……」

アレンは、魔女に聞いたことを話した。

だが、ハレノフ八世は首を横に振った。

「わたしは、世界中を航海してますが、残念ながらそのようなことは……。でも、あとで船乗りたちに聞いてみましょう。で、これからどうなさるおつもりです？」

「アレフガルドにわたるつもりです」

「アレフガルドへ？」

「船があるかどうか知りませんか？　ラダトームへ行く？」

「それなら、たった数日前に定期船が出航したばかりです。次の便は来月にならなければ――。夏場なら、月に三便あるのですが、冬場は海が荒《あ》れますので……」

「そうですか……」

アレンたちは、顔を見合わせてため息をついた。

「そういえば、ラダトームの国王様が、ムーンブルクが壊滅した直後からどこかにお隠《かく》れになってしまったとか……」

「えっ？」

アレンたちは、驚いてハレノフ八世を見た。

「代わって、遠縁《とおえん》にあたる方が国を治めておるという噂《うわさ》を聞きましたが……」

「ど、どういうことなんだ？」

アレンは、四年前会ったときの、恰幅《かっぷく》のいい温厚なラルス二十二世の顔を思い浮《う》かべた。

二二〇年前――当時のアレフガルドの国王ラルス十六世は、王女ローラと結婚《けっこん》した勇者アレフに国王を継承《けいしょう》してほしいと思っていたが、アレフがローレシア大陸にローレシア国を建国したために、しかたなく王妃方の血縁《けつえん》の貴族《きぞく》に王位を譲《ゆず》って、ラルス家を継《つ》がせた。

その結果、ラルス十六世を最後に、ラダトームでのラルス家の血が絶えてしまった。

だが、ラルス家は六年に一度のロト祭を主催《しゅさい》しなければならない重要な任務を持っていた。

そして、代々国王がその職務を果たしてきた。

また、現国王のラルス二十二世も、四年前までは立派に務めた。

さらに、二年後に迫《せま》ったロト祭を成功させなければならない責任があるのだ。

「だらしがないなあ。何を考えてんだあ?」

コナンは舌打ちをした。怒《いか》りを越《こ》えて呆《あき》れてしまったのだ。そして、

「しかし、あとひと月かあ……」

肩《かた》で大きくため息をついた。

「船、どうにかならないの、おじいさま」

レシルが気の毒になって尋ねた。だが、ハレノフ八世は、

「一口に船といってものぉ。五、六十人の船乗りを……」

と、いってはっと顔を輝《かがや》かせると、

「そうだ。いい船がある。小さいが非常に性能がいいよくできた船でして、四、五人でも動かすことができます。よかったら、その船を差しあげましょう。しばらく放《ほう》ってあるので、かなり手を入れなければなりませんが、さっそく行ってみましょう」

と、立ちあがった。

「船の名はラーミア号というんです」

馬車に乗ると、ハレノフ八世がいった。

「ラーミア……？　ラーミアって、あの伝説の不死鳥のことですか？　精霊《せいれい》ルビスを乗せて異界からやってきたという……？」

思わずアレンが聞くと、

「そうです。昔《むかし》、このルプガナのはるか南方にあるベラヌールに、船を造らせたら右に出る者がいないといわれた船造りの名人がおったそうです……」

と、いって話し始めた。


およそ三十年ほど前のことだ――。

ハレノフ八世の友人のベラヌールの貿易商が、九十に手が届こうとしていたこの船造りの名人に、素晴らしい船を造ってほしいと依頼《いらい》した。それまでに、名人は何隻《なんせき》も貿易商の船を造っていたからだ。

だが、もう船は造りたくない、とそっけなく名人に断られた。

あきらめきれない貿易商は、何度も足を運ぶと、名人は最後に、好きなように造らせるなら、と答えた。貿易商は、喜んで承知した。

貿易商は、当然のように、素晴らしい大型船が完成すると頭に描《えが》いていた。

ところが、貿易商の意に反して、名人は小さい船を造っていた。

驚いた貿易商は、こんなに小さくては商売の荷が積めないではないか、壊《こわ》して大型船を造り直せ、と命じたのだった。

だが、名人は、がんとして受け入れなかった。何度説得しても、首を縦《たて》に振らなかった。

貿易商は、しぶしぶ帰るしかなかった。

こうして、五年の歳月《さいげつ》をかけてやっと船は完成した。

船首には美しいラーミアの像が飾られていた。

完成した翌朝のこと。若い弟子《でし》が、完成したばかりの船の甲板《かんぱん》に横たわっている名人を発見して悲鳴をあげた。名人はすでに息を引きとっていた。

その顔はおだやかで、微笑んでいるように見えたという——。


「それで、その船はラーミア号と呼ばれるようになったのだそうです。ところが……」

ハレノフ八世は、ひと息入れて、さらに言葉を続けた。

「それから数年後。友人の船が航海中に遭難《そうなん》して、大損害《だいそんがい》をこうむったのです。金に困った友人は、わたしにこの船を買ってくれないかと持ちかけてきたのです。そこでわたしが特別に高い金で買い取って、ルプガナまで持ってきたのです。しかし、この船は小さすぎて商売には使えませんので、そのままドックに入れておいたのです……」

ハレノフ八世の話が終わると、ちょうど馬車は港に出た。
四、五〇〇トン級の大型帆船が幾隻《いくせき》も波止場に停泊していた。
「すごいっ！」

アレンは、その壮観《そうかん》さに、目を見張った。

コナンもセリアも、ただ驚いて目を丸くしていた。

甲板や帆柱《マスト》にのぼって作業していた船乗りたちが馬車に気づくと、慌ててハレノフ八世に会釈《えしゃく》を送った。この港に停泊している船の半分はハレノフ八世のものだとレシルがいった。

そのなかで、ひときわ大きな帆船があった。

「これもおじいさまの船よ。七〇〇トンもあるの。ほら、あの船首飾りを見て。素敵でしょ？」

レシルが、船首の剣を構えた女性の騎士像《きしぞう》を指さした。

「大昔、蛮族からこの町を守るために、先頭に立って闘った勇敢《ゆうかん》な女性の像よ」

「春になると、毎年船団を率いて航海に出るのですよ。レシルも一緒《いっしょ》に」

そういって、ハレノフ八世は笑った。

レシルは、二歳のときに船の遭難で父を、四歳のときに母を病気で失った。

それ以来、ずっとハレノフ八世が育ててきたのだという。

また、ハレノフ八世の扱《あつか》う物資は多岐《たき》にわたっていた。小麦などの穀物《こくもつ》、食用油、お茶、香辛料《こうしんりょう》、衣料、燃料などの生活物資から、金銀の貴金属類、美術品や骨董品《こっとうひん》、必要とあれば武器までも扱う。それらの物資を売買しながら航海を続け、秋に帰港するのだという。

やがて馬車は、巨大なドックの前で止まった。

ドックのなかでは、たくさんの船大工たちが二隻の大型帆船を修理していた。

その奥に、埃《ほこり》をかぶった白銀色のラーミア号がつながれていた。

だが、その姿の美しさは、埃をかぶっていても変わらなかった。

「かっこいい!」

思わずコナンが叫《さけ》んだ。

見事な船首飾りのラーミアの像。翼を想像させる美しい優雅《ゆうが》な船体。

二本帆柱《マスト》で、長さは歩数にして三十歩ほど、最大幅も歩数にして七、八歩の小さな船だが、横から見るとまるで飛翔しているラーミアの姿そのものだ。

いまにも空に向かって飛んでいきそうだ。

ハレノフ八世は、ひととおり船体に目を通すと、

「思っていたよりはるかにしっかりしている。これなら、十日もあればなんとか格好《かっこう》がつくでしょう」

「だけど……」

コナンが、急に不安な顔をしてアレンにいった。

「ぼくたちだけでどうやって動かすんだよ。三人じゃ、ここから出すことだってできないぜ」

「ご心配いりません。ガナルをお供《とも》させましょう」

ハレノフ八世が答えた。

「海のことならなんでも知っている男です。多少偏屈《へんくつ》なところがありますが……」

3　セリアの涙

ガナルは、目が異様に鋭い、色黒で小柄《こがら》な老人だった。猫背《ねこぜ》で、白髪《しらが》まじりの髪を短く刈っている。一見七十歳近くに見えるが、力も強いし、身のこなしもすばやかった。見た目よりずっと若いのかもしれない。

「無口で無愛想《ぶあいそう》だけど、見かけによらず、気がやさしいところがあるのよ」

レシルはそういって、航海中はハレノフ八世のそばで小間使いのような仕事をしているが、豊富な経験と知識から船乗りたちから一目《いちもく》置かれているのだ、と説明してくれた。

翌日から、このガナルの指揮で、船大工たちがラーミア号の修復工事を始めた。

昼休みになると、ガナルがアレンたち三人を小船に乗せて、冷たい北風の吹く湾《わん》に漕《こ》ぎ出した。理由もいわず、強引に乗せたのだ。

空はどんよりと曇り、風は身を切るように痛かった。

湾のなかほどまで行くとガナルは、

「ご無礼《ぶれい》かと存じますが……」

といって、いきなり三人を冷たい海に突き落とし、振り向きもせずに小船を漕いで湾《わん》に引き返していった。

アレンたちは慌てて泳ぎ始めた。

アレンたちは、毎年のように夏には海の別荘《べっそう》に行っていた。

アレフ七世は南ローレシアに、リンド六世はローラの門の近くに、ファン一〇三世はロンダルキアの内海に、それぞれ大きな別荘を持っていたから、三人はなんとか泳ぎの心得はあった。

だが、突き落とされたところから港まで、気が遠くなるほど距離《きょり》がある。そのうえ、波が荒《あら》い。濡《ぬ》れた服が体にぴったりと吸いついて鉄のように重い。手を休めると、とたんに海の底に引き込まれそうになる。

三人は、必死で泳いだ。特に、足首を痛めているコナンはかわいそうだった。

ガナルは、ドックのそばの岸壁《がんぺき》で焚火《たきび》をし、湯を沸《わ》かしながら、目の細かい金網《かなあみ》で豆を煎《い》っていた。やがて豆が香《こう》ばしい匂《にお》いを放つと、その黒く煎った豆をやわらかな白い布に移して、鉄の棒の先で丁寧《ていねい》に細かく砕《くだ》いた。

三人はやっと港まで泳ぎ着き、最後の力を振り絞って岸壁に這《は》いあがった。

ふらふらして、立っているのがやっとだった。体は完全に冷えきっていた。奥歯をがたがたさせながら、三人は続けざまに大きなくしゃみをすると、

「なんてことすんだよっ！」

右足を引きずりながら、コンナがガナルに喰《く》ってかかった。

「ぼくは足を痛めてるんだぜ！　それにセリアは女性だ！」

「なぜやったかちゃんと説明してくれないか」

アレンも抗議《こうぎ》した。すると、

「板一枚下は恐ろしい海なのですよ。怪我《けが》人も女も関係ねえ。みんな同じ運命を背負ってるんでさあ。それが海ってもんでしてね……」

ガナルはそういいながら、細かく砕いた豆に沸騰《ふっとう》した湯を通して、銅製のポットに溜《た》めた黒い液体を三個のカップに分けると、

「これで体を温めてくだせえ。南の島で教わったんでさあ」

と、三人にカップをわたして、肩を丸めながらドックのなかに消えた。

カップのなかの飲み物はまっ黒な色をしているが、なんともいえず香ばしい匂いがする。

三人は、そっと啜《すす》った。だが、とたんに吹き出して、

「に、にげえっ！」

コナンは、思わず手で口を拭いた。

ハレノフ家の夕食の食卓《しょくたく》には、鮭《さけ》の燻製《くんせい》、野鴨《のがも》とキノコとレバーのテリーヌ、野菜と雉《きじ》肉のスープ、鱈《たら》の白身とジャガイモの細切りの揚《あ》げもの、鹿肉《しかにく》のステーキ、サラダなどの豪華《ごうか》な料理が並んだ。

食事をしながら、そのことをハレノフ八世に話すと、

「はっははは。それはとんだ災難《さいなん》でございましたな」

と、笑った。

「笑いごとじゃないよ」

コナンは、むっとした。

「いや失礼しました。それは昔からこの港に伝わる、船乗りたちの儀式《ぎしき》なのです。船乗りになると、必ず最初の日に、先輩たちが湾に連れ出して、海に投げ込むのです。そして、無事泳ぎ戻ると、やっと仲間として認められるのです。最初の日に、海の厳しさを叩《たた》き込むのです」

「それにしても……」

まだコナンはむっとしていた。

「それから、例の邪神の像のことですが……」

アレンたちは、思わずハレノフ八世を見た。

「船乗りたちに、当たってみたのですが、だれひとり知りませんでした」

「そうですか……」

アレンは、ため息をついた。

そんなに期待していたわけではなかったが、やはり落胆《らくたん》した。

どんな些細《ささい》なことでもいいから情報が欲しいからだ。藁《わら》をもつかむ心境なのだ。

それに、昨日《きのう》と今日の二日間ルプガナにいるだけで、アレンは少し苛立《いらだ》ちを覚えていた。

一歩でも前へ進んでいなければ、気がすまないのだ。不安になるのだ。焦《あせ》ってくるのだ。

ルプガナでの生活が平和でのどかなだけに、よけいそうなのだ。

一瞬、会話が途切《とぎ》れた。すると、レシルが、

「もう少し出発をのばすことができないんですか？」

真向かいのコナンに尋ねた。

「だめだよ。一刻《いっこく》でも早くもうひとりの魔女を捜して、邪神の像のことを聞かなきゃならないんだから」

コナンが、食べながら答えると、

「そう……。そうよね……」

レシルは、寂《さび》しそうに笑った。

「みんなでこうやって楽しく食事するの、生まれて初めてなの。いつも、おじいさまと二人っきりの食事でしょ……」

「おいおい、そんなにわしと食事するのがつまらんのか」

ハレノフ八世は、苦笑した。

「そうじゃないけど、三人がずっとこのままいてくれたらいいなあって、ふと思ったの……」

実際、アレンたちとレシルは、昔からの知り合いだったようにすぐ仲よくなった。控《ひか》え目《め》でおとなしかったレシルが、三人と一緒にいると、生き生きしていた。よくお喋《しゃべ》りをするし、楽しそうに笑った。

ハレノフ八世は、こんな明るいレシルを見るのは初めてだった。

　また、ハレノフ八世自身も、レシルと三人のやりとりを見ていると、なんとなく心がなごんだ。こんな気持ちになるのは、久しくなかったことだ。少なくとも、レシルの父親が死んでからは。

　ハレノフ八世は、三人が滞在《たいざい》していることに、心から感謝していた。

　コナンが、まっ先に自分の料理を食べ終えると、

「ああ。おいしかった――！」

　満足そうに腹《はら》をさすってみんなを見た。

　だが、隣《となり》の席のセリアは、ほとんど料理に手をつけていなかった。セリアは、ナイフとフォークを握《にぎ》ったまま視線を落として、じっと思いつめたように一点を見つめていた。その瞳が潤《うる》んでいた。

「どうしたのセリア？」

　コナンは、思わず尋ねた。

　だが、セリアは小さな肩を震《ふる》わせて、泣き出した。

「セリア……？」

　コナンとアレンは、驚いて顔を見合わせた。

　すると、セリアはナイフとフォークを置いて、いきなり立ちあがった。

　そして、泣きながら、食堂から飛び出していった。

「セリア！」

　アレンとコナンが同時に立ちあがった。

コナンは、すかさず松葉杖をつかんで足を引きずりながら追っていった。

アレンも追おうとしたが、一瞬コナンの方が早かったのだ。

「わたし、なにか悪いことといったかしら……？」

レシルは不安そうにアレンを見た。

「ひょっとしたら、ムーンブルクのことを思い出したのかもしれない。ファン一〇三世や王妃《おうひ》のことを……」

「そう……」

レシルは、心配そうにハレノフ八世と顔を見合わせた。

しばらくして、コナンが血相を変えて戻ってきた。

「アレン！　部屋にもどこにもいないよ！」

「えっ？」

「きっと外へ飛び出したんだ！」

「外へ？　ちょっと捜してきます！」

アレンは慌てて飛び出していった。

コナンも慌ててアレンを追った。そして、レシルも——。

アレンは、中庭に飛び出したが、セリアはどこにもいなかった。

夜になって風はやんでいたが、そのかわり寒さが厳しさを増している。

アレンは、館の門を出て、通りに飛び出した。

通りには、人影《ひとかげ》もなく、ひっそりと静まり返っていた。

アレンは、港の方へ足を向けた。

波止場に停泊している外国船の船室から、明かりが漏《も》れていた。そして、船体にぶつかる波の音にまじって、ときおり船室から船乗りたちの談笑《だんしょう》している声が聞こえてきた。

この船の桟橋《さんばし》の先端《せんたん》で、セリアがうつむいたままたたずんでいた。

アレンは、そっとセリアの背後に近づいて、声をかけた。

おもむろに、セリアが振り向いた。大粒《おおつぶ》の涙が頬《ほお》を流れている。

セリアは、じっとアレンを見つめると、いきなりアレンの胸に顔を埋め、声をあげて泣いた。

アレンは、やさしくセリアの肩を抱《だ》きしめた。慰《なぐさ》める言葉もなかった。ただ、気がすむまで泣かせてやるしかなかった。

やがて、セリアが泣きやむと、

「ごめんなさい……。みんなに悪いことしたわ……」

やっと聞きとれるような小さな声でいった。

「ファン一〇三世や王妃のことを思い出したのか……」

アレンは、そういいながら、そっと指でセリアの涙を拭いてあげた。

セリアは、小さくうなずいた。

ラーのほこらでアレンたちと再会してからすでに九十日、ずっと緊張の連続だった。

いつも、思いつめたような哀しい顔をしていが、長い髪《かみ》をばっさり切り落としてからは、一度として涙を見せたことがなかった。だが、安全なルプガナに来て、レシルやハレノフ八世と打ち解けると、やっと緊張感から解放されたのだ。

そして、今夜のなごやかな食事の雰囲気《ふんいき》に、ふとムーンブルク城での楽しい食事の光景がよみがえって、ファン一〇三世と王妃のやさしい顔を思い出したとたんに、涙をこらえきれなくなったのだ。今まで耐えていた悲しみがどっと襲ったのだ。

そのとき、ふわっと白いものがセリアの頬に落ちて、すっと消えた。

「あっ……」

セリアは、思わず空を見あげた。

まっ暗な空から、白いものがふわりふわりと舞い落ちてくる。雪だった。

「ずっと、あなたのことを待っていたわ……」

雪を見つめながら、セリアはつぶやくようにいった。

「勇者ロトとアレフの血をひく若者が助けにやってくるってサルキオに聞かされてから、ずっと……。犬に姿を変えても……。うれしかった……」

そういって、セリアは自分の胸の翠色《みどりいろ》のペンダントを握りしめた。

「ペンダント……かけていてくれたから……」

「ぼくもだよ、セリア……」

アレンはペンダントを、鎖《くさり》を千切《ちぎ》られてから、ずっと革袋の底にしまったままだった。

「ほんと……？」

「この四年間、一日としてセリアのことを忘れたことはなかった……」

二人は、熱いまなざしで見つめ合った。

「ほんとは……あなたの胸で泣きたかった……。何度そう思ったことか……。でも……コナンも一緒だし……。それに……再会してから、なんだかあなたは冷たかったわ……。嫌《きら》われているのではないかと思った……」

「ぼくも、すぐ抱きしめたかったさ……。でも、コナンのことを思うと……」

アレンは、四年前に互いに抜けがけしないとコナンに約束《やくそく》させられたこと、さらにはペンダントのことでコナンとやり合ったことを話した。

「そうだったの……」

セリアは、ふたたびアレンの胸に顔を埋めた。

「セリア……」

アレンは、セリアの背中を抱きしめた。

そのとき、セリアを捜しながらやってきたコナンが、倉庫の角を曲がりかけて、愕然《がくぜん》として立ち止まってしまった。

そこへ、コナンを追ってレシルがやってきて、「どうしたの……？」と、声をかけようとして、栈橋の先端のアレンとセリアの姿に気づいた。

コナンはいまにも泣き出しそうな顔でキッと唇をかみしめると、乱暴にレシルを押し退《の》けて、今来た道を逃げるように松葉杖をつきながら駆け去った。

あ然として、レシルはコナンを見送った。

このとき、初めてレシルはコナンがセリアを好きだということを知った。

レシルの心は急にざわめいた。生まれて初めて感じる感情だった。

そして、コナンに好意を抱《いだ》いている自分に気がついた。

同時に、セリアに初めて嫉妬《しっと》を覚えた——。

4　出航

修復工事が始まってから六日目、外装工事《がいそうこうじ》が終わると、ラーミア号はドックを出て栈橋につながれた。

そして、九日目に船室の内装工事が終わると、さっそく水や食糧《しょくりょう》が積み込まれた。

その間、アレンたちは、綱の結び方や帆《ほ》のあげ方、海図や星座《せいざ》の見方、羅針盤《らしんばん》での方位の測り方などの基本知識をガナルから教わった。

桟橋でアレンとセリアを見かけた夜、コナンは隣のベッドで眠っているアレンに気づかれないように、布団《ふとん》を頭からすっぽりかぶって朝まで泣いた。涙が流れて止まらなかった。

だが、翌朝からは、桟橋でのことはおくびにも出さず、以前と同じような態度でセリアに接した。

そんなコナンを、レシルはいじらしく思った。もちろん、レシルも桟橋でのことを口にしなかった。コナンが傷心《しょうしん》に耐えているかぎり、絶対に口外すまいと固く自分に誓《ちか》った。

また、アレンもセリアも、二人の関係をコナンにさとられまいとして、以前と同じようにコナンに接した。

だが、あの夜を境に、セリアが変わった。思いつめたような暗い顔をすることが少なくなった。いくらか明るくなったのだ。ときおり、笑顔を見せるようになった。

そして、ルプガナに到着してから十日目の朝――。

その日は、珍しくよく晴れていた。絶好の出航日和《しゅっこうびより》だった。

雪が降ってからは、どんよりと曇った日が続いていたのだ。

数日前には、航海安全の祈願《きがん》をしに、郊外《こうがい》の神殿にも行ってきた。

すべての準備が完了していた。

アレンたちは、ハレノフ八世とレシルに別れを告げると、ガナルが待つラーミア号に乗り込んだ。

ラーミア号の帆柱《マスト》の上で、女性の騎士像をあしらったハレノフ家の旗がなびいている。この旗があれば、どこの港でも自由に出入りできるのだ。

ガナルが錨《いかり》をあげた。白い帆を張った白銀色の美しいラーミア号が、ハレノフ八世とレシルが見送る桟橋をゆっくりと離れると、突然ハレノフ八世所有の大型船の銅鑼《どら》がいっせいに港に響きわたった。船乗りたちが航海の安全を祈って、銅鑼を鳴らしてくれたのだ。

涙を流しながら必死に手を振るレシルの姿が、だんだん小さくなった。

コナンは、握りしめていた美しい水色の石をそっと見た。

レシルがこっそりくれた、親指の爪《つめ》ほどの大きさの、六角形の宝石《ほうせき》だ。

朝食後、コナンを呼びとめたレシルが、

「大神官ハーゴンを倒したら、必ずルプガナに来てね」

熱いまなざしでコナンを見つめていった。

「わたし、いつまでも待っています……」

「えっ？」

一瞬、意味をはかりかねてコナンはキョトンとした。

すると、レシルは顔をまっ赤にしてうつむいて、

「これ……お護《まも》りだと思って大事にしてください……」

と、この美しい石をくれたのだ。

石はもともと一対《いっつい》の石で、レシルが成長したら耳飾《みみかざ》りにしようと思って、亡《な》き父がレシルの誕生祝いに異国から買ってきたものだ。いわば、亡き父の形見のようなものだった。

いつのころからかレシルは、好きな人ができたらこの石のひとつを愛の証《あかし》としてわたそうと考えていた。もちろん、レシルはそのことをコナンにはいわなかったし、コナンもまたこの石に込められた意味を知るはずもなかった。

やがてラーミア号は湾を出ると、ルプガナの美しい町並みが、岬の陰《かげ》に隠れた。

急に波が高くなった。風も強くなった。帆がいきおいよくはらんだ。

前方には、見わたすかぎりの大海原《おおうなばら》が広がっている。

このはるか東に、めざすアレフガルドがあるのだ。

アレンたちは、水平線を見つめて、大きく深呼吸した——。

5 悪魔神官

「いつまで待たせれば気がすむのじゃ！」

大神官ハーゴンのおどろおどろした声が、大理石の神殿に響きわたった。

近衛《このえ》司令官ベリアルと悪魔神官が平伏《ひれふ》している中央の祭壇《さいだん》の奥の大理石に、巨大な黒い影《かげ》がゆらゆらと揺《ゆ》れながら写っている。ハーゴンの仮の姿だ。

「おまえたちを魔界から呼び寄せたのは、一刻も早く邪神の像を手にするため！　ムーンブルクの王女ごときのことで、もたもたするでないっ！」

「はっ、申し訳ございませぬ！　しかしながら大神官さま、今しばらくのご辛抱《しんぼう》を……！　かならずや、近いうち……！」

ベリアルが、答えた。

「当てはあるのじゃなっ！　当てはっ！」

「は、はっ……」

ベリアルは、額の冷《ひ》や汗《あせ》を拭いた。

当てなどないのだ。直属の部下のバズズやアトラスやアークデーモンが、相変わらず王女の行方《ゆくえ》を捜していたが、なんの手がかりもつかめていなかった。

そのとき、横から悪魔神官が口をはさんだ。

「大神官さま……！」

「なんじゃ！」

「ロトとアレフの血を引きし者ども、邪神の像を手に入れようと旅を続けておるとか……」

「なに!?　ロトとアレフの!?」

「しかしながらご安心くだされ！　王女はかならずやこのわたくしが……！」

悪魔神官は、ベリアルを見てにやりと笑うと、自信たっぷりに答えた。

王女セリアがルプガナにいるという情報を、ついさっき手に入れたからだ。

「もはや王女はこの手にあるも同然！　近々、ご朗報《ろうほう》をお届けいたしましょう！」

「な、なにっ？」

驚いてベリアルは悪魔神官を見た。

「ど、どういう意味だっ？ 手にあるも同然とはっ？」

だが、ハーゴンは一喝《いっかつ》した。

「だれでもかまわん！」

「ははっ！」

ベリアルと悪魔神官が、ふたたび平伏《ひれふ》した。

「とにかく、一刻も早く捕《つか》まえるのじゃっ！ これ以上の無駄《むだ》は許さぬ！」

そういうと、ハーゴンの不気味な黒い影はさらに激しく揺れ、やがて消えた。

すると、ベリアルが、悪魔神官の腹を探るように鋭い眼《め》で睨みつけた。

「かたはら痛いわ。われわれ魔物を差し置いて、おぬしら人間に何ができるっ？」

「いずれ近いうちに答えは出る。ただ力が強いだけが能じゃないということがな」

悪魔神官は、悠然《ゆうぜん》と答えて立ち去った。

そして、自分の部屋に戻ると、

「ガルドよ……！」

と、叫んだ。

だが、返事はなかった。

「ガルドッ！」

さらに、声をあげて叫んだ。

そのときだった。かすかに笛《ふえ》の音《ね》が聞こえてきた。

「ちっ……」

悪魔神官は舌打ちをした。

粉雪が舞う神殿の外の回廊《かいろう》の手すりに腰かけて、若者が静かに横笛を吹いていた。

烈風《れっぷう》が吹きすさぶ砂漠《さばく》のなかのルプガナ街道で、アレンたちの動きを崖《がけ》の上から氷のような冷たい目でじっと追っていた、あの若者、ガルドだ。

悪魔神官に王女セリアやアレンたちの情報を伝えたのは、このガルドだ。

足早に回廊に出てきた悪魔神官は、ガルドの後方で立ち止まると、苛立ちながら笛が終わるのを待った。

以前、悪魔神官が急用があって、笛を吹いていたガルドから強引に笛を取りあげようとしたことがあった。だが、目の前からガルドが姿を消したと思った瞬間、悪魔神官は喉元《のどもと》に剣の刃先《はさき》を突きつけられていた。

そして、「二度と笛の邪魔《じゃま》は許さん……」と冷酷《れいこく》な目でいわれたのだ。以来、どんなときでも、笛の終わるのを我慢《がまん》して待つことにした。怒《おこ》らせたら損だからだ。

それにしても――ガルドの後ろ姿を見ながら、悪魔神官は心のなかでつぶやいた。

王女の居所《いどころ》がわかっていながら、なぜ捕まえてこなかったのか、疑問《ぎもん》に思ったのだ。

なぜだ——?　ガルドともあろうものが——と。

やがて、ガルドが唇から笛を離すと悪魔神官はいった。

「ただちに王女を捕まえてくれ!　一応配下の者どもにも命じてはおくが、あてにならぬのでな!

それに、新参者《しんざんもの》の魔物らにだけは先を越されたくない!」

おもむろにガルドが振り向いて、じっと氷のような目で見ると、

「それだけで、ほんとうに邪神の像を手に入れることができるのか……」

「ど、どういう意味だっ?」

ガルドは、探《さぐ》るようにじっと悪魔神官を見ていた。

それ以上のことは何も聞かされていないからだ。

だが、そんなことはガルドにとってはどうでもいいことなのだ。

「ふと、思っただけだ……」

ガルドはそういって、にやりと笑った。

「とにかく頼む!　礼はたんまり弾むっ!」

「……」

ガルドは、ふたたび唇に笛を当てた。

粉雪のなかに、美しい笛の音色《ねいろ》が流れた——。

第五章　なつかしのアレフガルド

冬の海は荒《あ》れていた。

好天に恵《めぐ》まれたのは、出航したその日だけだった。

荒れ狂《くる》う高波と、容赦《ようしゃ》なく吹《ふ》きつける横なぐりの風に、小さなラーミア号は木《こ》の葉《は》のように激《はげ》しく揺《ゆ》れた。

ルプガナ港を出航して五日目の朝、前方のはるか東の海に、潮《しお》に煙《けむ》るアレフガルドが見えてくると、ラーミア号は針路を変え、大陸に沿《そ》って南下し、さらに西南の岬《みさき》をまわって、東に針路をとった。

そこで、ラーミア号はすさまじい冬の嵐《あらし》に見舞《みま》われた。

だが、やっとこの冬の嵐を乗りきると、勇者アレフが竜王《りゅうおう》の島へわたる前にローラ姫《ひめ》とたどり着いたという聖《せい》なるほこらのある最南端《さいなんたん》の島の手前を北上し、潮の流れの速い海峡《かいきょう》を抜《ぬ》け、アレフガルドの内海に入った。

内海は外洋に比べれば、穏やかだったが、それでも冬の海には変わりはなかった。

ルプガナ港を出航してからすでに二十日、暦《こよみ》はあと十日で、竜《ドラゴン》の月から寒さの一番厳《きび》しい王《キング》の月に替わろうとしていた――。

1 和解

アレンは、舵輪《だりん》のそばの手すりにつかまりながら、前方の海上を見つめていた。頬《ほほ》はげっそりと落ちている。目はうつろだった。体には、毛布を巻きつけているが、それでも震《ふる》えるほど寒かった。気温が一番低い夜明け前のことだから、なおさらだった。手すりをつかんでいる手の感覚は、ほとんど麻痺《まひ》していた。

それでも手すりから手を離《はな》すことができなかった。いきなり大きな横波を受けて、激しい衝撃《しょうげき》とともに、船が揺れるからだ。もし振《ふ》り落とされたら、高波にのまれて、一巻の終わりだ。

だが、帆《ほ》は力強く風を受け、船は順調に北上していた。

夜は、三時《さんとき》ずつ、二交代で番をすることに決まっていた。

アレンとコナン、ガナルとセリアの組合わせは、最初から変わっていなかった。

それにしても、嵐の後遺症《こういしょう》が大きかった。

嵐を抜けて五日経《た》った今でも、全員が疲《つか》れ果ててぐったりしていた。

はるか頭上からのみ込むように襲《おそ》いかかってくる怒濤《どとう》。横なぐりのすさまじい吹雪《ふぶき》。

それは、地獄《じごく》のような嵐だった。波を受けるたびに、船は大きくきしみながら、上下左右に激しく揺れた。

たちまちアレンたち三人は船に酔《よ》い、最悪の状態になった。

船のことはガナルに任せて、三人は苦しさにのたうちまわり、ベッドの縁《ふち》にしっかりつかまっていた。そうしなければ、激しい揺れにいきおいよく放り投げられて、船室の壁板《かべいた》や床にいやというほど全身を叩《たた》きつけられてしまうからだ。

胃のなかのものを全部吐《は》き出すと、胃は何も受けつけなくなり、三人の体力はみるみるうちに消《しょう》耗《もう》していった。

特にセリアがひどかった。最後は、ベッドの縁につかまっている体力さえもなくなり、ベッドに綱《つな》で結《ゆ》わえつけなければならなくなった。

そのうえ、怒濤が容赦なく船室を襲い、必死に浸水《しんすい》を防がねばならなかった。

四人は、何度も死を覚悟《かくご》した。

嵐は七日間も続いた。嵐をなんとか切り抜けると、

「いろんな海を航海してきたが、こんなひどい嵐は初めてでさあ。この船だから、なんとか切り抜けられたが、普通《ふつう》の船なら二日と持たねえ……」

さすがのガナルも疲れきって、声を出すのもやっとという状態だった。

「さすがは、ゲバルデじいさんだ……」

「ゲバルデ……？」

アレンも、やっと声を出していった。

「この船を造った、船造りの名人のことでさあ……」

「……？」

コナンもセリアも疲れきった顔をあげてガナルを見た。

「昔《むかし》、ベラヌールに行くと、よく世話になったもんでさあ……。一度、じいさんに、こんな話を、聞いたことがある……」

そういって、ガナルが、ゲバルデの話を始めた——。


ゲバルデは、若いころ船乗りだった。

だが、二十歳《はたち》のとき、嵐にあって船が遭難《そうなん》し、荒れ狂う海に放り出された。

やがて波にのみ込まれたゲバルデの意識は遠のいていった。

ところが、すさまじい激痛《げきつう》を覚えて、はっと気がつくと、右足を恐《おそ》ろしく巨大な鮫《さめ》に喰《く》われていた。

さらに数匹《すうひき》の鮫が、血の臭《にお》いに誘《さそ》われて接近してきた。ゲバルデは、観念した。

そのときだった。突然まばゆい銀色の光に包《つつ》まれたかと思うと、その光とともにゲバルデの体がすーっと浮上《ふじょう》し、海中から海上へ、さらに空へとどんどん上昇《じょうしょう》したのだ。

海上へ出たところで、ゲバルデはすでに気を失っていた。そのあと、どうなったかゲバルデにはわからなかったが、突然ゲバルデは、まばゆい光を放ちながら空を飛翔《ひしょう》する美しい鳥を見たという。

まばゆい銀の翼《つばさ》を広げて優雅《ゆうが》に舞《ま》うその美しい姿《すがた》に、ゲバルデは心を奪《うば》われた。

その翼の色は、ゲバルデを包んで上昇したあのまばゆい光と同じ色をしていた。

鳥は、精霊《せいれい》ルビスが異界から来るときに乗っていたという、伝説の不死鳥ラーミアだった。

ラーミアは、何度もゲバルデの上空で舞うと、やがて空高く飛んでいって消えた。

そして、はっと気がつくと、ゲバルデは美しい島の浜辺に打ちあげられていたのだ。

命を助けてくれたのは、伝説の鳥ラーミアだ——ゲバルデはそう信じて疑《うたが》わなかった。

だが、ゲバルデは、大事な右足を失っていた。

船乗りをあきらめたゲバルデは、その後船大工になった。

自分でも驚《おどろ》くほど、腕《うで》がよかった。

そして、いつの間にか名人と呼ばれるようになったのだ——。


ガナルは、苦しそうに何度も大きく息を吐くと、さらに言葉を続けた。

「一日も……ラーミアの美しい姿を忘《わす》れたことがなかったそうでさ……。年をとっても……美しいラーミアの姿が目に焼きついて離れない……っていっていた……。そして、死ぬ前に……ラーミアのような美しい船を造りたい……。造ってから……死にたい……ってね……。ラーミアのように美しくて……優雅で……それでいて速い船を……。それが……自分に残された……使命だ……って……。じいさん……いつの日か……役立つ……ときがあるって……知ってたんです……ね……。現に……こうして……勇者ロトの……血をひく者たちを乗せて……るんですから……」

いい終わると、すでにガナルは眠《ねむ》っていた。激しい睡魔《すいま》に襲われたのだ。

三人もまた、睡魔に襲われていた。

四人は、まる一日死んだように眠り続けた。

それでも体力は回復しなかった。空腹感はあるのに、相変わらず胃は何も受けつけようとはしなかった。口に入れても、すぐ戻《もど》してしまうからだ。

とにかく、今は一刻でも早くラダトームの港に着きたかった。

やっと東の空が、うっすらと白くなりかけてきた。

アレンが目を凝《こ》らして水平線を見ていると、毛布を巻いたコナンが、甲板《かんぱん》の手すりにつかまりながら船室から出てきた。

「おい、代わろうぜ。下で休めよ」

コナンは持ってきた望遠鏡で前方の海上を見た。

だが、アレンはそこから動こうとしなかった。

そろそろラダトームのある大陸が見えてきてもいいころだからだ。

二人は並《なら》んで、しばらく水平線を見ていた。

聞こえてくるのは、風の音と波の音ばかりだ。

「すまなかったな……」

突然、コナンがつぶやくようにいった。

「えっ？」

風に消されて、アレンにはなんといったのかわからなかった。

「セリアのことさ……」

コナンは、照れ臭《くさ》そうに笑った。

「負けたよ。セリアがおまえを好きなんだからしょうがないよな。いくらぼくががんばったって……。

セリアにペンダントのこと聞いたんだよ……」

アレンは、驚いてコナンの顔を見ていた。


嵐のあとのことだった——。

疲れきった四人が、まるで一日中眠っていた、その翌朝のこと。

最初に目を覚ましたのは、コナンだった。

自分のベッドで眠っていたコナンが、重い体をやっと起こすと、向かいのベッドで眠っていたセリアが、額に汗《あせ》を浮《う》かべながら苦しそうにあえいでいたのだ。

コナンが、タオルを濡《ぬ》らしてそっと汗を拭《ふ》いてやると、セリアが目を覚ました。

「ありがとう……」

セリアは、力なく微笑《ほほえ》んだ。顔は青ざめ、やつれきっている。

「なんか食べる?」

食糧《しょくりょう》を探《さが》そうとしたが、水浸《みずびた》しの船室は、足の踏《ふ》み場もないほど散乱していた。

だが、セリアは首を横に振った。

「じゃあ水は……?」

また、セリアは首を横に振ると、

「ちょっと風に当たりたいわ……」

そういって、ふらつきながらやっと立ちあがって、船室から甲板に出た。

相変わらず、冷たい風が吹いていた。

コナンは、持ってきた毛布をやさしく肩《かた》にかけてやった。

「ねえ、コナン……」

セリアは、意を決して話し始めた。

「ずーっとあなたはやさしかったわ……。子供《こども》のころから……」

「な、なんだよ急に改まって……?」

「わたし……いろいろ考えたの……。でも……こういうことってはっきりしておいた方がいいかと思って……。あなたの気持ちは嬉《うれ》しいんだけど……。ごめんなさい……」

「……」

コナンは、怖《こわ》い顔でセリアを見ていた。

「このペンダント……。わたしが買ったの……。同じものを二つ……」

「えっ？」

コナンは、愕然《がくぜん》とした。一瞬《いっしゅん》、自分の耳を疑った。

「う、うそだっ！」

思わずコナンが叫《さけ》んだ。

「ほんとよ……。そして、ひとつをアレンにあげたの……」

「うそだっ！」

いまにも泣き出しそうな顔でコナンがまた叫んだ。

「わたし……ずっと……好きだったの、アレンのことが……。そして、今も……」

「うそだっ！」

たまらずコナンは帆柱《マスト》の方へ駆《か》け出した。


「正直いってショックだったよ……」

コナンは、大きく肩で溜息《ためいき》をつくと、

「ま、そんなこともあってさ、ここ数日いろいろ考えたけど、男の嫉妬《しっと》ってのはみっともないからな……。いつか、ペンダントのことで、一度おまえに喰《く》ってかかったことがあったよな。剣《けん》の稽古《けいこ》していて。おまえとセリアが同じペンダントを持っていたことがショックだったからな……。だけど、あのあと、自分が惨《みじ》めになってな、ますます落ち込んでしまったんだよ……。こんな嫉妬深い、度量の小さい男なんて、セリアを愛する資格がない……ってな」

そういってコナンは自嘲《じちょう》した。

セリアがコナンに自分の気持ちを打ち明けたあと――。

コナンが帆柱《マスト》の方に駆け出すと、

「待って！ ねえ、お願い聞いて……！ でも、こんなことで三人の関係をぎくしゃくさせたくないの！ コナンとアレンには、いつまでも仲よくしていてほしいの！ だって、あなたたち、昔から兄弟みたいに仲よしだったでしょ！」

セリアは瞳を潤《うる》ませながら叫んだ。

「ぼ、ぼくは、アレンなんか大嫌《だいきら》いなんだよ！ 昔っから大嫌いなんだ！ あいつはぼくより背が高いし、頭だっていい！ 腕だって立つ！ 度胸だって勇気だって、ぼくはあいつにはかないっこないんだ！ だけどさ、だけど、セリアのことだけは負けたくなかったんだ！ セリアだけは、ぼくのものにしたかったんだ！」

いつの間にか、コナンの目から大粒《おおつぶ》の涙《なみだ》がぼろぼろこぼれていた。

「うそよ！ あなたは、アレンのことが一番好きなのよ！ それにあなたはやさしいし、度胸だって勇気だって、その気になればアレンに負けないくらいあるわ！ とにかく、今はわたしのことでアレンと仲違《なかたが》いしないで！　ねえ、お願い！　わたしたちは、三人で力を合わせてハーゴンを倒《たお》さなきゃならないのよ！　それが、勇者ロトの、勇者アレフの血をひくわたしたちの役目じゃない！　だから、アレンと仲直りして！　ねえ、お願いコナン！」

コナンは返事をしようとしなかった。

キッと唇《くちびる》を噛《か》んで、はるか海上を睨みつけていた。

その目から、とめどなく涙が流れていた――。

だが、コナンはあえてこのことをアレンには話さなかった。そこまでいうのはコナンのプライドが許さなかったからだ。ライバルに対する精一杯《せいいっぱい》の抵抗《ていこう》でもあった。

「……というわけでさ、ま、今のとこは、セリアのことはこっちに置いて……。三人で力を合わせてハーゴンをやっつけようぜ」

照れ臭そうにコナンが握手《あくしゅ》の手を差し出した。

「ありがとう、コナン……」

アレンは、力強くコナンの手を握《にぎ》りしめた。

「ただし、これだけはいっておく。ぼくはだれよりもセリアを愛している。それだけは忘れるなっ。それからもうひとつ。これ……」

コナンは、額の三日月の傷あとをさして、

「気にされると迷惑《めいわく》なんだよ。けっこう気に入ってんだ」

といって、にやりと笑った。

そのときだった、水平線いっぱいに横たわる大陸の影《かげ》が見えてきた。

「あっ？」

すかさずコナンは望遠鏡で見た。そして、

「ラダトームだっ！　ラダトームが見えてきたぞーっ！　おいセリア！　ガナル！　ラダトームだぞーっ！」

望遠鏡をアレンに放《ほう》って、嬉々《きき》として船室に駆けおりた。

アレンも慌《あわ》てて望遠鏡をのぞいた。

雄大《ゆうだい》な大陸が見えた。その中央にかすかに町が見える。

ラダトームの港だ――。

2　ラダトーム

なだらかな丘陵《きゅうりょう》地帯を越《こ》えてラダトーム平野に入ると、前方に巨大《きょだい》な円塔《えんとう》のラダトーム城と、人口一万三〇〇〇人のラダトームの町の城壁《じょうへき》が見えてきた。

アレンたち三人は駐屯部隊《ちゅうとんぶたい》の連隊長に先導されながら、港街道《みなとかいどう》をラダトーム城に向けて、馬を飛ばした。

港街道は、ラダトームの港と町を結ぶ唯一《ゆいいつ》の道だ。

空はどんよりと曇《くも》り、ときおり冷たい風が砂塵《さじん》を巻きあげながら吹き抜けていく。

水平線のかなたにラダトームの港が見えてから三時《さんとき》後、アレンたちのラーミア号は無事ラダトームの港に入港した。

ラダトームの港は、人口五〇〇〇人のアレフガルド最大の港町で、数隻《すうせき》の大型帆船《おおがたはんせん》が停泊《ていはく》していた。そのなかに、ルプガナからやってきた定期船もあった。

三人にとって、四年ぶりのなつかしいラダトームの港であった。

ロト祭のときに、各国の国王の専用船がこの港に入港するからだ。

ラーミア号の損傷《そんしょう》を調べながらガナルはそういうと、しばらく休養してからラダトーム城にいったらどうかといった。三人は、気の毒なくらい疲れ果てていたからだ。

「修復に最低《さいてい》でも七日はかかるでしょう」

だが、港からラダトーム城まで、馬を飛ばせば半時《はんとき》とかからない。

三人はガナルを船に残すと、馬を借りるために、ハーゴン配下の魔物《まもの》の襲撃《しゅうげき》に備えて厳重《げんじゅう》な警備を敷《し》いているアレフガルド軍の駐屯部隊に向かった。そして、三人の顔を知っていた部隊長は快《こころよ》く馬を提供《ていきょう》し、ラダトーム城まで先導すると申し出たのだ――。

目の前に、厳重な警備のラダトームの町の城門が迫《せま》ると、四人は左の道へ折れた。

その前方の小高い丘《おか》に、ラダトーム城がそびえている。

城壁の東西南北には四つの円塔がそびえ、その中央にはさらにそれよりも数倍もある巨大な円塔が平野を見おろすようにそびえている。その円塔の左に赤い屋根の荘厳《そうごん》な建物が見えた。ラルス家の宮殿《きゅうでん》だ。

要塞《ようさい》のような城門に到着《とうちゃく》すると、おもむろに跳《は》ね橋《ばし》があがって、四人を迎《むか》え入れた。

城内の警備も厳重だった。いたるところに武装《ぶそう》した兵士が配置され、円塔のなかからは兵士たちが四方に目を光らせていた。

城の中門をくぐり、噴水《ふんすい》のある中庭を抜けて宮殿に案内されると、宮殿の玄関《げんかん》で顔見知りの近衛《このえ》隊長《たいちょう》とラルス二十二世の遠縁《とおえん》に当たるミラジオ将軍が、なつかしそうにアレンたちを出迎えた。

ローレシア城の宮殿と同じように、この宮殿の玄関から奥《おく》の謁見《えっけん》の間まで続く長い回廊《かいろう》には、壮《そう》大《だい》な絵が描《えが》かれている。

勇者ロトの物語だ。旅立ちから始まって、魔物との闘《たたか》い、そして大魔王《だいまおう》との闘いと続き、謁見の間で凱旋《がいせん》して終わっている。

謁見の間に案内されると、

「いやあ、まいりました。国王のわがままには……」

今年四十歳になるまだ若いミラジオ将軍は、ため息をついて苦笑《くしょう》した。

この将軍が、姿を隠《かく》したラルス二十二世に代わって国を治めているという。

将軍は玉座《ぎょくざ》につこうとしなかった。ラルス二十二世が決めたこととはいえ、ローレシアからもサマルトリアからも承認《しょうにん》されたわけではないから、玉座につくのがはばかられるのだ。

「でも、どうしてラルス二十二世が……？」

アレンが尋《たず》ねると、将軍はまた大きなため息をついた。だが、

「国王はどこに隠れているのです？　ぜひ国王に聞きたいことがあるんです！」

しつこくいうと、

「わかりました……」

といって、将軍はラルス二十二世の隠《かく》れ家《が》に案内した。

なんと、ラルス二十二世は、ラダトームの町の大聖堂の裏通りにある、みすぼらしい壁《かべ》の崩《くず》れかけた小さな家の地下室に隠れていた。地下室は想像していたよりも深く、そこへ行くまでにはいくつもの強固な鉄の扉《とびら》を通らなければならなかった。

「おおっ、よくぞ来た！」

ラルス二十二世は、三人を見ると嬉《うれ》しそうに迎えた。

温厚な顔立ちと樽《たる》のような体型は変わらないが、自慢《じまん》の口髭《くちひげ》をすっぱり落とし、服装《ふくそう》も町人が着るような粗末《そまつ》な物を着ていた。町人に変装《へんそう》しているつもりなのだ。

「いやいや、去年の夏から、特病の神経痛と腰痛《ようつう》に悩《なや》まされておってな、ま、そんな訳でこのミラジオに国を任せたんじゃよ。はっははは」

聞かれもしないのに、自分からいい訳をし、

「それにしても、姫《ひめ》が生きのびておったとはのお……。すっかり美しくなられて……」

うっとりとセリアの顔を見つめた。

「なにいってんだよ！」

コナンがむっとして強い口調でいった。

「そんなことで逃《に》げ出すなんて卑怯《ひきょう》じゃないか！　先頭に立ってハーゴンの魔物から城や町を守るのが国王じゃないか！」

「しかしな、わしのような臆病者《おくびょうもの》には、その、なんだ、とうてい務まらんのじゃな、こういう有事の際はっ。そこで、わが血縁《けつえん》で一番優秀で勇敢《ゆうかん》なミラジオに任せたんじゃ。賢明《けんめい》な選択《せんたく》だと思うがな」

ラルス二十二世は、わるびれた様子もなくあっけらかんとしていた。

アレンたちは、呆《あき》れて顔を見合わすしかなかった。

「ま、がんばってハーゴンを倒してくれ。おまえたちならできるかもしれん。勇者ロトとアレフの血が流れておるんじゃからな」

「えっ？　どうして知ってるんですか？　ハーゴンを倒すために旅に出たということを……？」

アレンが驚いて尋ねると、

「ムーンブルクが壊滅《かいめつ》したあと、アレンが行ったらよろしく頼《たの》むと連絡《れんらく》があったんじゃよ。アレフ

七世からな」

「そうですか……父上が……。実はアレフガルドにきたのは……」

アレンは、盲目《もうもく》の魔女の噂《うわさ》を聞いたことがあるかどうか尋ねた。

「盲目の魔女？」

「二〇〇年ほど前、アレフガルドに流れてきたそうです。今でも生きているはずです」

「二二〇年……？　はて……？　聞いたこともないが……」

ラルス二十二世は首をかしげると、後方に控《ひか》えていた将軍の顔を見た。

将軍も首を横に振った。

「じゃあ、邪神《じゃしん》の像について何か知りませんか？　なんでもいいんです？」

「邪神の像……？　なんじゃ、それは？」

「ぼくたちにもわからないのです。ただ……」

ロンダルキアのはるか東方の大海にあるということ、ハーゴンたちが手に入れたがっているということ、手に入れるためにはセリアが必要だということを、アレンはかいつまんで話した。そして、そのためにハーゴンはムーンブルクを襲わせた――と。

「そうだったのか……。じゃが……」

ラルス二十二世はまた首をかしげると、将軍を見た。

将軍は、また首を横に振った。

「そうですか……。盲目の魔女を捜せばいろいろわかるんじゃないかと思ってラダトームまで来たんですが……」

アレンはため息をついた。

「竜王に仕えていた魔女の三姉妹のひとりなんですが……」

「り、竜王の……?」

とたんに、ラルス二十二世は将軍と顔を見合わせた。

「どうしたんですか?」

「いや、実は……」

ラルス二十二世に代わって、将軍がいった。

「昔から、竜王の島に何者かが住んでいるという噂があるのですよ……」

「竜王の島に?」

アレンたちは、驚いて顔を見合わせた。

竜王の島――。

竜王がアレフガルドを支配する前はイシュタル島と呼ばれ、精霊ルビスの神殿があったところだ。

だが、勇者アレフが竜王を倒したあとでも、アレフガルドの人々はこの島を竜王の島と呼んでいた。

そして、今でも人々は竜王のたたりを恐れて、この島に近づかないのだ――。

3　竜王の島

ガナルがいったとおり、ラーミア号の修復に七日かかった。

だが、その間アレンたちはゆっくり休養できたので、出航するときにはすっかりもとの元気な体に回復していた。

将軍や近衛隊長たちの見送りを受けてラダトームの港を出航した翌日の夕方、前方の海上に竜王の島が見えてきた。

アレンたちは、ラーミア号を北の岬のかつて港があったところに停《と》め、ガナルを船に残して、急《きゅう》峻《しゅん》な道をのぼった。

崖の上には、無残に崩れ落ちた巨大な大理石の円柱が、何十本も折り重なっていた。

よく見ると、円柱には、見事な彫《ほ》り物《もの》がほどこされている。

そのなかでも、ほぼ原形をとどめている円柱があった。その彫り物を見て、

「あっ？」

三人は、思わず息をのんだ。

竜だった。いまにも襲いかかってきそうな、おどろおどろしい竜の彫り物だった。

「そうか、ここは竜王の城だったのか……」

アレンは、あらためて周囲を見まわした。

勇者アレフの伝説によると、断崖絶壁《だんがいぜっぺき》の岬の上に、濃霧《のうむ》に包まれた不気味な異形の城が、アレフガルド中を威圧《いあつ》するようにそそり立っていたという。

そして、城の下には、幾層《いくそう》もの迷路があり、さらにその下の溶岩《ようがん》のなかに巨大な竜王の地下宮殿が浮かんでいたという――。

「おい、アレン！」

コナンが叫んだ。

「ここに、下に入れる穴があるぞ」

アレンが行ってみると、倒れた円柱の下に、人がやっとひとり入れるほどの穴がぽっかり開いていて、その奥に深い闇《やみ》が続いていた。

「もしかしたら、魔女はこの奥にいるかもしれない」

コナンは革袋から松明《たいまつ》を出して火をつけると、先頭に立って穴のなかに入っていった。

なかは複雑な迷路になっていた。あちこち崩れていて、床《ゆか》も斜《なな》めに傾《かたむ》いている。

奥へ進むと、さらに下に通じる階段があった。その階段をおりて、さらに奥へ進んだとき、

「キャーッ！」

後ろにいたセリアが悲鳴をあげた。

アレンとコナンが振り向くと、巨大な毒蛇《どくへび》がセリアの胴《どう》を太い尻尾《しっぽ》で巻きあげて、激しくしめつ

けていた。悪の魔力によって巨大化《きょだいか》凶暴化《きょうぼうか》したバシリスクだ。

「ううう っ！」

セリアの顔が大きく歪《ゆが》んだ。体中がしびれて苦しいのだ。

バシリスクの恐ろしい牙《きば》が、必死にもがくセリアの顔に迫ったとき、コナンの放った火炎《かえん》の嵐が、バシリスクの顔面を直撃《ちょくげき》した。

バシリスクは苦しさにのけぞり、セリアを床に落とすと、すかさずセリアが杖《つえ》をかざし、バギの呪文《じゅもん》を唱えながら渾身《こんしん》の力で振りおろした。

すさまじい真空《しんくう》の渦《うず》がバシリスクを襲った。

「ギャオオオオッ！」

バシリスクの悲鳴が暗闇《くらやみ》に響きわたった。

一瞬にして、肉まで斬《き》り裂《さ》くと、宙に跳んでいたアレンが、

「たーっ！」

思いっきり剣を振りおろした。

ザク――！　確かな手応《てごた》えがあった。バシリスクの首が宙に吹っ飛んだ。

三人はさらに下の階におりて、奥へ進んだ。

と、突然、ブオオオッ――頭上の暗闇からまっ赤な炎《ほのお》が襲ってきて、三人は慌てて飛び退《の》いた。

真紅《しんく》の巨大なトンボの群れが炎を吐きながら頭上から襲撃してきた。ドラゴンフライだ。その数

はおよそ十匹。

すばやくセリアが、バギの呪文を唱えながら杖を振りおろした。

すさまじい真空の渦が、たちまち三匹の動きを止め、複眼《ふくがん》や羽や胴を斬り裂いた。

その二匹をアレンが斬り落とし、コナンも火炎の球で一匹を焼き落とした。

残ったドラゴンフライたちは体勢を立て直して、いっせいに炎を吐いた。

三人はたまらず奥へ逃げ、ドラゴンフライはしつこく追ってきた。

振り向きざまに、セリアがバギの呪文で数匹の胴体《どうたい》を斬り裂き、アレンとコナンがとどめを刺《さ》すと、また奥へ逃げた。

こうして、同じ攻撃《こうげき》を繰り返しながら、さらに奥へ、そして下へと逃げた。

最後のドラゴンフライを倒すと、コナンとセリアはぐったりとしてその場に座り込み、肩で大きく息をした。

そのとき、ブオオオッ——また頭上から炎が襲いかかった。

「くそっ!　しつこいやつらだっ!」

アレンは、斬りかかった。また、ドラゴンフライかと思ったのだ。

だが、別の魔物だった。青い角《つの》と羽の生えた、悪魔だった。

体の大きさは、人間の子供ぐらいしかない。グレムリンだ。

グレムリンは身軽で敏速《びんそく》だった。自在に飛びまわりながら炎を吐いた。

しかも、アレンが斬りつけても、ホイミの呪文で一瞬にして傷を回復させてしまう。

「くそっ！　セリアッ！」

コナンは、印《いん》を結んで高々と頭上にかざしながらセリアを見た。

セリアは、すぐコナンの作戦を理解した。連携呪文《れんけいじゅもん》一発で倒すつもりなのだ。

セリアは杖をかざすと、コナンと呼吸を合わせて、一気に振りおろした。その直後、

「ウギャーッ！」

悲鳴とともにグレムリンの額からいきおいよく血飛沫《ちしぶき》が飛んだ。

ギラの呪文とバギの呪文が同時に炸裂《さくれつ》することによって、破壊力《はかいりょく》が倍増したのだ。

ちょうど、剣をかざしていたアレンが振りおろそうとしたときだった。だが、その必要はなかった。

黒煙《こくえん》をくすぶらせながらグレムリンは落下すると、大きく床に弾《はず》んで転がり、それっきり動かなくなった。

疲れ果ててコナンとセリアは、ふたたび、その場に座り込んでしまった。

やがて、気を取り直すと、三人は階段を探して下におりた。

次々に魔物たちが襲ってきた。鋭い牙を持った獰猛《どうもう》なサーベルウルフや、メドーサボールの同属で無数の毒蛇が合体したゴーゴンヘッドたちだ。

だが、三人は必死に魔物たちを倒して、下へ下へとおりた。

そして、ひときわ長い曲がりくねった階段をおりて、

「あっ?」

思わず声をあげた。

巨大な空間に出たのだ。前方に大理石の宮殿が見える。

だが、その宮殿は無残にも崩壊していた。

そのまわりで、まっ赤な溶岩が、ボコッ、ボコッ、ボコッ——と、恐ろしい泡を立てている。

三人は、そっと崩壊した宮殿跡の奥へ進んだ。

異様なほど静まり返っていた。ときどき熔岩の泡の音がするだけだ。

だが、さらに奥へ進むと、「ゼィゼイ……ゼィゼイ……」という、かすれ声ともうなり声ともつかない不気味な音が聞こえてくる。

三人は、緊張《きんちょう》した。不気味な音は、奥から聞こえてくる。

さらに進むと、その奥に、広い空間があった。

ここもほかと同様に、巨大な円柱や天井《てんじょう》が無残に崩れ落ちている。

かつての竜王の間《ま》だ。

三人は、この竜王の間に進んで、

「あーっ?」

恐怖《きょうふ》に顔を凍《い》てつかせた。

巨大な爪《つめ》。鋼鉄のような鱗《うろこ》と翼と背びれ。大きく裂けた口。鋭い二本の角——。

アレンの十倍、いやそれ以上もある巨大なドラゴンが、恐ろしいまっ赤な眼《め》で三人を見おろしていた。ゼィゼィ――という不気味な音は、このドラゴンの息をする音だった。

「こ、こいつは……？」

アレンは、愕然とし、一瞬自分の目を疑った。

コナンもセリアも、同じだった。

竜王が生きているはずがないからだ。だが、目の前にいるドラゴンは、壁画《へきが》や絵画や絵本に描かれている竜王にそっくりだ。三人が知っている竜王そのものだ。もしほんとうにそうだとしたら、竜王は死の世界からよみがえったことになる。

「くそっ！　竜王めっ！」

アレンは身構えた。

4　竜王の子孫

「竜王！　覚悟ーっ！」

すかさずコナンが印を結んでギラの呪文をかけ、セリアも杖を振りおろしてバギの呪文をかけた。

同時に、アレンも剣をかざして疾風《はやて》のように突進《とっしん》した。

だが、コナンの放った強烈《きょうれつ》な火炎の球は、鋼鉄のような鱗に弾き返されて消え、セリアの放ったすさまじい真空の渦も、なんの衝撃も与《あた》えなかった。

渾身の力で振りおろしたアレンの剣も、カキーン――と乾《かわ》いた音を立てて、あっけなく鱗に弾き返された。

「ふっふふふふ……」

ドラゴンは不気味な笑い声をあげると、

「おまえたちの力ではこのわしは倒せまい……」

おどろおどろした低い声でいった。

「だが、わしはおまえたちと闘うつもりはない……」

「だ、黙《だま》れ、竜王ーっ！　その手に乗るかっ！」

アレンは、剣を構えてにじり寄り、コナンもセリアも呪文の態勢をとった。

「わしは竜王ではない……！」

「な、なにっ！」

突進しようとしたアレンは、思わず足をとめた。

「竜王ではない……！」

そういうと、突然、地響《じひび》きがした。

ドラゴンの巨体が、地響きをたてながら激しく揺れた。

揺れながら、ドラゴンはみるみるうちに姿を変え、どんどん小さくなっていった。鋭い二本の角が消え、翼が消え、背びれも消え、鱗も消えた。大きく裂けた口もしぼみ、巨大な足も手も、爪も縮《ちぢ》んだ。

三人は、あ然として見ていた。

そして、地響きが終わると、ドラゴンはセリアよりもひとまわり小柄《こがら》な魔物に姿を変え、目の前の玉座に座って、ゼィゼィ——と、喉を鳴らしながらじっと三人を睨んでいた。

口許《くちもと》にかすかな笑みを浮かべているが、眼は異様に鋭く輝いている。

「だ、だれだっ？　竜王でなきゃだれなんだ！」

アレンが叫んで、剣の柄《つか》を握り変えた。

「おまえたちこそだれだ……？」

おどろおどろした低い声で聞いた。

「ローレシア王子アレンだ！」

「ぼくは、サマルトリアの王子コナン！　そして……こっちが、ムーンブルクの王女セリアだ！」

「そうか……。ロトとアレフの子孫どもか……。わしは、竜王の子孫だ……」

「な、なにっ？　竜王の子孫？」

三人は、驚いた。

「どうして竜王の子孫がこんなとこにいるんだっ？」

アレンが聞き、

「またアレフガルドを支配しようとしてるんだなっ!」

コナンが叫んだ。

「いや……。幽閉《ゆうへい》されておるのだ……。天上界の神々からな……」

「幽閉……?」

アレンはコナンと顔を見合わせた。

「この島から勝手に動けないのだ……」

そういって、竜王の子孫は、そのいきさつを話し始めた——。

神々の一族である竜神の末裔《まつえい》として生まれた竜王は、人間を保護する神として天上界に君臨するはずだった。

だが、竜王が誕生《たんじょう》したとき母である竜の女王はすでにこの世になく、竜王はいずことも知れぬ暗い洞窟《どうくつ》で、悪の権化《ごんげ》として育てられた。

ある日、若き竜王は、魔界からの使者にこう告げられた。

「竜王よ。もはやこの世界においてもそなたの益《えき》するところはない。そなたの母上、竜の女王から地上界を奪い取った精霊ルビスの国アレフガルドに向かうがいい。今こそ、その地を征服《せいふく》し、母上の仇《かたき》を討つがいい。そして、光の玉を奪い返すのだ。さすれば、おまえはおまえの本来の力を取り戻し、世界を支配できる絶対的な力を持つであろう——」

こうして竜王は配下の魔物を率いてアレフガルドを侵略《しんりゃく》した。

このことが、竜神の末裔としてあるまじき行為《こうい》だとして、天上界の神々の怒《いか》りに触《ふ》れたのだ。

竜王が、二二〇年前にロトの血をひくアレフによって倒されると、竜神の末裔たちは天上界の神々の裁きを受けた。そして、竜王の子孫は、その戒《いまし》めとしてこの島に幽閉されたのだ。

この島で、竜王の子孫として、竜王の罪を償《つぐな》わなければならないのだ。


「だが、あと二〇〇年……」

そういって、竜王の子孫はため息をついた。

「あと二〇〇年で、免罪《めんざい》される……。天上界の神々から罪を許されるのだ。そして、わしは竜神として、天上界に帰れる……。それまでは、どんなことがあろうと、じっとこの島に閉じこもって、竜王の罪を償わなければならんのだ。もし、この島から一歩でも出たら、永遠に天上界から追放されてしまうからな」

そして、竜王の子孫はじっと三人を見つめると、

「大神官ハーゴンを倒しに行くのだな……」

と、いった。

「そうだ！」

アレンが力強く答えると、

「だが、邪神の像がなければ、ロンダルキア山脈の洞窟へは入れんぞ……。ハーゴンの神殿《しんでん》へもな……」

「なにっ？ 邪神の像を知っているのか？」

アレンが尋ねた。

「邪神の像を邪神の祭壇《さいだん》に捧《ささ》げると、破壊神が降臨するといわれておる……。おそらくハーゴンは、破壊神をこの地上界に呼び出すつもりなのだろう……」

「破壊神をこの世界に!! もしそうなったら……？」

竜王の子孫はその不安に答えるかのように話し出した。

「おそらく、この地上界は永久にハーゴンと破壊神の手に……」

「そんな……！」

アレンたらは、顔を見合わせた。

「だが、邪神に呪《のろ》われた開かずの扉を開け、邪神の像を手にできる者はこの世にただひとり……。牛頭神《ミノタウルス》の月、牛頭神《ミノタウルス》の日に生まれたロトの血をひく乙女《おとめ》をおいてほかにない……」

「そうか、それでやつらはセリアを……！」

「だが、邪神の像のある神殿は恐ろしい溶岩に囲まれたところだと聞いた。もっとも水の羽衣《はごろも》があれば簡単だがな」

「水の羽衣？」

「燃え盛る炎や、鉄をも熔かす高熱からも身を守ることができるといわれておる羽衣だ。だが、その水の羽衣を織れる者もこの世にただひとり……。テパの村におるドン・モハメだけだといわれておる……」

「そのテパの村ってどこにあるんだ？」

「ロンダルキア山脈の西にある、山深いところだ。満月の塔《とう》のそばのな……」

「満月の塔《とう》？」

アレンは、「邪神の像を手に入れるには、その前に満月の塔に隠されておるという『月のかけら』を手に入れなければならない……」といった、ドラゴンの角《つの》の北の塔の魔女の言葉を思い出した。

アレンは月のかけらのことを尋ねた。だが、竜王の子孫は首を横に振った。

「それじゃ、邪神の像があるのは、東方の大海のどこなんだ？　島か？」

「それはわからん……」

「だけど、どうしてぼくたちにそんなことを教えるんだ？」

今度はコナンが尋ねた。

「ハーゴンのやり方が気に入らないからだ……。破壊神を呼んで、世界を自分の手に入れようとするその魂胆《こんたん》が……」

「もうひとつだけ教えてくれ」

またアレンが尋ねた。

「盲目の魔女を捜してここに来た。どこにいるか知らないか？」

「盲目の魔女……？」

「かつて竜王に仕えていた三姉妹の魔女のひとりだ」

「それなら、大灯台《だいとうだい》の塔におると聞いたことがある……。昔のことだがな……」

「大灯台？」

「アレフガルドとロンダルキア大陸の中間にある島の灯台だ……。おお、そうだ。ロトとアレフの子孫たちよ……。おまえたちにこれを進ぜよう」

そういって、玉座の後ろの棚《たな》から剣を取って、アレンに差し出した。

鞘《さや》も鍔《つば》も柄も、ぼろぼろに錆《さ》びついている、みすぼらしい剣だ。

「ロトの剣だ……」

「えっ？　これが？」

三人は、愕然として剣を見た。

「こ、これがあのロトの剣……？」

アレンが、おもむろに受け取って鞘から抜いた。刃《は》もぼろぼろに錆びついている。

鏡のような青々とした刃、油がしたたりそうな光沢《こうたく》、華麗《かれい》な鍔、手のひらにぴたりと吸いつくような美しい柄――アレンの想像していたロトの剣はそういう気高くて華麗で美しい剣だった。その剣とは、似ても似つかぬものだった。

だが、よく見ると、鍔は不死鳥が翼を広げて飛翔しているロトの紋章《もんしょう》を象《かたど》ったものだ。柄には宝石が埋《う》めてある。

「ロンダルキア山脈の洞窟に、稲妻《いなずま》の剣と呼ばれている魔剣がある……」

竜王の子孫はいった。

「その電撃《でんげき》を浴びせれば、剣は復活し、往年の輝《かがや》きと力を取り戻すはず……」

アレンは、柄をしっかりと握りしめてみた。

ぼろぼろに錆びてはいても、勇者ロトやアレフが同じこの柄を握ったのだ。きっと何かが、この手に伝わってくるかもしれない。ロトの鎧《よろい》を着たときのように。ロトの盾を握ったときのように。ロトの兜《かぶと》をかぶったときのように――。

だが、何も伝わってこなかった――。

5　強奪《ごうだつ》

音もなく雪が降り続いていた。

だが、風が弱いだけ助かった。風が強いと波が荒れるからだ。

アレフガルドの内海から海峡を抜けて外洋に出たラーミア号は、アレフガルドとロンダルキア大陸の中間にある大灯台をめざして、航海を続けていた。暦はとっくに竜《ドラゴン》の月から王《キング》の月に替わっていた。

そして、ラダトームの港を出航してから十日目の朝、まる一日降り続いた雪がやっとやむと、ぬけるような青空が広がっていた。だが、身を切るような冷たい風が吹いていた。

その日の昼食のあと、アレンは船室のベッドに横になりながら、竜王の子孫や魔女たちから聞いたことを順序立てて考えていた——。

——竜王の子孫は、『ハーゴンの神殿《しんでん》』に行くためには『邪神の像』を手に入れなければならないといった。だが、ハーゴンたちも、破壊神を呼ぶために、『邪神の像』を狙《ねら》っている。とすると、『邪神の像』をなんとしても先に手に入れなければならない。竜王の子孫は、『セリア』がいなければ『邪神の像』は得られないともいった。幸い『セリア』はここにいる。

あと必要なものは——北の塔の魔女は『満月の塔』で『月のかけら』を手に入れなければならないといった。その『満月の塔』は、『テパの村』の近くにある。その『テパの村』に『水の羽衣』を織る『ドン・モハメ』という人物がいる。北の塔の魔女にもらった『雨露《あまつゆ》の糸』は、その『水の羽衣』となにか関係があるのだろうか？

とにかく——『水の羽衣』と『月のかけら』を手に入れたら、『ロンダルキア大陸のはるかかなたの東方の大海』へ行って、『邪神の像』を手に入れる。それがあれば、『ロンダルキア山脈の洞窟』に入れる。そして、『稲妻の剣』を探してロトの剣を復活させ、『ハーゴンの神殿』に行く——。

それにしても——。三姉妹のもうひとりの魔女は、いったい何を教えてくれるのだろうか——？

それとも、何を持っているのだろうか——？　いずれにせよ——。

そこまで考えて、アレンは、食後のあとかたづけをしているセリアを見た。

セリアさえ守れば、ハーゴンたちはどんなにあがいても『邪神の像』を手に入れることはできないのだ——。セリアさえ守れば——。

そう思ったときだった。突然、甲板に出ているコナンの声が聞こえた。

「おーい、島だ！　大灯台の島だ！」

船室にいたアレンとセリアとガナルの三人は、急いで甲板に飛び出した。

はるか前方の水平線に、まっ白な雪をかぶったなだらかな島が見える。

さらに近づくと、島の東の岬の上にそびえる八層の大灯台が肉眼《にくがん》でもよく見えた。大灯台の西の入江には、戸数四、五十ばかりの小さな集落がある。

アレンたちは、その集落にラーミア号を寄せることにした。

だが、入江には船着き場がなかった。小さな漁船が数隻、砂浜に引きあげられているだけだった。

アレンたち三人はガナルを船に残して、小舟を漕いで砂浜に乗りあげると、岬の大灯台へと向かった。

集落は、まるで死んだようにひっそりと静まり返っていた。

集落のなかの道は除雪してあったが、ほどなく集落を抜けると道が消え、一面の雪原になった。

雪は、膝《ひざ》まで積もっている。風は、雪を巻きあげながら吹き抜けていった。

一時後《いっときご》——。三人はやっと大灯台に着くと、雪原を振り返った。

三人の足跡《あしあと》だけが、白銀の世界にえんえんと線のように続き、はるかその向こうに集落と入江が小さく見えた。

大灯台は、風の塔やドラゴンの角の塔と同じように、何百万個もの石を積み重ねて造られた荘大なものだった。だが、いたるところ崩れ落ちて、廃墟《はいきょ》のようになっている。

三人は、なかに入ると、慎重《しんちょう》に奥へと進んだ。

なかは、複雑な迷路になっていた。石柱が崩れ落ち、天井に穴が開いている。

やっと見つけた階段をあがって、さらに奥へ進んだときだった。いきなり石柱の陰《かげ》の暗がりから、白い魔物が襲いかかってきた。

「うわあっ!」

三人は、かろうじて身をかわすと、

バギーン――。ものすごい音が響いた。

いきおいあまった白い魔物は石壁に激突《げきとつ》し、壁を粉々に打ち砕《くだ》いたのだ。

白い魔物。それは全身に包帯を巻いたミイラ男だった。

ミイラ男はすぐさま体勢を整えて襲いかかってきた。見かけによらず身軽で敏速だ。

三人は、すばやくかわして三方に散った。そして、コナンは頭上で印を結ぶと、

「セリア!」

と、叫んだ。以前、グレムリンを倒したときの戦法《せんぽう》で攻撃しようと思ったのだ。

すかさずセリアも杖を頭上にかざし、コナンと呼吸を合わせて、渾身の力で杖を降りおろした。

とたんに、

「ギャオオオーッ！」

ミイラ男は、激しく体を痙攣《けいれん》させながら悲鳴をあげた。

すさまじい真空の渦と、強烈な火炎の球がミイラ男に炸裂した。

次の瞬間、燃えながら粉々に千切《ちぎ》れた無数の包帯の破片が、花火のようにいきおいよく宙に舞った。

包帯が吹っ飛ぶと、なかからどろどろに肉体の腐《くさ》ったリビングデッドが姿を現した。たちまち一帯を強烈な腐敗臭《ふはいしゅう》がおおった。

すぐそばで剣を振りおろそうとしていたアレンは、思わず口と鼻を押さえて立ち止まり、コナンもセリアも口と鼻を押さえて後退した。

包帯がなくなると、リビングデッドの動きは極端《きょくたん》に鈍《にぶ》くなった。

だが、また攻撃しても、腐敗臭がさらに強烈になるだけなのだ。

「に、逃げろっ！」

まっ先にコナンが叫び、三人は奥へと逃げ去った。

三人は、階段を見つけて上にあがると、さらに奥へ進んだ。

そのとき、後方から巨大な鋭い槍《やり》が飛んできた。

「危ない！」

殺気を感じたアレンは、すばやくコナンとセリアを押し倒して床に伏せた。

槍はうなりをあげながら三人の頭上をかすめて、前方の石壁に当たった。

振り向くと、全身黄色の毛でおおわれた巨大な魔物が、長い槍を構えて猛然と突進してきていた。アレンの三倍もあろうかという獣人《じゅうじん》、ゴールドオークだ。

三人は慌てて三方に逃げた。と、

「あーっ！」

コナンが悲鳴をあげて倒れた。

ゴールドオークの鋭い槍が右腿《もも》をかすめ、ざっくりと破けた傷口から血が噴き出した。

ゴールドオークは、残忍《ざんにん》な笑いを浮かべながら槍を振りかざすと、倒れているコナンに穂先《ほさき》を向けて振りおろした。

「うわあーっ！」

コナンは観念した。

穂先が喉元《のどもと》に突き刺さろうとしたそのとき、風のように突進したアレンが、一瞬早く剣で穂先を斬り落とした。

「ウオオオーッ！」

怒りに狂ったゴールドオークは、槍を捨てて猛然とアレンに襲いかかった。

アレンは必死に攻撃した。だが、致命《ちめい》的な打撃《だげき》を与えられず、いったんゴールドオークから離れると、

「ウギャオオオオーッ！」

ゴールドオークが悲鳴をあげて激しく全身を痙攣させた。

セリアが、アレンがゴールドオークから離れるのを待ってバギの呪文をかけたのだ。

すかさずアレンは大きく宙に跳んで、

「たーっ！」

ゴールドオークの首をめがけて剣を振りおろした。

ガギッ――鈍い音がした。剣を持つ手に激しい衝撃があった。

ゴールドオークはがくっと膝をついた。だが、アレンの剣はゴールドオークの首に刺さったままだった。斬り落とせなかったのだ。ゴールドオークは最後の力を振り絞ってなおもアレンに襲いかかろうとした。

「うりゃあああーっ！」

アレンは気合いを入れ、渾身の力で首を斬り落とした。

一面にどす黒い血飛沫《ちしぶき》が飛び、ゴールドオークの首が無残に床に転がった。

今まで闘った魔物のなかで、一番手強《てごわ》い相手だった。

「コナン、大丈夫《だいじょうぶ》かっ？」

アレンは急いで駆け寄り、革袋から布を取り出して、コナンの腿の傷口をしっかりと結わえた。

だが、まともには歩けそうになかった。

三人はさらに奥へと進んだ。

魔物たちは次々に襲いかかってきた。魔力で墓場からよみがえったガイコツのアンデッドマンは、鋼鉄の剣をかざして頭上から襲いかかってきたし、獰猛なサーベルウルフや、しつこい巨大トンボのドラゴンフライの群れや、巨大な大アリのラリホーアントが容赦なく襲いかかってきた。

だが、アレンとセリアは、怪我《けが》をしたコナンを必死にかばいながら、魔物たちを倒して、やっと最上階にのぼる階段までたどり着いた。そして、最上階にあがって、

「あっ？」

思わず三人は身構えた。

魔女ではなく、まっ白な仮面をかぶり、白いローブに紫《むらさき》のマントをまとった祈禱師《きとうし》が、中央の小さな祭壇の前で待ち構えていた。ローブの胸には、魔鳥が飛翔する黒の紋章がある。ハーゴン配下の祈禱師である。

「ロトとアレフの血をひく者どもじゃな……」

祈禱師の声は、女の声だった。

「どうして知ってるんだっ？」

アレンは驚いて聞いた。

だが、祈禱師は答えずに、持っていた杖を頭上にかざした。

「待てっ！　魔女はどこだ！」

慌ててアレンが叫んだ。

「魔女？」

「そうだ！　盲目の魔女がここにいるはずだ！」

「ふっははは。そんな魔女なぞとっくにおらんわ！」

「なにっ？　き、貴様、まさかっ！」

「昔のことなぞ、知らぬわいっ！」

祈禱師が呪文を唱えようとしたときだった。

突然、ゴオオオッ――と音を立てて、灼熱《しゃくねつ》の白い火炎が祈禱師を襲った。

祈禱師は悲鳴をあげながらいきおいよく吹き飛ばされ、壁に激しく全身を打って床に落ちた。ほんの一瞬のことだった。マントやローブも黒く焼け焦《こ》げていた。黒焦げの仮面が床に転がり落ちた。

「うわあああああっ！」

女祈禱師は白目を剝《む》いて気を失っていた。

あまりのすさまじい光景に、三人は息をのんだ。

すると、祭壇の前の宙の一点で、ピカーと白光が弾けると、その白光は光り輝きながら激しく渦を巻いたのだ。目のくらむような、まぶしい光の渦だった。

その渦がすーっと一点に吸い込まれるように小さくなると、ひとりの若者が左手を大きくかざして立っていた。その白光は、大きくかざした若者の左手の指にはめてある白玉の指輪に吸われて消えた。

「な、何者だっ？」

アレンは叫んだ。

がっちりとした背の高い若者だ。長い髪を首のところでひとつに束《たば》ね、長剣を背中にさげている。

ガルドだ。ガルドは、氷のような冷たい目で三人をじっと見ると、

「王女をもらいに来た……」

抑揚《よくよう》のない低い声でいった。

「な、なにっ？」

三人は、さっと顔色を変えた。

すかさずアレンは身構え、コナンは慌ててセリアの前に移動した。

「くそっ！　貴様もハーゴンの手下かっ！」

アレンは剣をかざして斬りかかった。

ガルドは、微動《びどう》だにせず口許《くちもと》にかすかに笑みを浮かべていた。

アレンは、渾身の力を込めて剣を振りおろした。

もらった——と、思った瞬間、アレンの剣はむなしく空《くう》を斬っていた。

「あっ？」

目の前からガルドの姿が消えていたのだ。

アレンは自分の目を疑った。だが、慌てて振り向くと、ガルドは口許にかすかに笑みを浮かべながら平然と後方に立っていた。

「く、くそっ！　いつの間にっ！」

アレンは身をひるがえしてふたたび斬りかかった。

だが、剣はまたむなしく空を裂いた。またガルドの姿が消えたのだ。

「チキショーッ！」

ガルドは、いつの間にか左後方に立っていた。アレンは、さらに斬りかかった。

アレンは、旅を続けている間に、いちだんと腕をあげていた。

疾風《はやて》のように斬りかかり、目にも止まらぬ速さで剣を振りおろす。

攻撃の速度、正確さ、破壊力はもちろん、俊敏《しゅんびん》さ、瞬発力《しゅんぱつりょく》、集中力、判断力――すべてにおいて旅に出る前とは比較《ひかく》にならないほど上達している。

だが、何度斬りかかっても、ガルドは音もなく風のように目の前から消えた。どの方向に消えたか、その瞬間を見極めることができないのだ。

アレンは、攻撃をやめて、肩で荒《あら》い息をしながら間合いを測った。

その隙を見て、印を結んでいたコナンが、渾身の力を込めてギラの呪文をかけ、同時にセリアもかざしていた杖を、振りおろした。

しかし――コナンの放った火炎の球は、ガルドの前ですーっと消え、セリアの放った真空の渦もまた、ガルドの前であえなくかき消された。

「うっ！　な、なんてやつだ……！」

コナンとセリアは、あ然とした。

コナンはふたたび印を結び、セリアも杖を頭上にかざした。すると、

「遊びはこれまでだ。むだに血を流したくないからな……」

ガルドは、ふっと鼻で笑った。

「このやろーっ！」

アレンが、猛然と剣を振りかざして斬りかかった。

もう半歩、いや四分の一速く斬り込めばなんとかなる。消える方向さえわかれば、なんとか攻撃できる——間合いを測りながらそう思ったのだ。

「覚悟ーっ！」

しかし、アレンの剣はむなしく空を斬った。

だが、そのときアレンは、頭上に飛ぶガルドの姿を一瞬ながらも確認できた。長い髪の毛の先がかすかになびくのが見えたのだ。

後方に着地する——アレンはとっさにそう判断すると、後ろにすばやく身をひるがえし、一歩深く踏《ふ》み込んだ。そして、

「たーっ！」

思いっきり剣を振りかざした。

が、すでにそこにガルドの姿はなかった。そのときだった、セリアの悲鳴があがったのは。

「キャーッ！」

「セリアッ？」

はっと見ると、ガルドがセリアを押さえつけて、喉元《のどもと》に鋭い剣の刃先《はさき》を突《つ》きつけていた。

そのそばで、コナンがまっ青になってうろたえている。アレンの頭上に跳んだガルドは、一瞬ぱっと宙に姿を消すと、次の瞬間、背中の長剣を抜いてセリアの後ろに現れていたのだ。

「離せーっ！」

アレンは叫びながら斬りかかろうとした。

アレンの動きを制すかのように、ガルドは剣の刃先をぴたっとセリアの白い喉元に触れさせた。

「うっ！」

思わずアレンは立ち止まった。これ以上近づけなかった。

「ふっふふふ……。さらばだ……」

ガルドが、左手を高々とかざすと、指にはめてある指輪の白玉からピカーッと白光が弾け、ガルドのまわりを目のくらむようなまぶしい白光が稲妻のように走った。

「あーっ？」

アレンとコナンは、愕然とした。

白光が消えると、ガルドとセリアの姿も消えていたのだ。
「セリアーッ! セリアーッ!」
アレンとコナンは、必死に叫んだ。
聞こえてくるのは外の風の音ばかりだった。
アレンは、セリアの名を叫びながらそばの窓に駆け寄った。
荒涼《こうりょう》とした雪原には、ここへ来る途中《とちゅう》に三人がつけた足跡があるだけだった。
ほかには誰の足跡もない。人影《ひとかげ》もない。飛ぶ鳥もいなかった。
アレンは、すかさず反対側の窓に駆け寄った。
まっ白な雪に埋もれた岬の向こうに、果てしない海が広がっているだけだった。
どこを見ても、ガルドとセリアの姿はなかった。
「ちっきしょう! なんてこったたっ!」
コナンは、床に座り込んで泣きながら叫んだ。
「くっ……くそっ……!」
アレンは、ありったけの力で剣を握りしめた。
怒りと悔《くや》しさに、その手が激しく震えた。アレンの目に涙が浮いていた。
四歳のとき、母ルシアが病死した。そのとき以来の涙だった——。

第六章　果てなき航海

季節はすでに夏を迎《むか》えていた――。

真冬の大灯台《だいとうだい》で王女セリアを奪《うば》われたアレンとコナンは、ロンダルキア大陸からはるか離《はな》れたデルコンダル島をめざして、航海《こうかい》を続けていた。

邪神《じゃしん》の像は、ロンダルキア大陸のはるかかなたの東海にある。その同じ東海にあるデルコンダル島へ行けば、邪神の像のありかの手がかりがつかめるかもしれないと考えたからだ。

ラーミア号は、広大なロンダルキア大陸の南側をぐるりとまわる南航路をとった。大灯台からデルコンダルまで、いくつかの航路があったが、距離《きょり》的には遠くても、その方が季節風に乗れるとガナルがいったからだ。

途中《とちゅう》、南海一の都市ベラヌールの町で、水と食糧《しょくりょう》を補給し、邪神の像の情報も聞いてみた。だが、なんの手がかりもなかった。

また、ベラヌールでアレンは十七歳《さい》の誕生日《たんじょうび》を迎えていた。

そのベラヌールの港を出航してから八十日目の昼過ぎ、水平線のかなたに青々としたデルコンダル島が見えてきた。

セリアを奪われてから、すでに一五〇日になろうとしていた。

1 デルコンダル

岬《みさき》をまわってデルコンダル湾《わん》に入ると、正面に人口八〇〇〇人のデルコンダルの町が見えてきた。港の後方には赤い屋根《やね》の町並《まちな》みが続き、そのさらに向こうの小高い丘《おか》の上に、要塞《ようさい》のようなカンダタ家の居城《きょじょう》デルコンダル城がそびえていた。

カンダタは勇者ロトと同じ異世界からやってきた大盗賊《だいとうぞく》だ。

彼はこの世界に来てからは足を洗って、魔界《まかい》の軍勢と戦ったと伝えられていた。そして勇者ロトが大魔王を倒したあと、戦乱の中で孤児《こじ》となった子供《こども》たちを連れてデルコンダルにわたったのだ。やがて彼の豪快《ごうかい》な気性を慕《した》って、戦士や武闘家《ぶとうか》たちがぞくぞくと集まり、未開の孤島《ことう》だったデルコンダルに、カンダタは都市国家を誕生させた。

だが、集まってきたのは堅気《かたぎ》の人間ばかりではなかった。各地でお尋《たず》ね者となっていた盗賊や海《かい》賊《ぞく》たちも、カンダタの庇護《ひご》を求めてこの国へと渡ってきた。

そのためか、「今でもカンダタ家は海賊とつながっているという噂《うわさ》が絶えない」とガナルが教えてくれた。

ベラヌールで船乗りたちに邪神の像の情報を聞いたときも、船乗りたちが口をそろえて、「デルコンダルの国王に聞いた方がいい。海の情報ならおれたちよりも詳《くわ》しいはずだから」とガナルと同じことをいったのは、その噂を信じているからなのだろう。

もちろん、デルコンダルは、ローレシア、サマルトリア、ムーンブルクの三国とは国交がなかった。港には数隻《すうせき》の異国の船が停泊《ていはく》していた。

ラーミア号を桟橋《さんばし》につけると、アレンとコナンはガナルを残して、さっそくデルコンダル城へ向かった。

港から路地を抜《ぬ》けて町の中央にある大聖堂《だいせいどう》の広場へ行くと、大通りの正面にデルコンダル城の強固な二層《そう》の城門が見えた。その手前に、五層建ての巨大《きょだい》な円形の闘技場《とうぎじょう》があった。

夏の太陽がじりじり照りつけるせいか、町は閑散《かんさん》として人通りが少なかった。

城門に行って警備の兵士に名前と要件を告《つ》げると、二人はすぐ宮殿《きゅうでん》の王の謁見《えっけん》の間に通された。

「すげえ品《ひん》がねえの……」

国王カンダタ十八世を待つ間、謁見の間を見まわしながらコナンがつぶやいた。

壁《かべ》や柱《はしら》や、玉座《ぎょくざ》まで、派手《はで》に金箔《きんぱく》が張られていた。

ほどなくカンダタ十八世が重臣《じゅうしん》を連れて現れた。ずかずかと大股《おおまた》で入ってきたカンダタ十八世は、どかっと玉座に座って行儀悪《ぎょうぎわる》く足を組むと、

「おまえさんたちか、ロトの血をひくってえのは」

三十歳過ぎの油ぎった顔で、じっと二人を見た。

目はぎょろりと大きく、立派《りっぱ》な口髭《くちひげ》をたくわえている。

首から金や銀の宝石を散りばめた派手な首飾《くびかざ》りを何本もさげ、腕《うで》にも同様の腕輪をし、両手の指には色とりどりのごてごてした大きな宝石の指輪をいくつもはめていた。

ひと目で趣味《しゅみ》の悪い、粗野《そや》な男であることがわかった。

一国の国王というより、見るからに盗賊とか海賊の首領といった感じの男だ。

二人は丁重《ていちょう》に名を名乗って挨拶《あいさつ》をした。そして、アレンが用件をいおうとすると、

「待ていっ！」

カンダタ十八世は、アレンの言葉を遮《さえ》ぎった。

「ロトの血をひくものだって証拠《しょうこ》はあるのかっ？　ローレシアの王子だって証拠があるのかっ？　サマルトリアの王子だって……」

「信じないのかよっ！」

思わずコナンがむっとして叫《さけ》んだ。

「コナン……」

アレンは、コナンを制して、

「このロトの鎧《よろい》とロトのしるしを見てください。それに、この盾も、この兜《かぶと》も……」

手に持っていた兜をカンダタ十八世の前に突《つ》き出した。

カンダタ十八世は、じっとアレンの身につけているものを見ると、

「それがロトの残したものだっていうのかっ？　ふっははは。とても本物には見えんがなっ。そんな安物ならそのへんの道具屋でいくらでも売っているわ。はっはははは」

「なんてこというんだっ！　よく見てみろよ！」

コナンが、カッとなって怒鳴《どな》った。

「大体わしはなっ、ロトがだーい嫌《きら》いなんだっ！」

「えっ？」

アレンとコナンは、あ然とした。勇者ロトが嫌いだという人物に会ったことがなかったからだ。

「わが先祖《せんぞ》カンダタさまは偉大《いだい》なる大盗賊。弱きを助け強きをくじく義賊《ぎぞく》だったのだ。だが、ただひとつ汚点《おてん》を残した。それはっ！」

カンダタ十八世は、いきなり立ちあがった。

「ロトに一度負けたことだっ！　御先祖さまもさぞ無念だったろう！」

「なにいってんだい！　カンダタは勇者ロトに出会って改心《かいしん》したんだろ？　ロトに協力して魔王と戦ったそうじゃないか。そしてこの国を造《つく》ったんだろ！」

コナンも負けじと叫んだ。

「わしが許《ゆる》せんのは先祖がロトに負けたってことだ。そのことが気に入らんのだ！」

カンダタ十八世は、唾《つば》を飛ばして怒鳴ると、鋭《するど》い目でコナンを睨《にら》みつけた。

「御先祖はただの泥棒《どろぼう》なんかじゃねえ！　偉大な大義賊だったんだからな！」

「どっちだって同じじゃないかっ！」

「うるさいっ！　ああいえばこういう！　かわいげのないやっちゃ！　だがなっ……」

カンダタ十八世は、肩《かた》で大きく息をつくと、じっと鋭い目で二人を見て、

「わしは強ーいやつが好きだっ！　とてつもなく強ーいやつがなっ！　この国は昔《むかし》から武勇《ぶゆう》を尊《とうと》ぶ国だっ！　武勇にすぐれた者が英雄《えいゆう》なのだっ！　どうだ、わしの飼《か》っておるキラータイガーを見事斬《き》り倒してみんかっ？　そしたら、ロトの血をひくもんであろうがなんだろうが、歓迎《かんげい》してやるっ！」

「えっ？」

アレンとコナンは、顔を見合わせた。

「もっとも、真のロトの血をひく者なら、倒せるはずだがなっ……。それとも、ロトの子孫は腰抜《こしぬ》けだと物笑《ものわら》いになるか……」

そういってカンダタ十八世は、けしかけた。

「だが、もし倒したら、なんだって聞いてやる！　望みどおりになっ！」

「アレン……」

コナンは不安そうに見た。

「しょうがないな……」

アレンは、なかば呆《あき》れていたが、

「ほんとうになんでも聞いてくれるんだなっ！」

というと、キッとカンダタ十八世を睨んだ。

「あたぼうよっ！　大盗賊の子孫にうそはないっ！」

「よし、受けてやるぜっ！」

とたんにカンダタ十八世は、目を輝《かがや》かせて、上機嫌《じょうきげん》になった。

「それでこそ、男よっ！　ロトの子孫よ！　がっはははっ、こりゃ楽しみだっ！　さっそく町の者どもに知らせいっ！　毎日暑い日が続いて、家んなかでうんざりしておるだろうからなっ！」

「ははっ！　喜んで……」

後ろに控《ひか》えていた重臣が、嬉々《きき》として飛んでいった。


その日の夕方――。

城門の前にある五層建ての円形の闘技場を埋《う》めた二〇〇〇〇人の観客は、アレンが登場すると、闘技場が壊《こわ》れるのではないかと思うほどの熱狂的《ねっきょうてき》な歓声《かんせい》をあげた。

賭《か》けているだけに、いっそう燃えるのだ。

噂を聞いてガナルもラーミア号からすっ飛んできていた。

「心配するな。大丈夫《だいじょうぶ》だ……」

客席の最前列で心配しているコナンとガナルにそういって笑うと、アレンは中央に向かった。

いよいよ時間だ。兵士が檻《おり》の鉄格子《てつごうし》の扉《とびら》を開け、キラータイガーがゆっくりと観客の前に姿を現すと、歓声はさらに大きくなった。

重臣たちを従えて正面の特別席についていたカンダタ十八世も、身を乗り出して目を輝かせた。

アレンは、鋭い目でキラータイガーを睨みつけ、おもむろに剣《けん》を抜いた。

研《と》ぎ澄《す》まされた鋭い牙《きば》。獲物《えもの》に飢《う》えた獰猛《どうもう》な目。盛《も》りあがった四股《しし》の筋肉《きんにく》。キラータイガーは、威嚇《いかく》するようにうなり声をあげた。

アレンは剣を上段《じょうだん》に構えると相手の出方を見守った。

ウオオオオッー！　咆哮《ほうこう》をあげキラータイガーが跳躍《ちょうやく》した。

満員の観客は一瞬《いっしゅん》息をのんだ。アレンがまったく動こうとしなかったからだ。

次の瞬間《しゅんかん》、おびただしい量の鮮血《せんけつ》が闘技場の床《ゆか》に飛び散った。

血まみれの魔物が空中で一回転すると、ゆっくりと落下した。

小さな金属音が響《ひび》き観客たちはわれに返った。アレンが剣を鞘《さや》に納《おさ》めた音だった。

そして、そのアレンの背後《はいご》でキラータイガーは二、三度痙攣《けいれん》すると動かなくなった。

キラータイガーの牙が、アレンの頭に噛みついたと思った刹那《せつな》、魔物の視界から忽然《こつぜん》とアレンの姿が消え、かわりに鋭い剣の切っ先が待ち構えていたのだ。瞬時にして身を屈《かが》めたアレンは、魔物ののいきおいを利用して喉《のど》から腹《はら》まで一気に剣を振《ふ》りおろしたのだ。

真冬の大灯台でガルドにあっけなく剣をかわされたアレンは、あのあとさらに習練を積んでいた。時間さえあれば、一日に幾時《いくとき》でも剣を振りまわした。必ずガルドと対決するときがくるからだ。そして、確実にアレンの腕は上達していた。

総立ちの観客から、大きなどよめきが起こると、やがてそれがものすごい歓声と拍手《はくしゅ》と口笛《くちぶえ》に変わった。

ぎょろ目をさらに大きく開いてあ然としていたカンダタ十八世は、やっとわれに返ると、

「がっははは……がっはははは……がっはははは！」

顔を引きつらせて笑った。

あまりのすごさに感動して、思わず失禁してしまったのだ。

2　カンダタ十八世

「いやあ、さすがは勇者ロトの子孫！　お知り合いになれてこんなに嬉《うれ》しいことはありませんっ！　今夜はもう最高ーっ！」

アレンの腕前を見たカンダタ十八世の態度は、がらりと変わった。

カンダタ十八世は、アレンとコナンとガナルの先頭に立って闘技場から宮殿まで案内すると、豪《ごう》華《か》な料理を運ばせたのだ。

広間の食卓《しょくたく》には、果実酒や地酒《じざけ》、海の幸《さち》のゼリー、蛤《はまぐり》とキノコの冷たいスープ、鯛《たい》の衣《ころも》揚《あ》げ、地鶏《じどり》の林檎酒《りんごしゅ》風味の丸焼き、特製ヌードル、子豚《こぶた》のロースト、季節の野菜と羊肉《ひつじ》の炒《いた》めもの――食べきれないほどの料理が並《なら》んだ。

「しかも、たったひと振りであのキラータイガーをしとめるんですからなあ！ 今まであなたのほかにたったひとりだけですよ！ こいつもすごかった！ 呪文《じゅもん》もすごいが腕も立つ！ 一年ほどここでぶらぶらしておったんですが、いつの間にか風のようにいなくなりおった……。いやあ、それにしてもおみそれいたしましたっ！ なんですなあ、その……」

「実は、カンダタ十八世……」

アレンは、慌《あわ》ててカンダタ十八世の言葉を遮った。

このままではひとりでずっと話し続けかねないからだ。

「聞きたいことがあって、わざわざデルコンダルまで来たんです」

「おおっ！ 結構結構！ なんでも聞いてください。約束《やくそく》ですからな」

「泥棒の子孫はうそはつかない」

すかさずコナンがからかった。

「泥棒じゃないっ！ 大盗賊といえっていったろうがっ！」

カンダタ十八世は、思わず顔色を変えてコナンに怒鳴ったが、アレンを見るや、

「さあさあさあ。なんでも聞いてくださいっ！」

と、満面に笑《え》みを浮《う》かべた。

アレンは大神官ハーゴンを倒すために旅を続けていること、邪神の像のありかを探《さが》していること、セリアがハーゴン配下の者に奪い去られたことなどをかいつまんで話した。すると、瓶《びん》をわしづかみにし、地酒を飲みながら聞いていたカンダタ十八世が、

「そいつは……その王女をさらったやつは、どんなやつでした？」

アレンがそこまでいうと、なにか思い当たったらしくそう尋ねた。

「背《せ》が高くてがっちりしていて……。長い髪《かみ》を後ろでひとつに結《ゆ》わえて……」

「ガルドだっ！」

カンダタ十八世が叫んだ。

「ガルド？」

「背中に長剣をさげたやつですねっ？」

「そうです。知ってるんですか？」

「さっき話したやつですよ！」

「そうですか。ガルドっていうんですか……」

アレンは、セリアの顔を思い浮かべ、悔《くや》しそうに唇《くちびる》を噛《か》んだ。

「しかし……、信じられんなあ……。やつが、ハーゴンと手を組むとは……。天涯孤独《てんがいこどく》の一匹狼《いっぴきおおかみ》な

んですがねえ……」

カンダタ十八世は、大きくため息をつくと、

「ま、それはそれとして……。その邪神の像ってやつですが、残念だが、さすがのわしも聞いたことがありませんなあ。ま、世界を股《また》にかけている貿易商のハレノフ八世のところの人を前にしてなんだが、こう見えても海の情報にかけてはわしの右に出る者はおらんと自負しておるんですがねえ」

「じゃあ、テパの村と満月の塔《とう》へ行ってみるしかないか……」

気落ちしてコナンがため息をついた。

邪神の像を手に入れるには、セリアのほかに、水の羽衣《はごろも》と月のかけらが必要だ。だから、その二つを調べれば、ハーゴンが邪神の像を手に入れたかどうかがはっきりするのだ。

「テパ?」

カンダタ十八世は、すかさず聞いた。

「テパって、あのロンダルキア大陸西の山奥《やまおく》にある村のことですかい?」

「知ってますか?」

今度は、アレンが聞き返した。

「いや、テパっていえば、昔《むかし》から得体の知れない連中が住んでるってもっぱらの噂でしてね。ろくに道もないらしくて、だれも行きませんよ、あんな山奥には。待てよ、テパのことでなんか聞いたことがあるなあ……。水門の鍵《かぎ》がどうのこうのって話ですがねえ」

「水門の鍵？」

「おい。じいさんを呼《よ》んでこいっ！」

カンダタ十八世は、隅《すみ》に控えていた部下にそう命じた。

ほどなく、九十歳過ぎの小柄《こがら》な老人が現れた。異様なほど鋭い眼光《がんこう》をしていた。

「もと海賊でしてねえ。裏《うら》の世界にも通じておる男ですよ。なあ、じいさん。以前、じいさんからテパの村の水門の話を聞いたことがあったよなあ。ケチなコソ泥《どろ》の話をさあ。その話をもう一度聞かせてくんねえかっ？」

「はい……」

老人は、しわがれた声で答えた。

「どうってえ話じゃありませんが……かれこれ四十年も前の話ですだ……。ある港で、ラゴスってえコソ泥が海賊の仲間《なかま》にしてほしいって来たんでさあ……。そいつは、テパの村の水門の鍵を盗《ぬす》んだって、やたらあっしたちに自慢《じまん》しましてねえ……。この鍵はテパの村の命だ。これがなけりゃ、永遠にだれも満月の塔に近づけねえ……そういって、まあ、売り込んできたんでさあ……」

「満月の塔に近づけないって、どういうことですか？」

アレンが聞いた。

「よくわかりませんですだ……。あまりテパの村には関心がなかったもんですからねえ……。なにせ、山奥の隔離《かくり》されたところですから……。ところが、そのラゴスって野郎《やろう》は、とんでもねえやつでして、仲間に入れてやったその晩《ばん》、あっしたちのあり金をごっそり盗んで逃げちまいましてねえ……。まんまとやられましただ……」

「はっはははは！」

カンダタ十八世は、愉快《ゆかい》そうに笑った。

「天下の海賊がコソ泥にやられるとはのぉ。はっはははは」

「それが……」

老人は、言葉を続けた。

「十年ほど前でしたか、そいつがペルポイの町に潜《ひそ》んでいるって噂が流れてきましてねえ……」

「ペルポイ？」

「ロンダルキア大陸の南の半島にある町ですだ……」

「昔、海賊の襲撃《しゅうげき》を恐《おそ》れて、地下に町を造ったところなんですよ」

カンダタ十八世が笑いながら、また口をはさみ、

「海賊から逃げるにはあそこが一番いい。あそこの連中は、海賊には怨《うら》みを持ってるからな。それで追うのをあきらめたんだろっ？」

と、老人をからかった。

「いえ……あっしの仲間たちもほとんどあの世にいっちまったんで、それっきりになっただけですだ……。たしか、そんときに国王にこの話をしましただ……。お茶の菓子《かし》がわりに……。ま、いず

れにせよ、昔の思い出話ですだ……」

そういって、老人は微笑《ほほえ》んだ。

「そのラゴスって泥棒、どんな男でした？」

それまで鋭い目で老人の話を聞いていたガナルがいきなり尋ねた。

アレンたちが他人と話しているときは、ガナルは自分の立場をわきまえて、必ず黙《だま》って聞いていた。このように、自分から口を開くことは珍《めずら》しいことだった。

「生きてりゃあ六十ぐらいになりますかなあ……。やたら調子のいいやつで……あっ、そうそう、この二の腕に髑髏《ドクロ》の入《い》れ墨《ずみ》をしてましただ……」

「髑髏《ドクロ》の入れ墨……？」

「ねえ、ガナル。なんか心あたりあるの？」

コナンが聞いた。

「いや……。なんでもねえ……」

ガナルは、黙って目を伏《ふ》せた。

「こりゃあテパに行く前にペルポイに寄らなきゃなりませんな。もっとも、そのコソ泥がいるとは限《かぎ》りませんが……。ま、いたとしても、鍵を持ってる保証はないが……」

そういって、カンダタ十八世はため息をついた。そして、

「わざわざ、悪かったな。じいさん……」

地酒を一本持たせて老人を帰すと、

「おおっ、そうだそうだ。テパとは関係ないが、あなたたちにいいものを進ぜよう」

といって、隣《となり》の部屋《へや》に行ってきて、

「これですよ、これ……」

アレンに一枚の湾曲《わんきょく》した石の破片《はへん》を差し出した。

球形のものを割《わ》ったその一部らしい。蛤の殻《から》ほどの大きさで、厚さが人さし指の太さほどある。見た目よりかなり重い石で、表面には三日月の絵と楔形文字《せっけいもんじ》が彫《ほ》ってあり、鮮《あざ》やかな美しい色が塗《ぬ》り込んである。

「月の紋章《もんしょう》ですよ」

「月の紋章?」

「精霊《せいれい》ルビスが残した五つの紋章のひとつじゃないかといわれておるんですわ。なんでも御先祖が勇者ロトにゆかりのある人から預《あず》かったとかで、昔からわが家に伝わっておるんです。五つの紋章を集めてルビスさまの神殿《しんでん》に行けば、ルビスの守りを授けてもらえるとか……」

「ルビスの守り?」

「邪神のまやかしを打ち破ることのできるお守りのことだそうですよ。きっと、ハーゴンの神殿に行ったら役に立つはずです」

「他の四つは?」

コナンが聞いた。

「さあ……」

カンダタ十八世は、首をかしげた。

「ただ、五つ合わせるとちゃんとしたひとつの形になるんだろうなあ」

「もうひとつ聞きたいことがあるんだけど……」

アレンがいった。

「はいはいっ」

カンダタ十八世は、また満面に笑みを浮かべた。

「盲目《もうもく》の魔女の噂を聞いたことがありませんか？」

「盲目の魔女？」

「かつて竜王《りゅうおう》に仕えていたという三姉妹《しまい》の魔女のひとりなんですが……」

「おおっおおっおっ。聞いたことがあるぞ。待てよ……」

カンダタ十八世は、額に手を当てて記憶《きおく》をたどった。

「……竜王とのことはよく知らんが、たしかザハンに盲目の魔女がいるって死んだじいさんに聞いたことがあるなあ……。だいぶ昔のことらしいが……」

「ザハン？」

「アレンさま」

横からガナルが口をはさんだ。

「このデルコンダルからずっと南にある小島のことでさあ。あそこは、香辛料《こうしんりょう》の産地でして、毎年ハレノフ八世さまが立ち寄るとこなんですよ……」

「そうか……。じゃあ、まずザハンに行ってみよう。それからペルポイだ」

「ささっ、遠慮《えんりょ》なくやってくだされ！　さささささっ！　しかし、わが先祖カンダタさまも、たった一度負けたのが勇者ロトだったんですからな、考えてみりゃこりゃ大変光栄なことですなあ。がっはははは。なんですなその、もしあなたたちが大神官ハーゴンを倒したら、当然『ロトの伝説』が残ったように『ロトの末裔《まつえい》たちの伝説』ってのも残るわけですな。そして、このわしもそのなかの一節に登場するわけですな。勇ましくも心やさしきデルコンダル国王カンダタ十八世は、訪《おとず》れた勇者ロトの末裔たちを温かく迎えるのであった……なんてねっ！　がっはははは、これでわしも世界の歴史に名が残せるってもんだ！　さあさあ、今夜はばんばんやりましょう！　がっははは！」

カンダタ十八世は、上機嫌《じょうきげん》で地酒をあおった。

3　孤島《ことう》

洞窟《どうくつ》の牢《ろう》に穿《うが》たれた鉄格子《てつごうし》の小さな窓《まど》の外には、見《み》わたすかぎりの海が広がっている。

その海を、青白い月の光がキラキラ照らしていた。

ロンダルキア大陸のはるかかなたの東海にある、蠟燭《ろうそく》のように切り立った孤島。

その孤島の洞窟の一室に、セリアが閉じ込められていた。

洞窟のなかの牢とはいえ、ちゃんとした柔《やわ》らかなベッドが用意されていたし、日に三度きちんと食事も与《あた》えられていた。

食事を運んでくるのは、喉《のど》がつぶれ言葉が話せない老人だった。

真冬の大灯台で、セリアは喉元《のどもと》に刃先《はさき》を突きつけられて、若者――ガルドと一緒《いっしょ》に白光の渦《うず》に巻き込まれて、アレンとコナンの前から姿を消した。

だが、一瞬ののち、セリアとガルドは暗い船底に姿を現したのだ。

ガルドの魔法によって、瞬時《しゅんじ》にして亜空間《あくうかん》を跳《と》んだのだ。

どんな船かはわからなかった。どこに停泊している船かもわからなかった。だが、かなり大きな船であることだけはたしかだった。

セリアは、すかさずバギの呪文をかけて抵抗《ていこう》したが、すさまじい真空の渦は、ガルドの前であっけなく消えてしまった。

ガルドは、ふっと鼻先で冷たく笑うと、呪文の杖《つえ》と護身用の短剣《たんけん》を取りあげて船底から出ていった。

やがて船底が揺《ゆ》れ、波をかき分ける音が聞こえてきて、セリアは初めて船が動き出したのを知った。

船底には、食糧から、衣料、骨董品《こっとうひん》や美術品、さまざまなものが乱雑に積まれていた。

それらのものを見て、セリアはこの船が海賊船《かいぞくせん》であることを知った。

食事は日に三度、海賊の手下が運んできた。そのたびに、セリアは海賊たちの荷から見つけた壺《つぼ》のかけらで、床《ゆか》に印《しるし》をつけた。日数を計算するためだ。

船底での船旅は一三〇日も続いた。

そして、セリアがこの洞窟に連れてこられて、すでに三十日になる。

洞窟はどの辺にあるのか、見当もつかなかった。洞窟に来るまで、船底から一歩も外に出してもらえなかったからだ。

ただ、ロンダルキア大陸のはるかかなたの東海にある、邪神の像のありかの近くではないかと漠《ばく》然《ぜん》と思っていた。

また、洞窟は海賊たちの隠《かく》れ家《が》であることも、薄々《うすうす》感じていた。

だが、この洞窟の牢に閉じ込められてから、セリアがずっと疑問《ぎもん》に思っていたことがあった。

それは、どうしてずっとここに閉じ込めておくのだろうか、ということだった。

当然、邪神の像のありかに直行するものだとばかり思っていたからだ。

そうでないということは――ひょっとしたらハーゴン側はまだ水の羽衣と月のかけらを手に入れていないからではないか――そうとしか思えなかった。そう思うと、少しは気が楽になった――。

そして、ガルドのことで、ひとつだけ気になることがあった。

ガルドの左手にはめてある白玉の指輪のことだ。

ある日、船底で、ムーンブルクのことを思い出していたときだ。

老魔道士サルキオが生前、呪文の話を聞かせてくれたときのことを思い出し、すぐさまガルドの左手の白玉の指輪を連想したのだ。

――この世に、祈《いの》りの指輪というものがあると聞いております。美しい白玉の指輪で、その指輪をはめると、とてつもない呪文の力を持つといわれておるそうです。しかし、光あらば影《かげ》。とてつもない力を与えるかわり、あまり使いすぎると、その者の命をも奪ってしまう残酷《ざんこく》な指輪でもあるというのです――サルキオは、そういったのだ。

ガルドが姿を現したとき、そして姿を消したとき、白光の渦は白玉の指輪から発し、指輪に消えた。それは信じられない魔法だった。

たしかに、祈りの指輪のように強力なものがなければ、あのように瞬時にして場所を移動することは不可能に思えた。

そのガルドがセリアを船底に残して出ていってからすでに一六〇日あまり。不思議なことに、ガルドは一度もセリアの前に姿を現さなかった――。

「アレン……」

セリアは、そっと胸の薄翠《うすみどり》のペンダントを握《にぎ》りしめた。

不安になったりさびしくなると、こうやってセリアはアレンのことを思い浮かべた。きっとアレンやコナンは、今ごろ必死にわたしを捜《さが》しているに違いない。そしていつの日か、必ず助けに来てくれる――そう信じて。

そのときだった。セリアは、背後に人の気配を感じてはっと振り返った。

なんとガルドが鉄格子の内側に立っていた。

「ここはどこなのっ？　邪神の像のありかのそばなのねっ？」

すかさずセリアが聞いた。

「そうだ……」

ガルドは、冷たい目で答えた。

「いつまでここに閉じ込めておく気なのっ？　邪神の像を手に入れるためにわたしが欲しかったんじゃないの？」

「ふっ……」

ガルドは、思わず苦笑《くしょう》した。

「賢《かしこ》い姫《ひめ》には、すでに察しがついてるはずだ……。邪神の像を手に入れるには、まだ、必要なものがある。姫のほかにな……」

そういって、じっとセリアを見つめると、

「ローレシアとサマルトリアの王子が、デルコンダルに現れたそうだ」

「えっ？　デルコンダル？」

「ここから東方にある国だ」

「でも、敵のくせにどうしてそんなことを教えるの？」

「別に他意《たい》はない……。教えたからといってどうなるものでもないからな……。しばらくは好きなようにさせておくさ……」

ガルドは、にやりと笑うと、すーっと姿を消した。

「待って！」

祈りの指輪のことを聞こうと思い、セリアが叫んだときには、もう遅《おそ》かった。

セリアは、ため息をついて、ガルドの消えたところを見ていた。

だが、ガルドの言葉を思い返して、ほっとしていた。まだハーゴン側が水の羽衣と月のかけらを手に入れてないことがはっきりしたからだ。それに、アレンたちも無事にこの近くまで来ているのだ。

そのとき、澄《す》んだ美しい笛《ふえ》の音色《ねいろ》が流れてきた。

セリアは、はっとして窓の外を見た。

海に突き出た岩に腰をおろしてガルドが笛を吹いていた。

思わずセリアは立ちつくし、笛の音に耳を澄ました。

ふと、風の塔の魔女のことを思い出した。ガルチラさまのご子孫が生きのびておられれば、必ずや銀の横笛を持っているはず——と、いった言葉を。だが、そのことはすぐ忘《わす》れてしまった。

妙《みょう》に心にしみる美しい音色だったからだ。そして、どこか物哀《ものかな》しい旋律《メロディー》だった。

セリアの瞼《まぶた》に、やさしかった父ファン一〇三世と母シルサの顔が浮かんだ。さらに、愛するアレンの顔も——。

するとと、セリアの胸の奥から急に熱いものが込みあげてきた。

今まで船底やこの洞窟で何度も両親やアレンのことを思い出したが、涙《なみだ》を流したことはなかった。

だが、その美しい音色に、自然と涙が頬《ほお》を伝った――。

4 魔女

白い帆《ほ》は、いきおいよく風をはらんでいた。

季節風をとらえたラーミア号は、デルコンダル島のはるか南方にある小島ザハンをめざして、順調に航海を続けていた。

そして、デルコンダルの港を出航してから二十八日目、水平線のかなたに夕日を浴《あ》びた美しいザハンの島が見えてきた。

小島とはいっても、かなりの大きな島だった。島を歩いて一周するには三日もかかるとガナルが説明した。香辛料の産地であるこの島の人口はおよそ三〇〇〇人、その半分以上の人が香辛料の積み出し港であるザハンの町に住んでいるという。

岬の木々や岩肌《いわはだ》がはっきり肉眼《にくがん》で見えるところまできたときには、すでに夕闇《ゆうやみ》が迫《せま》っていた。

入江《いりえ》に入ったときだった。甲板《かんぱん》に立っていた三人は、思わず顔を輝かせて、同時に歓声をあげた。

港には、大型帆船《おおがたはんせん》が五隻《せき》、さらに大きな母船が一隻、計六隻が帆をおろして停泊していたのだ。

それらの船の帆柱《マスト》の上で、ラーミア号と同じ、女性の騎士像《きしぞう》をあしらったハレノフ家の旗がなびいていたのだ。ハレノフ八世の率いる船団だった。

「おーい！」

アレンとコナンは、必死に船団に向かって手を振り、ガナルは喜び勇んで銅鑼《どら》を鳴らした。ラーミア号に気づいた船団の船乗りたちも、それに応《こた》えるようにいっせいに銅鑼を鳴らし始めた。美しい夕暮《ゆうぐ》れの港に、銅鑼の音が響きわたった。

ラーミア号が、桟橋に着くと、ハレノフ八世とレシルが出迎えてくれた。

ルプガナの港を出航したのは昨年《さくねん》の竜《ドラゴン》の月、それからすでに二二〇日になろうとしていた。

ハレノフ八世とレシルは、セリアのいないのに気づき、

「セリアさまはどうなされましたのじゃ？」

と、心配そうにハレノフ八世が尋ねた。

「それが……」

とたんに、アレンもコナンも顔を曇《くも》らせた。

「敵にさらわれてしまいました……」

「えっ？」

ハレノフ八世とレシルが絶句《ぜっく》した。

母船のハレノフ八世の部屋の食卓には、オリーブ油と酢《す》とトマトをベースにした小海老《こえび》と野菜の

冷たいスープ、白身の魚と玉葱《たまねぎ》のガーリック風味の揚《あ》げもの、小魚と季節の野菜をまぜたサラダ、車海老《くるまえび》の鉄板焼き、海老の揚げものなど豪華な料理や、南国のさまざまな果物《くだもの》が並べられた。

アレンは、ルプガナを出航してからのことをハレノフ八世とレシルに話して聞かせた。冬の嵐《あらし》のこと、ラダトームでのこと、竜王の子孫のこと、大灯台でのこと、そしてデルコンダルでのことなどを――。

「そうですか……」

「それにしても、可哀想《かわいそう》……。セリアさま……」

ハレノフ八世もレシルも、大きなため息をついた。

アレンもコナンも、料理にあまり手をつけようとしなかった。

「さあ、どうぞ……」

ハレノフ八世は、気を取り直して料理を勧《すす》めた。

だが、コナンは、じっとテーブルの上の料理を見つめていた。

「どうなさいました、コナンさま……？　お口に合いませんか？」

ハレノフ八世が心配して尋ねると、

「明日《あした》、セリアの十七回目の誕生日なんだよね……」

そういって、コナンはまたため息をついた。

「そうか……」

アレンは、コナンにいわれて初めて気づいた。

「ムーンブルクが襲われてからちょうど一年か……」

「二年続けてセリアのやつ、さびしい誕生日を迎えるんだぜ……」

コナンは、潤《うる》んだ目をそっと拳《こぶし》で拭《ぬぐ》うと、涙をさとられまいとして料理をがつがつ食べ始めた。

そんなコナンを、レシルは複雑な表情で見つめていた。

コナンが、セリアを心配するのはわかる。自分も、セリアのことを心から心配している。

だが、目の前のコナンを見ながら、セリアがアレンを愛しているのをコナンは知っているのに、それでもまだコナンの瞳《ひとみ》にはセリアの姿しか映ってないのだろうか――そう思って、レシルはちょっと哀《かな》しくなった。と、同時に、セリアが大変なときに、セリアに嫉妬《しっと》するなんて、なんていやな人間なんだろう――そう思って、そんな自分を恥《は》じた。

そこへ、ガナルが町の長老を連れて入ってきた。

ザハンの町に来た目的を聞いたハレノフ八世は、盲目の魔女のことを聞くには長老が一番いいだろうと思い、ガナルに連れてくるよう命じていたのだ。

「やあ、長老、わざわざ足を運ばせてすみません……。本来ならこちらからおうかがいしなければならないのですが……」

ハレノフ八世は、腰の曲がった今年九十九歳だという長老に丁重に挨拶をし、椅子《いす》を勧めた。

「あれは……わしがまだ子供のころじゃった……」

長老は、おもむろに話し始めた。

「大きな嵐があってのぉ……。ほら、あの島じゃ……」

長老が窓の外を指さした。

入江のはるか向こうの水平線に、小さな黒々とした島影《しまかげ》が見えた。

「岩だらけの島なんじゃが……、あの島に船が乗りあげて大破したんじゃ……。船乗りたちは、荒《あ》れ狂《くる》う海に放り投げられたんじゃが……、必死に島にしがみついてのぉ……、島の洞窟に逃《のが》れたそうじゃ……。ところが、洞窟には、盲目の魔女が棲《す》んでおってのぉ……、寒さに震《ふる》えて死にかけた船乗りのために……、その魔女は命より大事だという……、立派な美しい織り機を燃やして助けてくれたそうじゃ……。そういう話を子供のころ聞かされたことがあるんじゃよ……。じゃが……」

そういって長老はひと息ついた。

「今もいるかどうか、わからん……。九十年も前の話じゃからな……。そのあと噂も聞かんし……、近づく者もおらんからな……」


その夜――。

アレンたちは、さっそくザハンの沖合《おきあい》にある島へ向かった。

島はローレシア城の宮殿ほどの大きさで、周囲を大きな暗礁《あんしょう》がおおっていた。

ラーミア号で近づけるところまで行くと、アレンとコナンは積んであった小舟《こぶね》を漕《こ》いで、島に上陸した。

洞窟の入口はすぐ見つかった。島の中腹《ちゅうふく》に大きな穴《あな》がぽっかり開いていたのだ。

二人は、松明《たいまつ》に火をつけて、洞窟のなかへ入った。

すると、ほどなく奥からかすかに明かりが見えた。

「明かりだ……」

アレンとコナンは、顔を見合わせると、慎重《しんちょう》に奥へ進んだ。

奥に広い空間があった。そこで、黒いマントをまとった老婆《ろうば》が床に座り、目の前の床の灰《はい》に目をやっていた。

明かりは、その灰からだった。灰が、蠟燭《ろうそく》の明かりのような柔らかな不思議な光を放っているのだ。

「あの……」

アレンが声をかけようとすると、おもむろに老婆は顔をあげた。

「お待ちしておりました……。勇者ロトとアレフの血をひきし者たちよ……」

しわがれた声だが、親しみが込められていた。魔女だ。

二人の姉と同様、目はつぶれて、頬はげっそりと落ち、手も指も骨《ほね》ばっていた。

「わたしはずっとここで、あなたさま方の来るのをお待ちしておりました……。精霊ルビスさまのお言葉に従って……」

「実は、邪神の像のことを聞きたくてやってきたんだ」

アレンは、魔女の二人の姉に会ったことを話した。

「そうですか……。姉たちが……」

魔女は、嬉しそうに微笑むと、

「邪神の像は……ロンダルキア大陸のはるかかなたの東海の……巨大な岩の海底洞窟に納められているとと聞いています……」

「巨大な岩の……？」

「はい……。でも、その岩へは、だれも近づくことができないのだそうです……。邪神に魂《たましい》を売った者以外は……」

「どうして？」

「岩の周囲を、邪神に呪《のろ》われた岩礁と沸騰《ふっとう》した恐《おそ》ろしい海流が取り巻いているからだそうです……。ですから、船はそこを通ることができません……。小さな舟で岩礁を避《さ》けて通ろうとしても、たちまち岩礁にぶつかって、粉々に砕《くだ》け散ってしまうとか……。もちろん、沸騰した恐ろしい海流なので、泳ぐこともできません……。でも……ただひとつだけあるのだそうです……。岩にわたる方法が……。それは……月のかけら……」

「月のかけら？」

「はい……。月のかけらの力を借りて、岩礁と海流の邪神の呪いを、清らかな潮《しお》でおおい流してしまえばわたれるのだそうです……」

「そうか……。そうだったのか……」

「ところで……わたしたちのことはお聞きになりましたか……？」

「竜王に仕えてたって話かい？」

　魔女は、うなずくと、

「わたしは、姉たちと別れてから、アレフガルドへ行きました……。しかし、どこにも安住の地が見つかりませんでした……。そして、わたしはやっと大灯台にたどり着いて、そこを安住の地に決めたのです……。ところが、三十年ほどしたとき、突然《とつぜん》邪教徒の祈禱師《きとうし》たちが現れて、わたしを追い出そうとしたのです……。わたしは、必死に抵抗しました……。ところが祈禱師たちはわたしの命を奪おうとしました……。このとおり、目が不自由ですから、抵抗といっても、たかが知れてます……。わたしの背中を鋭い刃先が斬り裂《さ》きました……。わたしは、覚悟《かくご》いたしました……。そのときでした、突然わたしを柔らかな光が……いえ、わたしは目が不自由ですから、光かどうかははっきりわかりませんが、わたしにはそう感じられたのです……。その柔らかな光がわたしを包んだと思うと、わたしの体が宙に浮いて、そのまま空を飛んだのです……。ほんの一瞬の出来事でした……。次の瞬間、わたしはここにいたのです……。背中の傷《きず》もいつの間にか癒《い》えていました……。すると、精霊ルビスさまの声が聞こえてきたのです……。『いつの日にか、勇者ロトとアレフの血をひきし者たちが、ここを訪ねてくるときがあるでしょう。その日まで、そなたは生き続けなければならない運命にあるのです。そして、そなたの姉たちも……。それぞれの使命を持って生き続けなければなりません。そなたは、勇者ロトとアレフの血をひきし者たちのために、聖《せい》なる織り機を守り続けなければなりません……。そして、わたしの言葉を勇者ロトとアレフの血をひきし者たちに伝えるのです……』そうお言葉を残すと、ルビスさまの声は消えたのです……。はっと気がつくと、わたしのそばに聖なる織り機があったのです……」

魔女は、そういってひと息ついた。

「ところが……。そうあれは、九十年も前のことです……。嵐にあった船がこの島に乗りあげて大破したことがあったんです……。やっと助かった船乗りたちは、この洞窟に逃れてきたのです……。ところが、寒さに震えて船乗りたちは死にかけていたのです……。わたしは悩《なや》みました……。燃やすものは、ルビスさまから預かった聖なる織り機しかなかったのです……。わたしは、さんざん悩んだ末、大事な聖なる織り機を船乗りたちのために燃やしました……。どうしても見過ごすわけにはいかなかったのです……。運よく、船乗りたちは一命をとりとめました……。そのあと……わたしは、ルビスさまに詫《わ》びるために、自らの命を絶とうとしました……。そのとき、またルビスさまの声が聞こえたのです『そなたの使命は、勇者ロトとアレフの血をひきし者たちを待つことだといったはずです……。わたしの言葉を伝えるために……』。いいえ。わたしには、その資格はありません……。わたしは、あなたさまのお言葉さえ守れないだめな人間なのです……。わたしがそういうと……。『勇者ロトとアレフの血をひきし者たちが訪れるまで、生き続けなければならないのが、そなたの運命……。たとえ、聖なる織り機が燃えてしまっても、灰が残ったはず……。その灰は、ただの灰ではありません……。そなたには見えないかもしれませんが、それは光の灰です……。その光の灰をほかの織り機に振りかければ、聖なる織り機と同じ働きをするでしょう……』そうおっしゃって、ルビスさまの声は消えてしまったのです……」

魔女は、いい終わると、

「雨露《あまつゆ》の糸をお持ちですか……」

「雨露の糸？　ああ。ドラゴンの角《つの》の北の塔で、あなたの姉《ねえ》さんからもらったんだ！　ここに入っている！」

アレンは、革袋のふくらみをバンと叩《たた》いた。

「ルビスさまからのお言葉です……。雨露の糸と、この聖なる織り機……」

魔女は、そっと両手で光の灰をすくうと、

「これを持って、テパの村へ行きなさい……」

「じゃあ、これで水の羽衣を織ってもらうんだねっ？」

魔女がうなずいた。

「よかった！」

コナンが顔を輝かせた。

「ということは、ハーゴンはまだ邪神の像を手を入れてないってことだっ！」

「そういうことだっ！」

アレンも嬉々として、革袋から布を出して、魔女の手の下に広げた。

サラサラサラ——まるで音を立てるように、キラキラ輝きながら、光の灰は魔女の手からアレンの布の上に落ちた。

「これで、やっとわたしの役目は終わりました……。もう二度とお目にかかりますまい……」

魔女は満足そうに微笑んだ。

「ありがとう……」

革袋に光の灰をしまうと、アレンとコナンは礼をいって立ち去った。

とたんに、洞窟のなかはまっ暗な闇《やみ》に包まれた。やがて、

「精霊ルビスよ……」

闇のなかに、か細い魔女の声が流れた。穏《おだ》やかな声だった。

「これで、安心して、アレフさまのところへ行けます……。そして、姉たちのところへも……」

そして、それっきり声がしなくなった——。

5　裏切《うらぎ》り

「な、なにっ？　ガルドが王女を捕まえたまま姿を消したじゃとっ？」

大神官ハーゴンの恐ろしい声が、大理石の神殿に響きわたった。

中央祭壇《さいだん》の前に、悪魔神官と近衛《このえ》司令官のベリアルと、さらに二人の後方で近衛連隊長バズズ、アトラス、アークデーモンが、平伏《ひれふ》していた。

祭壇の奥の大理石に、巨大な黒い影がゆらゆら揺れながら映っている。大神官ハーゴンの仮の姿だ。

「どういうことなのじゃ、悪魔神官っ?」

「ははーっ!」

悪魔神官の顔は青ざめていた。

「じ、実は……」


二十日ほど前、ガルドが悪魔神官のところに現れて告げたのだ。

『王女は奪った。だが、わたすわけにはいかない』

『な、なにっ? どういうことだっ、ガルドっ!』

驚《おどろ》き慌てた悪魔神官は、思わず声を荒《あら》げた。だが、

『いつもの気まぐれさ……』

ガルドは、冷たい目で笑っただけだった。そして、

『あんたの知らないことを教えに、わざわざやってきたのさ。今まで世話になったからな。たしかにあんたのいったとおり、邪神の像を得る者は、この世でただひとり、ムーンブルクの王女をおい

てほかにいない。だが、その王女といえども、水の羽衣がなければ、一歩たりとも邪神の像に近づけないのさ。今、ロトとアレフの血をひく者どもが、必死に探している最中だ』

そういって、姿を消したのだ――。

「水の羽衣となっ……?」

悪魔神官の話を聞いたハーゴンがいった。

「はっ!」

「王女が開《あ》かずの扉の呪いを解いただけでは、邪神の像に近づけぬと申すのかっ!?」

「はっ! 邪神の像のあるところは、だれも見た者がございませぬゆえ、確かなことは……! ただ、ガルドはうそをつくような男ではございませぬっ!」

「だが、それはそれっ! 王女は王女っ! そちはあれほどわしの前で大見栄《おおみえ》をきったではないかっ! 王女を連れてくるとなっ!」

「も、申《もう》し訳《わけ》ありませぬっ! 配下の者どもが今ガルドの行方《ゆくえ》を捜《さが》しておるところでございますっ! どうか、今しばらくのご辛抱《しんぼう》をっ!」

すると、さっきから口許《くちもと》に笑《え》みを浮かべながら冷やかな目で見ていたベリアルが、

「悪魔神官どのっ!」

鋭い目でいった。

「はやい話が、裏切られたということですなっ？」

「そ、それは……」

悪魔神官が、口ごもった。

「小賢《こざか》しい人間どものやることはようわかりませんなっ！　少なくともわれわれ魔界の者にはそのようなことは絶対にありえないっ！　このような醜態《しゅうたい》、絶対あってはならぬことっ！　いかが思われますっ、大神官さまっ！」

「お、お待ちくださいっ、大神官さまっ！　やつにはやつの考えがあってのことかと思われますっ！　今ごろ水の羽衣を探しておるのかもしれませぬっ！」

「はっははははっ！」

ベリアルは声をあげて笑った。

「裏切られておりながら、まだそのような戯言《たわごと》っ！　この責任、どうとるつもりなのかなっ、悪魔神官どのっ？」

「うっ……！」

悪魔神官は、唇を震わせながらベリアルを睨みつけた。

「悪魔神官よっ！」

ハーゴンがいった。

「はっ……！」

「ベリアルのいうとおりじゃ！　今のままでは、示しがつかぬっ！　しばらく本部を離れて、下界で頭を冷やしてくるがいいっ！」

「だ、大神官さまっ？」

悪魔神官は、愕然《がくぜん》とした。

「ど、どうかそれだけはっ！　ただちにガルドを捕《と》らえて王女を取り戻しますっ！　もちろん、水の羽衣もこの手で……」

「黙れいっ！」

ハーゴンの怒鳴り声が響きわたった。

悪魔神官は、言葉をのんで平伏《ひれふ》した。

「見苦しいぞっ、悪魔神官ともあろうものがっ！」

「し、しかしながら大神官さまっ！」

「失《う》せいっ！」

「大神官さまっ！」

悪魔神官は、哀願《あいがん》するようにハーゴンの巨大な黒い影を見た。

長年にわたってハーゴンに忠誠をつくし、ハーゴンのために働いてきたのだ。

今になって、ハーゴンに罵声《ばせい》を浴びせられるとは、夢にも思わなかったのだ。

「ええいっ、失せいっ！　失せいっ！」

「うぬぬぬぬっ！」

悪魔神官は、視線を落とし唇を噛みながら、わなわなと肩を震わせた。

「悪魔神官どの！」

ベリアルは鋭い目で促《うなが》し、すかさずバズズたちが悪魔神官を取り囲んだ。

早急に立ち去らなければ、叩き出すつもりなのだ。

「く、くそっ！」

悪魔神官は、ベリアルを睨みつけると、その場から逃げるように立ち去った。

「ベリアルよっ！　あとはそちたちに任せたっ！　一刻《いっこく》もはやく邪神の像を手に入れるのじゃっ！　破壊《はかい》神との約束の日は近いっ！　急がねばならぬのじゃっ！」

「ははっ！」

ベリアルたちは、平伏《ひれふ》した——。

第七章　テパの村　満月の塔

聖《せい》なる織り機の光の灰《はい》を魔女《まじょ》に授《さず》かってから三日後、ラーミア号の点検を終え、水と食糧《しょくりょう》を補給すると、アレンとコナンとガナルの三人は、ハレノフ八世やレシルたちに見送られて、ペルポイをめざして港を出航した。

また、ハレノフ八世の船団は、ラーミア号がザハンを出航した数日後にデルコンダルに向けて出発し、デルコンダルに寄港《きこう》したあと、ローレシア大陸の北海をまわる北航路で、ルプガナに帰る予定になっていた。

前方に切り立った断崖絶壁《だんがいぜっぺき》のロンダルキア半島が見えてくると、ラーミア号は半島を右に見ながら海岸線に沿《そ》って西北に向かった。

やがて、断崖絶壁がきれると、ペルポイの港のある入江《いりえ》が見えてきた。

ザハンを出航してちょうど三十日目、暦《こよみ》は一角獣《ユニコーン》の月から、犬頭神《アヌビス》の月に替わろうとしていた。

1 水門の鍵《かぎ》

ペルポイの港は、小さな漁港だった。

港の周囲には四、五十軒《けん》ばかりの廃虚《はいきょ》が並《なら》んでいる。かつての町の跡《あと》なのだ。

ラーミア号を桟橋《さんばし》につけると、さっそく見張り台から二人の兵士が駆《か》けつけて、三人の身元を調べようとした。だが、アレンたちが名乗り長老に会いたいと告《つ》げると、兵士たちから警戒《けいかい》の色が消えた。そして、若《わか》い兵士が愛想よく「案内しましょう」と、申し出た。

アレンとコナンが、ガナルを船に残して、兵士のあとをついていこうとすると、

「おれも行きまさあ……」

と、慌《あわ》ててガナルが甲板《かんぱん》から飛びおりた。

「デルコンダルでは黙《だま》っておりましたが、実は……」

ガナルは、ちょっといい澱《よど》んだが、

「昔《むかし》、おれたちもラゴスにやられたんでさあ。二の腕《うで》に髑髏《ドクロ》の入《い》れ墨《ずみ》のあるやつにね」

「えっ?」

アレンとコナンは、驚《おどろ》いた。

「やはり四十年前でした。ハレノフ八世さまの船団がベラヌールに寄港したとき、船乗りになりて

えって男がやってきて……。まったく同じ手口で……」

そういって、ガナルは苦笑《くしょう》しながら頭を掻《か》いた。

「なんだ、そうだったのかあ」

コナンは、吹《ふ》き出した。

若い兵士のあとについて廃墟の町の通りを抜《ぬ》けると、港の背後《はいご》にそびえている岩山に突《つ》き当たった。そこに、二層《そう》建ての強固な石造りの門があった。

石の門に入ると、ひんやりと空気が冷たかった。

そこから地下に階段《かいだん》がのびていた。いくつもの踊《おど》り場《ば》を通り、さらに下におりた。三人は、思わず足を止めてその光景に目を見張った。

地下に町があったのだ。三層四層建ての家の間を、迷路のような路地がいくつものびていて、宿屋、武器屋、酒場《さかば》、食堂、衣料品店、肉屋などがびっしりと軒《のき》を並べていた。初めて見る光景だった。

この狭《せま》い地下の町に、一五〇〇人もの人たちが暮《く》らしているのだ。

一〇〇歩ほど行くと、ちょっとした広場に出た。ここが町の中心だった。

「ここからどっちへ向かって歩いても、一〇〇歩ほどで突き当たってしまいます」

兵士はそういって、広場に面した四層建ての家の階段をのぼり始めた。

長老の家は、三階にある二間《ふたま》ばかりの狭い家だった。

アレンとコナンが名を名乗ると、玄関《げんかん》に出た長老はさすがに驚いた。だが、奥《おく》の部屋《へや》に案内すると、

「いやあ、町を見て驚かれたでしょう?」

今年八十歳《さい》になるという長老はそう語りかけた。そして三人に椅子《いす》を勧《すす》め、

「一五〇年ほど前まで、このペルポイの町は、石炭の産地として栄えておったのですよ。港は石炭を積み出す船で大変な賑《にぎ》わいだったそうです。ところが、よく海賊《かいぞく》やロンダルキア山脈の魔物《まもの》に襲《おそ》われましてねえ。町はそのたびに、大変な被害《ひがい》を受けていたのですよ。自警団《じけいだん》を組織して抵抗《ていこう》したんですが、荒《あら》くれ者の海賊たちには歯が立たなかったのです。もちろん、魔物にも……。そこで、海賊から命や財産を守るために、この鉱山のなかに町を造り、みんな移り住むことになったのです。その方が守りやすいですからね。それ以来、一歩も町のなかに海賊や魔物を入れたことがないのですよ。ところが、石炭を掘《ほ》りつくしてしまって、今ではご覧のとおり、すっかりさびれてしまいました……」

と、さびしそうに笑った。

「実は……」

アレンは、旅の目的を告げ、泥棒《どろぼう》のラゴスのことを尋ねると、

「ラゴス……?」

長老は首をかしげた。

「テパの村の水門の鍵を盗《ぬす》んだやつです」

長老は、また首をかしげた。

「二の腕に、髑髏《ドクロ》の入れ墨があるそうです」

「聞いたことがありませんなあ、そのような泥棒は……。この町の者は、ほとんどが代々この土地に住んでおった者ばかりでしてね。よそ者が来れば、すぐわかるんですが……。ああっ、そうだ。道具屋のスコラに聞いてみたらどうですかな？　昔、あちこち旅をしておったという噂《うわさ》です。この町に来て、道具屋を開いてかれこれ三十五年になりますが、彼《かれ》だったら知ってるかもしれませんぞ。客もたくさん出入りしますからねえ。ほら、あの店ですよ」

長老は、そういって窓から広場の向かいにある古い道具屋をさした。

道具屋は、間口が狭いが、奥行きの深い店だった。

三人が入っていくと、店の奥で帳簿《ちょうぼ》をつけていた六十歳ぐらいの恰幅《かっぷく》のいい主人が顔をあげた。

その主人の顔を見て、ガナルは思わずはっとなった。太って体型まで変わっているが、その顔には、はっきりと面影《おもかげ》が残っていた。ガナルは、すかさず主人の二の腕を見た。

「お聞きしたいことがあるのですが……」

アレンがラゴスのことを尋ねた。だが、

「さあ……。そのような泥棒のことは……」

主人は首をかしげた。

すると、ガナルが鋭《するど》い目でいった。

「おれたちゃただテパの水門の鍵が欲しいんでさあ……！」

アレンとコナンは、驚いてガナルを見た。

ガナルは、じっと主人を睨みつけたまま目を離《はな》さなかった。

「テパの……？」

一瞬《いっしゅん》、主人はうろたえた。だが、

「うちではそのようなものは扱《あつか》っておりませんが……」

とっさに笑顔《えがお》で答えた。

「ほかのやつはごまかせても、おれの目はごまかせねえっ」

ガナルは、いきなり主人の左の二の腕をガッとつかんだ。

「な、なにをするんです！」

主人は必死に手を払《はら》おうとして体をよじったが、ガナルはがっちりつかんで離そうとしなかった。

「ベラヌールの港じゃ、たしかニコルって名乗っていたな。コソ泥《どろ》ラゴスさんよ……」

主人の顔色がさっと変わった。

「な、なにをいってるんですかっ？」

「これが証拠《しょうこ》だっ！」

バリッ――！　いきおいよくガナルが主人のシャツの袖《そで》を肩口《かたぐち》から引き裂《さ》いた。

主人の二の腕に包帯《ほうたい》がぐるぐる巻いてあった。

だが、ガナルは容赦《ようしゃ》なくその包帯も剥《は》ぎ取った。

「あっ？」

アレンとコナンは、驚いて声をあげた。

主人の二の腕には、焼けただれたあとが残っていた。

「うっ……！」

顔を引きつらせながら、主人は慌てて右手でそのあとを隠《かく》した。

だが、右腕の動きがぎこちなかった。右腕が不自由なのだ。

「焼き消したって、おめえの罪は消えるわけじゃねえっ……。水門の鍵はどこだっ？」

ガナルは強引に、うなだれた主人の顔を自分の方に向けさせた。

「わ、わかった……。夜、港で待っててくれ。必ず持っていく。お、奥には女房《にょうぼう》や孫《まご》がいるんだ……」

主人は、奥を気にしながら声を殺して哀願《あいがん》した――。

その夜、ラゴスはひとりで港に現れた。

ガナルがラーミア号の船室に呼び入れると、

「たしかに、わたしがラゴスです……」

ラゴスは、うなだれていった。

「わたしは天涯《てんがい》孤独《こどく》の身なんです。子供《こども》のころから盗《ぬす》みでもしなくちゃメシにありつけませんでした。そしていつのころからか大人《おとな》になったら世界一の盗賊《とうぞく》になろうと思っていたんです。二十歳《はたち》のとき、ある貿易商にテパの村の水門の鍵を盗んできたらたんまり礼をするっていわれました。命がけの大仕事でしたよ。なにしろあそこへ行く途中《とちゅう》にゃ魔物がウヨウヨしてますからね。うまくいったのはわたしにとっちゃ奇跡《きせき》みたいなもんでした。ところがその貿易商のやつときたら鍵を受け取ると礼をくれるどころか、わたしを半殺しの目にあわせると屋敷《やしき》から叩《たた》き出したんです。テパの村にゃものすごい武器がたくさんあるって噂が流れてましてね、たぶんあの貿易商のやつは鍵と交換《こうかん》に、その武器を手に入れるつもりだったんでしょう。わたしもカッときてある夜、やつの屋敷へ忍《しの》び込むと、鍵と金貨を盗み出したんです……ところが」

といって、ラゴスは不自由な右腕を見た。

「鍵を盗んでしばらくすると、この右腕が突然《とつぜん》きかなくなってしまったんです。きっと罰《ばち》があたったんですよね。それで泥棒稼業《かぎょう》から足を洗うと、名前を偽《いつわ》ってこの町に住みつきました。そしてその貿易商からいただいた金貨を元手に道具屋を始めたんです。商売は思いのほかうまくいきました。やがてこの町の娘《むすめ》と結婚《けっこん》し、子供が生まれ孫ができ……お願いです。水門の鍵はお返ししますからわたしの素性を町の人たちにいうのだけは……」

いつの間にか、ラゴスの目に涙《なみだ》が浮いていた。

「さっきもいったはずだ……。おれたちは水門の鍵が欲しいんでさあ……。おまえがどこで何をしようが、今さら関係ねえ……」

ガナルが、答えた。

「すまない……」

ラゴスは涙を拭《ふ》いた。

「ぼくたちは、その鍵で水門を開けたいんだ」

「満月の塔に行きたいんだ」

アレンがいい、コナンがいった。

「そうなんですか！　いやーそれはよかった。わたしは堅気《かたぎ》になってからずっと考えていたんです。いつの日かテパへ行く人が現れたら鍵をわたそうって……。その日が来なきゃわたしの過去は永遠に消えないって。だから鍵は大事にしまっておいたんです」

そういって、ラゴスは懐《ふところ》からおもむろに水門の鍵を取り出した。

赤銅色の立派な鍵だった。ちょうど手のひらにすっぽり納まる大きさだ。その把手《とって》の中央に美しい赤い石が埋《う》め込まれ、さらにその下に楔形文字《せっけいもんじ》が刻《きざ》まれていた。

2　テパの村

翌朝《よくちょう》、アレンたちは長老とラゴスに見送られてペルポイの港を出航した。

もちろん、ラゴスの過去のことは誰《だれ》にも話さなかった。

ロンダルキア大陸を右に見ながら、海岸線に沿《そ》って西北に進むと、ふたたび切り立った断崖絶壁が続き、その後方に雪におおわれたおどろおどろしいロンダルキア山脈がそそり立っていた。

アレンは、暇《ひま》があると幾時《いくとき》でも剣《けん》の稽古《けいこ》をした。波の荒い日も、雨の日も続けた闘《たたか》いに天候は関係ないからだ。

また、コナンも呪文《じゅもん》の習練に余念がなかった。

ギラの呪文の火力と威力《いりょく》は倍増し、さらにギラの呪文より強力な電撃魔法《でんげきまほう》ベギラマや、一瞬にして敵に死をもたらすザラキの呪文も習得していた。

ときおりガーゴイルやバピラスといった、空の魔物が群れをなして襲ってきた。

だがそれも、腕をあげた二人にとっては上達の度合いを計るちょうどよい機会にすぎなかった。

アレンが甲板上で跳躍《ちょうやく》し、左右から襲いかかった二匹《ひき》のバピラスを一瞬で両断すれば、コナンも負けじと上空のガーゴイルにザラキの呪文を浴びせかけた。

死の呪文は巨大《きょだい》な鳥人族の血液を瞬間《しゅんかん》に固まらせ、魔物は次々と海面に落下した。

二人の腕は、確実に上達していた。

ペルポイを出航して二十七日目、ラーミア号は切り立った断崖絶壁の海岸線に接近すると、山奥まで喰《く》い込んでいる峡谷《きょうこく》を探《さが》して、奥へと進んだ。

峡谷は、複雑に入り組んでいて、奥へ進むほど崖《がけ》と崖の間が狭《せば》まってきた。

そして、三十六日目、ラーミア号はこれ以上先に進めないところまで来た。

その先はさらに峡谷が狭まり、巨大な岩や石が露出《ろしゅつ》した川床《かわどこ》が、奥へ奥へと続いていた。

アレンとコナンは、ラーミア号にガナルを残すと、川床を上流に向かって歩き出した。

このはるか上流の谷間にテパの村があると、ラゴスが教えてくれたからだ。

一時《いっとき》ほど歩き、ひと休みしようとしたときだった。

「うわわっ!?」

突然、コナンが悲鳴をあげた。

川床から飛び出したまっ赤《か》な手がコナンの足首をがっちりと捕《つか》まえていた。指の太さは人間の腕ほどもあり、手のひらに当《あ》たる部分は人間の胴体《どうたい》ぐらいの大きさだ。この一帯に棲息《せいそく》するブラッドハンドだった。

コナンは即座《そくざ》にギラの呪文をかけようとした。

「待てコナン！」

剣を抜いたアレンが慌てて止めた。

今のコナンのギラの威力では魔物と一緒《いっしょ》にコナンの足まで吹っ飛ばしかねないと思ったのだ。アレンの剣が一閃《いっせん》し、どす黒い魔物の体液が干上《ひあが》った川床に飛び散った。三本の指を失ったブラッドハンドはすばやく地中に姿《すがた》を消した。だがそのときには、五十匹ほどのブラッドハンドが出現し、二人を取り囲んでいた。

「アレン、しばらく時間を稼《かせ》いでくれっ！」

コナンはそういうと、いきなり自分の剣を放り投げた。

細身の長剣はクルクルと回転して少し離れた川床に突き刺《さ》さった。

アレンは、コナンが何を考えているのか理解できなかったが、そんな間にもブラッドハンドは次々と襲いかかり、武器を手放してしまったコナンを守るためにアレンは必死で防戦した。

「ベギラ……」

コナンは精神を集中させると、胸の前で印《いん》を結び、

「マーッ！」

高々と右手を空にかざした。

晴れた空にたちまち黒雲が巻き起こり、あたりが暗くなった。電光がきらめき、大木ほどの太さがある稲妻《いなずま》が川床に突き刺さっていたコナンの剣を直撃《ちょくげき》した。

バリバリバリッ！　すさまじい音が轟《とどろ》き、鉄の焦《こ》げたような異臭《いしゅう》が鼻をついた。

「終わったぜ」

ニヤリと笑ってコナンが川床を見まわした。

ブラッドハンドは一匹残らず黒焦げになって死んでいた。

「こいつの本体は地面のなかなのさ。だから、直接そいつにベギラマをかけなければ……」

地表に現れる手の部分をいくら殺してもブラッドハンドを倒《たお》すことはできないのだ。

以前、魔物について書かれた本を読んだのだと、コナンはまだうっすらと煙をあげている剣を鞘《さや》に戻《もど》しながら笑った。

その後も、何種類かの魔物が二人を襲ってきた。

近くの山に棲《す》む凶暴《きょうぼう》な首狩《くびか》り族《ぞく》や、魔力を吸《す》い取るパペットマンたちだ。だがアレンとコナンにとってどの魔物も大した相手ではなかった。大灯台で苦戦したあのゴールドオークでさえも、剣と魔法の波状攻撃《はじょうこうげき》の前に悲鳴をあげて逃げ去った。

峡谷の川床を歩き出して、九日目の夕方、前方の谷間に小さな集落が見えてきた。

テパの村だった。テパの村の入口まで行くと、峡谷のさらに上流に切り立った断崖絶壁がそびえ、そこに巨大な隧道《トンネル》の入口が見えた。

テパの村は、四方を切り立った山に囲まれた戸数二十ばかりの小さな村だった。

村には、城の堀《ほり》のような運河がめぐらされていた。だが、水は涸《か》れていた。


運河にかかる橋をわたって村に入ると、十数人の村人たちが二人を待ち構えていた。

見張り役が峡谷の川床をのぼってくる二人の影《かげ》を見て、慌てて長老のところに飛んでいって報告したのだ。数十年ぶりに旅人がやってきたのだから無理もなかった。

不思議なことに、村人たちの顔には警戒の色がなかった。

むしろ、待ち望んでいたかのように、二人に熱い視線《しせん》を向けていた。

一〇〇歳にもなるかと思われる白髪痩身《はくはつそうしん》の長老が、じっと二人を見ると、

「もしや、勇者ロトとアレフの血をひきし方々ではありませぬか?」

と、尋ねた。

アレンとコナンは、驚いて顔を見合わせた。

「はい……。ローレシア国の王子アレンです……」

「ぼくはサマルトリアの王子コナンです……」

「でも、どうしてぼくたちのことを……——?」

「わたしたちは、精霊《せいれい》ルビスのお言葉に従い、神々の武器や防具を造る職人として、代々この村でひっそりと暮らしてきたのです……」

長老の声は、年齢《ねんれい》からは想像できないほどしっかりしていた。

「かつて、精霊ルビスが、異界から心正しき者たちを従えてきて、この世界にアレフガルドを創造《そうぞう》いたしました……。そして、精霊ルビスは、魔界からの侵略《しんりゃく》に備えて、非力な人間たちを守るために、その者たちに神々の武器の造り方を教えたのです……。棍棒《こんぼう》や青銅の剣といった原始的な武器ではなく、もっと強固で破壊力《はかいりょく》のある流白銀《ミスリル》の剣や、ドラゴンの鱗《うろこ》から造る鎧《よろい》などを……。やがて、精霊ルビスの危惧《きぐ》したとおり、魔界からの侵略が始まりました……。しかし、その者たちの造った神々の武器が魔界からの侵略を退《しりぞ》けたのです……。すると、精霊ルビスはその者たちに、こうおっしゃったのです……。『そなたたちは、世間から身を隠《かく》しなさい……。そなたたちが造る神々の武器は、このままではいずれ人間たちが自分の権力と欲望のために使おうとするでしょう……。

人間同士の争いに使われぬように……。そして万一また魔界からの侵略があるときに備えて、その技術を後世に伝えるのです……』と。こうして、その者たちは、人里離れた、外界から完全に切り離されたこのテパの地にやってきて、生活を始めたのです……。それが、われわれの祖先なのです……。そして、われわれも祖先のいい伝えを守って、今日まできたのです……」

「そうですか……。実はぼくたちは、大神官ハーゴンを倒すために旅を続けているのです。そして、ハーゴンを倒すためにはどうしても邪神《じゃしん》の像を手に入れる必要があるのです。ところが、ハーゴンもまた、破壊神をこの地上界に呼ぶために邪神の像を手に入れようと必死なのです……」

アレンは、連れ去られたセリアのことを、さらに邪神の像を手に入れるためには何が必要かを話した。

「ですから水の羽衣《はごろも》と月のかけらの二つが必要なんです。この村のドン・モハメという人なら水の羽衣が織れるんでしょ？」

コナンの言葉に長老はうなずき、

「おっしゃるとおりドン・モハメなら水の羽衣を織れることでしょう。しかし月のかけらは満月の塔《とう》にあるのです。あの塔にわたることだけは――」

と、顔を曇らせた。

「心配ありません！」

コナンが胸を張った。

「水門の鍵ならここにあります」

「えーっ？」

さすがに、長老や村人たちが驚いた。

コナンが赤銅色の鍵を革袋から出して見せると、

「おおおっ！」

村人たちからどよめきが起こり、やがてそのどよめきが大きな歓声《かんせい》に変わった。

「そうでしたか……。水門を閉じられて困っておりました……。あれからすでに四十年……。もう見つからないと諦《あきら》めておりました……」

長老は、思わず潤《うる》んだ目をそっと拭《ぬぐ》った。

すると、三十歳前後の若い男が二人の前に進み出て、

「ドン・モハメの孫でございます……。さあ、ご案内いたしましょう」

親しみを込めてそういった。

3 開門

ドン・モハメは、今年一二〇歳になる小柄《こがら》な老人だった。

ドン・モハメの孫と長老に案内されて、道具屋と鍛冶屋《かじや》の前を通り、右に折れると、運河のそば

に石造りの古い家があった。

その家の奥の工場で、ドン・モハメは黒ずんだ古い手織り機を黙々《もくもく》と磨《みが》いていた。

目は鋭く、背筋《せすじ》はピンとのびていた。見るからに、頑固一徹《がんこいってつ》な職人といった感じだ。

手織り機は、数百年も前からドン・モハメの家に伝わる由緒《ゆいしょ》あるものだった。この手織り機で、
ドン・モハメは十歳のときから、防具に使う特殊《とくしゅ》な織物を織ってきたのだ。

着く早々、長老が嬉々《きき》として水門の鍵のことを告げると、

「勇者ロトとアレフの……?」

ドン・モハメは、驚いてアレンとコナンを見た。だが、

「あ、ありがたいことじゃ……」

礼をいおうとしたが、急に涙が滲《にじ》んできて、あとは言葉にならなかった。

「生きておってよかった……」

やっと涙を拭うと、ドン・モハメは絞《しぼ》り出すような声でそうつぶやいた。

「実はねえ、じいさん……。二人に水の羽衣を織ってやってほしいんだ——」

ドン・モハメが落ち着くのを待って、孫がいった。

「水の羽衣……?」

ドン・モハメは、また驚いてアレンとコナンを見た。

「ここに雨露《あまつゆ》の糸と、聖《せい》なる織り機の光の灰《はい》があります……」

アレンは、革袋から出した雨露の糸と聖《せい》なる織り機の光の灰の入った袋《ふくろ》を差し出した。

「光の灰……？」

「はい……」

アレンは、ザハンで魔女に聞いた話をすると、

「そうですか……。やってみましょう。わしで役立つことなら……」

ドン・モハメはそう答えると、

「毎日磨いておったかいがあるというものじゃ……」

と、長老を見て笑った。

さっそくアレンが布の紐《ひも》を解いて、キラキラ輝《かがや》く光の灰を手織り機に撒《ま》くと、突然手織り機が目のくらむようなまばゆい光を工場いっぱいに放った。

やがて、その光が消えると手織り機は美しい織り機に形を変えていた。

織り機の足や梁《はり》には見事な薔薇《ばら》の模様が彫《ほ》ってあり、上の梁には美しい人魚の像が飾《かざ》られていた。

「こ、これが聖なる織り機か……」

ドン・モハメは、あ然として見惚《みと》れていたが、われに返ると、

「さあ、もとに戻らないうちに一緒に織るのじゃ……」

孫に命じて、とても一二〇歳とは思えない動きで準備を始めた。

アレンとコナンと長老の三人は、ドン・モハメの家を出ると、運河の取水口のそばにある止水塔

へ急いだ。水門を開けるためだ。そこの止水栓《しすいせん》を開けると、断崖絶壁の向こうにある湖の水門が開くような仕組みになっているのだ。

もともと、この止水塔は、豪雨《ごうう》や雪解け水で水かさが増したとき、水門の扉《とびら》を開閉して水量を調節するために造られたものだ。

いつの間にか、西の空に太陽が沈《しず》みかけていた。

運河の橋をわたると、上流の止水塔の前に一〇〇人近くの村人が集まってアレンたちの来るのを待っていた。老婆《ろうば》や、幼児《ようじ》を抱《かか》えた女たちや、小さな子供までいる。水門が開くと聞いて集まってきたのだ。

「あれが村の全人口ですよ」

長老はそういうと、止水塔の向こうの断崖絶壁に掘った隧道《トンネル》の入り口をさして、

「ほら、あの隧道《トンネル》のはるか先に水門があるのです。なかをどんどん行くと、半日ほどで水門の扉にぶつかりますが、そこから先はどこへも行けません。その厚い扉の向こう側は湖の水でいっぱいなのですからね。ですから、その先に行くには、水門を開けて小舟《こぶね》で隧道《トンネル》を抜ける方法しかありません。水門から先は広大な湖でして、その湖の島に、満月の塔がそびえておるのです」

と、説明した。

止水塔は、アレンの背丈《せたけ》の四倍ほどの高さで、灯台のような形をした石造りの頑丈《がんじょう》な建物だった。

長老に案内されて、外階段を駆《か》けのぼって上にあがると、船の舵輪《だりん》のような大きな鉄の止水栓が

あった。止水栓を支えている柱の上に、青銅の水神の像が飾られてあり、その像の下に鍵穴《かぎあな》があった。

「そこに鍵を入れ、左にまわしてください！」

アレンは、長老の言葉に従って、慎重《しんちょう》にその鍵穴に赤銅色の水門の鍵を差し込んだ。

コナンと長老が、固唾《かたず》をのんで見守っている。

鍵はぴたりと納まった。ちょっとやそっとの力では抜けそうになかった。

アレンが鍵を左にまわすと、カチャ――と音がした。

「あとは止水栓を左に一回転すれば終わりです！」

アレンとコナンが、止水栓を握《にぎ》って渾身《こんしん》の力を込めて左にまわすと、突然足元が激《はげ》しく音をたてて振動《しんどう》した。止水栓の装置《そうち》が作動したのだ。

見守っていた村人たちから、大きなどよめきが起きた。

ちょうどそのとき、断崖絶壁のはるか向こうの、湖の水をとめていた水門の分厚い鉄の扉が、ギギギギギギッ――と、きしみながらゆっくりとあがったのだ。

と、同時に、ゴオオオオーッ――すさまじい飛沫《しぶき》をあげて、怒濤《どとう》の渦《うず》が、まっ暗な隧道《トンネル》にいきおいよく流れ出た。

アレンたちは、止水塔の上から隧道《トンネル》の入り口を見つめていた。

また、村人たちも同様に、隧道《トンネル》の入り口を見ていた。

ゴォォォォ――と、かすかに地鳴りのような音が隧道《トンネル》のなかから聞こえてきた。

さらにその音が大きくなった。そして、ドドドドドドドドドッ――地響《じひび》きをたてながら、大量の水が砂煙《すなけむり》をあげて、隧道《トンネル》の入り口から飛び出した。

「やったあっ！」

アレンたちが歓声をあげ、村人たちからも大歓声があがった。

目の前の川床を、水はまるで巨大《きょだい》な生き物のように、轟音《ごうおん》をあげ、渦を巻き、よじれなら濁《だく》流《りゅう》となって下流に走っていく。

運河の取水口にも濁流が押し寄せ、いきおいよく運河に流れ込んでいく。

その、想像を絶するような光景に、アレンたちは圧倒《あっとう》されていた。

長老や老人たちは目に涙を浮かべ、徐々《じょじょ》に水かさを増す運河を見つめていた。

やがて濁流は静かな流れに変わり、ゴーゴーという水音も聞こえなくなった。

テパの運河は四十年前の景観を取り戻したのだ。

「ありがとうございます……。な、なんとお礼をいったらいいのか……」

長老はそういったきりあとは言葉にならなかった。

やがて、村人たちから、ふたたび大歓声が起こった。

いつの間にか、テパの村を闇《やみ》がすっぽりとおおい、上空には星が輝いていた――。

4 月のかけら

その夜――。

アレンとコナンは、長老の案内で、村の若者二人が漕《こ》ぐ小舟《こぶね》に乗り、満月の塔に向けて隧道《トンネル》をさかのぼった。

隧道《トンネル》の幅《はば》は歩数にして十歩ほどあり、なかは複雑に曲がっていた。

水量は豊かで、舟から立ちあがると、天井《てんじょう》から突き出た岩に頭がぶつかりそうだ。

長老がかざした松明《たいまつ》の明かりが、水面にゆらゆら揺《ゆ》れながら映っている。

櫓《ろ》を漕ぐ音だけが、静まり返った隧道《トンネル》のなかに谺《こだま》した。

やがて、前方がほのかに明るくなった。水門だ――。小舟は、速度をあげた。

水門を抜けると、突然目の前が開け、広大な湖に出た。

そのはるか前方の島に、秋の皓々《こうこう》とした満月に照らされた、七層建ての巨大な塔が不気味にそびえている。満月の塔だ。

その後方には、険しい山脈がそそり立っていた。

「われわれが、そしてわれわれの祖先が、神々の武器を造るためには、それ相応《そうおう》の力が必要だったのですよ……」

長老は、満月の塔を見つめながらいった。

「なぜなら、神々の武器は、銅や鋼鉄とは違う、もっと強固な、もっと強靭《きょうじん》な、もっと硬質《こうしつ》な、神《しん》秘《ぴ》の鉱石から造るからです……。そのためには、人間が使用しているものとは比較《ひかく》にならないほどの強烈《きょうれつ》な熱の力が……、灼熱《しゃくねつ》の溶岩《ようがん》、燃え盛《さか》る太陽に匹敵《ひってき》するような、とてつもない高温が必要だったのです……。そこで、われわれの祖先が精霊ルビスの啓示《けいじ》を受け、ホビット族の鍛冶屋たちの協力を得て造りあげたのが、あの満月の塔なのです……。ご存《ぞん》じのように、人は潮が満ちるときに生まれ、潮が引くときにその生涯《しょうがい》を終えまする……。そして、大洋のうねり、海の干満の原動力となっておるのは、月の満ち欠けなのです……。あの塔のなかがどのような構造で、どのような原理で作動するのか、わたしどもには知る術《すべ》もございません……。ただ……わかっておるのは、この塔が月の持つ強大な力を集め、それを熱に変えることができるということです……。人間が創り出すどのような炎《ほのお》にも溶《と》けない神秘の鉱石も、この塔から出される熱をあてれば、まるで蜜蠟《みつろう》のように自在に形を変えることができるのですよ……。しかし……、四十年前、水門の鍵を盗まれ、その満月の塔の熱気を防ぐために造られた隧道《トンネル》と運河の水門が閉じられてしまった……。と、同時に、自動的に、満月の塔も働きをやめてしまったのです……。それにしてもよかった……。あなたたちのおかげですよ……。この四十年間、われわれは神々の武器ひとつ造れず、困っておりました……。もし永久に鍵が戻らなかったら……そう思うとたまりませんでしたよ……。われわれの祖先がずっと気の遠くなるほどの長い間、精霊ルビスのお言葉を、精霊ルビスが与《あた》えてくれた使命を守ってきたのに、わたしたちの代で途切《とぎ》れてしまうところだったんですからね……」

長老が話し終えたとき、小舟は島の満月の塔に一番近いところに接近していた。

島は、深い枯《か》れ草《くさ》におおわれていた。三人は、若者二人を小舟に残して上陸すると、その枯れ草をかき分けながら満月の塔に向かった。

「あの最上階に、月のかけらがあります……。この満月の塔の装置《そうち》を作動させるには、その月のかけらに月光を浴びせなければならないのです……」

途中、長老は満月の塔を見あげながらいった。

満月の塔は、風の塔やドラゴンの角の塔と同じように、何百万という気の遠くなるような石を積み重ねて造られていた。

三人は、入り口のすぐ右側にある長い階段をのぼった。

風の塔やドラゴンの角の塔と違い、階段をのぼると、その先が通路になっていて、二十歩ほど先にすぐ上にのぼる階段があった。階段と通路の左側は厚い石壁《いしかべ》に遮《さえぎ》られていて、そのなかがどのような構造になっているのか、想像すらつかなかった。

三階の階段をのぼったときだった。突然、異様な腐敗臭《ふはいしゅう》が鼻をついた。

「くそっ、やつらだっ！」

コナンは、そう叫《さけ》んで鼻と口を押《お》さえた。

案の定、待ち構えていたのは三匹の腐《くさ》った死体だった。腐敗臭を振りまきながら、魔物は階段からじっとこちらの様子をうかがっていた。アレンとコナンは長老を通路の隅《すみ》に残すと、腐った死体に接近した。悪臭《あくしゅう》はひどさを増した。通路は歩数にして五、六歩ほどの広さしかなく、上へ行くにはどうしても魔物を倒さなければならなかった。

「グワーッ！」

腐った死体は叫び声をあげると、いきなり飛びかかってきた。

「たーっ！」

すかさずコナンが印を結んで、ギラの呪文を唱《とな》えた。

火炎《かえん》は狭い階段を吹き抜け、魔物の体が炎に包まれた。同時にアレンが剣を構えて突進《とっしん》した。目にもとまらぬ早業《はやわざ》で左右の二匹を切り捨てると、そのまま正面をひと突きにした。

ブシュッ！　体液が飛び散り、強烈な臭気《しゅうき》に目がひりひり痛んだ。

仰向けに倒れた三匹目の魔物を飛び越《こ》え、アレンは階段を駆けあがった。

「長老早く！」

コナンは、すさまじい戦いに呆然《ぼうぜん》としている長老の手を引き、アレンに続いた。

さらに上の階に進むと、天井の暗がりで何かが光った。

見あげると人間の頭ほどもある巨大な眼球《めだま》が、じっと三人を見おろしていた。

ヌラヌラした本体から、まるで動物の腸《ちょう》のような触手《しょくしゅ》が無数に生え、そしてその一本、一本がアレンたちを招き寄せるように不気味にうごめいている。

廃虚や洞窟《どうくつ》などの暗がりに棲《す》む魔物、悪魔の目玉だ。

「このやろーっ！」

コナンがまたギラの呪文をかけた。

強烈な衝撃《しょうげき》と火炎が、悪魔の目玉を捕らえた。

「やーっ！」

たまらずに天井から落ちてきた魔物を、アレンは一刀《いっとう》のもとに両断した。

上の階に進めば進むほど魔物の数は増えていった。腐った死体の同族であるグールや、はぐれメタル、あのゴールドオークなどが次々と襲ってきた。

だが、アレンとコナンは長老を守りながらも、魔物たちを片《かた》っ端《ぱし》から倒していった。

そして、やっと最上階の七階にたどり着いて、

「あーっ？」

アレンとコナンが目を見張った。

七階は大きな部屋になっていた。その中央に、ひとかかえもある大きな半球形の石があった。高さは、アレンの腰《こし》ぐらいまである。青みがかった半透明《はんとうめい》の、神秘的な美しい石だ。

アレンとコナンが、誘《さそ》われるようにその美しい石に近づいた。

そのとき、四方の窓から怪鳥《かいちょう》の群れが突入《とつにゅう》してきた。

「うわあっ！」

すばやく身をかわしたコナンは長老の手を引くと部屋の隅に移動し、アレンは剣を構えて魔物の中央に突っ込んだ。

入ってきたのはガーゴイル、バピラス、ホークマンの混成部隊でその数は合わせて二十匹ほどだった。

ここへ来るまでの各階で、アレンたちは無数の魔物を倒してきた。魔物たちの血の臭気がさらに別の敵を引き寄せたのだ。

コナンは長老をかばいながら続けざまにギラの呪文を唱えた。目の前に迫《せま》った数匹のガーゴイルが、たちまち炎に包まれ落下した。

焼けただれた七匹目のガーゴイルが床《ゆか》に落ちたとき、アレンのまわりには十匹以上の斬り裂かれた魔物の死体が転がっていた。

アレンとコナンは、長老の無事を確かめると、ふたたび美しい石を見た。

二人には、この石は満月の塔の芯《しん》のように思われた。七階の床に顔を出しているのは、その芯の先端《せんたん》で、芯は塔のなかを貫《つらぬ》き、地底にまで続いているのではないかと思われた。

その石のてっぺんに、手のひらほどの大きさの、丸い平らな鏡が埋《う》め込まれていた。

「これが、月のかけらです……」

長老が、いった。

「これが……?」

アレンとコナンは、その美しさに息をのんだ。

深い翠《みどり》の海のように透《す》き通った美しい鏡だ。

その鏡のなかに、金色の満月の像が光沢《こうたく》を帯びて浮かびあがっている。

「伝説では、文字どおり月の石だとされ、母体である月との親和力により、潮の干満を操《あやつ》る力を持つとされております……」

そういうと長老は部屋の隅に行き、天井からさがっている長い鎖《くさり》を引いた。

ギギーッ。錆《さ》びた金属がすれ合う音がした。同時に半球形の石の真上にあった天窓がゆっくりと開き始めた。石と同じくらいの大きさの丸い天窓が開き終わると、頭上には満月が顔を見せていた。

天窓が開くのを待っていたかのように、満月の光が月のかけらを照らした。

光はだんだんと強くなり、まるで滝《たき》のように月のかけらに降り注いだ。

流れ落ちる光は三人の体を金色に染め、部屋全体が月の光に満たされた。

その光から滝のようないきおいが消えると、突然、ピカーッ——と、月のかけらが目のくらむようなまばゆい光を放った。数百、いや数千の稲光《いなびかり》がいっせいに光ったよりもさらに強烈なすさまじい光だった。

「うわあっ!」

一瞬アレンとコナンの体が宙に浮き、数歩後ろまで吹き飛んだ。

爆発《ばくはつ》したのかと思うほどの、激しい衝撃波《しょうげきは》を感じたのだ。

まぶしすぎて、とても目を開けていられる状態ではなかった。

満月の塔の最上階から発した光は、はるか上空を、さらには広大な湖の一帯を、まるで真昼のように明るく照らした。

はるかかなたの異国からでも見えるのではないかと思われるほどの大規模なものだった。

やがてその光が消えると、青みがかった半透明の美しい石が、みるみるうちにまっ赤な灼熱の太陽の色に変わり、満月の塔がかすかに振動を始めた。

「おかげさまで、満月の塔が、昔のように動き始めました……」

長老は、ほっと肩で息をつくと、嬉《うれ》しそうに微笑《ほほえ》んだ。

「これで、われわれも昔の生活に戻れます……。この満月の塔が造り出す熱が、特殊《とくしゅ》な回路を通って、湖底から隧道《トンネル》をへて村の運河へと流れていき、それぞれの作業場に送られるのです……」

長老は、そういうと、月のかけらに手を載《の》せて、なにやら無心に呪文を唱えた。

すると、石に埋め込んであった月のかけらが音もなくはずれた。

石の表面は埋め込んであった跡もなく、美しい光沢を放っていた。

アレンとコナンは、驚いて見ていた。

「テパの村の血をひく者のみが、自由に取りはずしできるのですよ……」

長老は、そういって微笑むと、

「いったん動いてしまえば、この月のかけらがなくても大丈夫《だいじょうぶ》……。どうか、これを持っていき、王女を助け、邪神の像を手に入れてくださいませ……」

丁重に月のかけらをアレンに手わたした。

そのとき、窓際でヒューッと風が鳴った。アレンがはっと見て、

「あっ？」

思わず目を疑《うたが》った。

「きっ、貴様《きさま》？」

窓の手すりに、ガルドが悠然《ゆうぜん》と立っていた。

口許《くちもと》に笑みを浮かべ、冷たい目でじっとアレンを見ていた。

「セリアはどうしたっ？　セリアを返せーっ！」

コナンが叫んで、頭上で印を結んだ。

同時にアレンが剣を抜いて疾風《はやて》のように突進した。

「たーっ！」

アレンの剣がうなりをあげた。

切っ先がガルドの頬《ほお》をかすめ、風圧に長い髪《かみ》が揺れた。

次の瞬間、ガルドの長身はアレンの前から消え、振り向いたときには反対の窓側に平然と立っていた。

「王女なら無事だ……」

ガルドはそういってニヤッと笑った。

「どこだ？　セリアはどこにいるんだ!?」

コナンが印を結びながら詰《つ》め寄った。アレンも剣を構えゆっくりと間合いを計った。

ガルドはそんな二人を無視して、クルリと窓の方を向いた。

「助けたければ海底洞窟へ来るんだな、邪神の像が隠された……」

ガルドは独《ひと》り言《ごと》のようにいった。

「こいつー！」

コナンが右手を突き出しベギラマの呪文を唱え、アレンも同時に跳躍した。

しかし、強烈な電撃は何もない空間を焦がしただけで窓から塔の外へと消え、アレンの剣もむなしく空を斬《き》っただけだった。

「王女を助けたくばこの場所へ来い、待っているぞ！」

どこからともなくガルドの声が響いた。

あ然としている二人の頭上で、一枚の紙片がヒラヒラと舞《ま》っていた。

「ちっきしょーっ！」

アレンは、宙に舞う紙を握りつぶすようにつかんだ。

その紙は、ロンダルキア大陸の東海の海図だった。

そのほぼ中央の一点に、邪神の像のありかを示す×印《バツ》がついていた——。

ドン・モハメが孫と工場に閉じこもってから、すでに四日が経《た》っていた。

昼も夜も、機《はた》を織る音が絶えることがなかった。

その間、アレンとコナンの二人は、ドン・モハメの家にある工場の扉の前で、水の羽衣が完成するのをじっと待っていた。

なぜ、ガルドが邪神の像のありかを教えたのか——？

いったい、ガルドは何を企《たくら》んでいるのか——？

満月の塔から戻ってきて二人は、いろいろ考えた。

ハーゴンたちにとっても、邪神の像を手に入れるためには、水の羽衣が必要だ。

それなのに、ガルドはもうじき完成する水の羽衣に、見向きもせず、わざわざ邪神の像のありかを教えて消え去った。

水の羽衣は必要ないのだろうか——？

だとしたら、どうしていまだに邪神の像を手に入れていないのだろうか——？

いくら考えても、二人にはガルドの企みが測《はか》れなかった。

とにかく、セリアの居所がわからない以上、水の羽衣が完成したら、邪神の像のありかに向かうしかないのだ。

だが、セリアが無事だと聞いてほっとした。それが、二人を元気づけた。

そして、五日目の明け方——。

二人が壁《かべ》にもたれながら、うとうとしかけたときだった。

表の扉を叩く音がして出てみると、長老とガナルが立っていた。

「ガナル？」

アレンとコナンが叫んだ。

「川がつながったんできてみたんでさあ……」

ガナルはそういって笑った。

ガナルは長老の家を訪ねて、ドン・モハメの家まで案内してもらったのだ。

外は霧《きり》が深かった。霧にかすむ運河の向こうに、止水塔のそばに停泊しているラーミア号の帆柱《マスト》が見えた。そのときだった。

「できたっ！」

ドン・モハメの孫の声がして、工場の扉がいきおいよく開いた。

アレンたちは、思わず工場に飛び込んだ。

聖なる織り機はすでに、もとの黒々とした手織り機に姿を変えていた。

ドン・モハメの目は、まっ赤に充血《じゅうけつ》し、頬はさらにこけていた。

だが、その顔には仕事をやり遂《と》げたあとの満足感があった。

「さあ、見てくだされ……」

ドン・モハメは、織りあがったばかりの水の羽衣を広げた。

半透明で薄水色《はくすいしょく》の、気品にあふれた美しい羽衣だった。袖口から背中にかけてのゆったりとしたふくらみは、鳥の翼《つばさ》を連想させ、幾重《いくえ》にも重ねられた裾《すそ》は、波と飛沫《しぶき》を連想させた。

「この水の羽衣を身にまとえば、どんな炎や高熱からも身を守ることができますのじゃ……。たとえ、それが灼熱の熔岩であったとしても……」

そういってドン・モハメは水の羽衣をアレンに手わたした。

「ありがとう………」

アレンは、心から感謝した。

水の羽衣は、空気のように軽く、絹よりもなめらかだった。

5 策謀《さくぼう》

「なにっ？　まだやつの行方《ゆくえ》がわからぬだとっ？」

近衛《このえ》司令官ベリアルは、目の前に跪《ひざまず》いている連隊長のバズズやアトラスやアークデーモンを見おろしながら、露骨《ろこつ》に不快な顔をして舌打《したう》ちをした。

その顔を見て、バズズたちは黙ってうなだれた。

この日、ベリアルはハーゴンに中間報告をすることになっていたからだ。

バズズたちからいっこうに報告がないのに業《ごう》を煮《に》やしたベリアルが、ハーゴンの神殿《しんでん》にある自分の部屋に、バズズたちを呼びつけたのだ。

いつもは冷静なベリアルも、このときばかりは苛立《いらだ》っていた。

ベリアルは、バズズたちを睨みつけると、肩で大きくため息をついて、

「それにしても、何を考えておるのだ、あのガルドはっ……。何が欲しくて王女を隠しておるのだっ……」

忌《い》ま忌《い》ましそうに吐《は》き捨てた。そして、怖《こわ》い眼《め》で宙をじっと睨んで、つぶやいた。

「まさかあやつ……邪神の像を……」

「そんなバカなっ」

すかさずバズズがいった。

「やつが邪神の像を手に入れてどうするのです？　きっと、悪魔神官が報酬《ほうしゅう》をしぶったんじゃないですか？　それで仲間割《なかまわ》れを起こしたんですよ。いかにも愚《おろ》かな人間どもがやりそうなことですよ。のお、アトラスどの。はっははは」

バズズは、隣《となり》のアトラスと顔を見合わせて笑った。

「バズズッ……！」

ベリアルは、声を荒げた。

「はっ……」

バズズたちの顔から笑いが消えた。

「水の羽衣の方はどうなっておるのじゃ？」

「そ、それはその……」

とたんに、バズズは口ごもった。

「ロトとアレフの血をひく者どもが手に入れてから、奪《うば》い取った方が手間が省《はぶ》けると思いまして……」

「ばか者っ！」

ベリアルは、鋭い声で一喝《いっかつ》した。

「呑気《のんき》なことをいっておるときではないっ！」

「はっ……。申し訳ございませぬ……」

思わずハズズたちは平伏《ひれふ》した。

「急がねば大神官さまは待ってはくれぬぞっ！　わしを悪魔神官の二の舞《まい》にさせるつもりかっ!?　手分けしてガルドを捜せいっ！　水の羽衣もなっ！」

そのとき、どこからともなく、

「ふっふふふふ……」

不気味な笑い声が響きわたった。

「うっ？　な、何者だっ？」

ベリアルたちは、立ちあがってあたりを見まわした。

「その必要はない……」

そういいながら、すーっと若い男が姿を現した。ガルドだ。

「き、貴様っ!?」

バズズたちは思わず身構えた。

「いいことを教えてやろう……」

ガルドは、にやりと笑った。

「ロトとアレフの血をひく者どもが、水の羽衣を手に入れて、邪神の像のありかに向かっている……」

「な、なにっ!?」

さすがのベリアルたちも顔色を変えたが、

「所詮《しょせん》、無駄《むだ》なことよっ！」

すさかずバズズがいった。

「いくらそやつらが邪神の像のありかに向かっても、あの海底洞窟には入ることはできぬのだからなっ！」

「それが、入る方法を手に入れたのさ……」

「な、なんだとっ!?　うそじゃなかろうなっ!?」

「ふっふふふ。単純な魔物どもにうそをついてどうなる……」

「お、おのれっ！ 人間の分際《ぶんざい》でっ！」

バズズは怒《いか》りに震《ふる》えて飛びかかった。

だが、爪《つめ》も牙《きば》もむなしく空を切り裂いただけだった。すでにそこからガルドの姿は消えていた。

「うっ？ く、くそっ！ 小癪《こしゃく》なっ！」

バズズは、慌ててガルドの姿を捜したが、二度とガルドは姿を現さなかった。

「バズズよっ！」

ベリアルが、鋭い眼でいった。

「ガルドのやつが何を企んでおるかわからぬが、おそらくやつも邪神の像のありかに行くはずっ！ やつが王女をだれにもわたしていなければなっ！ そして、そこにロトとアレフの血をひく者どもが水の羽衣を持って来る！」

「わかりました！ ここはわしにお任せくだされっ！」

バズズは、怒りに震えながら答えた。

「必ずや、王女と水の羽衣を奪い、邪神の像を持って帰りましょうぞっ！」

第八章　邪神の像

長老やドン・モハメ、村人たちに見送られテパ川をくだったラーミア号は、波の荒《あら》い外洋に出ると、切り立った断崖絶壁《だんがいぜっぺき》と険《けわ》しいロンダルキア山脈を左に見ながら、海岸線に沿《そ》って南東へと向かった。日増しに寒くなり、天候が悪くなった。冷たい雨の続く日もあれば、雪の降る日もあった。海の荒《あ》れる日も多くなった。冬が駆《か》け足でやってきたのだ。

途中《とちゅう》、ペルポイに寄港し、水門を開けたことをラゴスに知らせ、食料《しょくりょう》と水を補給すると、ラーミア号はふたたび南東へ向かった。

ロンダルキア大陸の南の半島を過ぎると、ラーミア号は北に針路を変えて、ロンダルキア大陸とデルコンダル島の中間点をめざした。

そして、テパの村を出航してから七十日目、ラーミア号は、ガルドが置き去った海図に印《しる》されている×印《バツ》の近くまで来ていた。

暦《こよみ》は竜《ドラゴン》の月から、寒さの一番厳《きび》しい王《キング》の月に替わっていた。

1 動揺《どうよう》

洞窟《どうくつ》の牢《ろう》の窓の外には、静かに粉雪が舞《ま》っていた。

昼なら、岩に砕《くだ》け散る波の音にまじって、ときおり海鳥の鳴き声が聞こえてくるが、夜になると波の音だけになる。

その波の音にまじって、澄《す》んだ美しい笛《ふえ》の音《ね》が聞こえてきた。

牢のなかで、ベッドに腰《こし》をかけながら窓の外の粉雪を見つめていたセリアは、はっとして窓に顔を近づけた。

以前、海に突《つ》き出た岩に腰かけてガルドが笛を吹《ふ》いていたことがあったからだ。

ガルドの姿はなかったが、すぐそばで吹いていることだけはたしかだった。

セリアは、ガルドが敵であることも忘《わす》れて、心にしみる美しい音色《ねいろ》をじっと聞いた。

この洞窟の牢に閉じ込められてからすでに三〇〇日、大灯台《だいとうだい》でさらわれてからかれこれ一年近くになろうとしていた。

その間、セリアがガルドの笛の音を聞いたのは、今夜で三度目だった。

最初は、アレンたちがこの洞窟の東方にあるデルコンダル島まで来ているとガルドに聞かされたときだった。

二度目は、九十日ほど前の月の夜だった。そのときは、今夜と同じように、セリアの前に姿を見せず、笛の音だけが聞こえてきたのだ。

そのたびに、セリアはやさしい両親の顔と愛《いと》しいアレンの顔を思い浮《う》かべた。

セリアには、ガルドに聞きたいと思っていたことが二つあった。笛と指輪のことだ。

だが、それ以来ガルドは一度もセリアの前に姿を現さなかった。

そして、今度ガルドが目の前に現れるときは、ガルドが水の羽衣《はごろも》と月のかけらを手に入れたときではないかと、密《ひそ》かに恐《おそ》れていた。

やがて、静かに笛の音がやみ、セリアはため息をついてベッドに腰をおろした。いつの間にか、また両親やアレンのことを思い出して、涙《なみだ》を滲《にじ》ませていた。顔を伏《ふ》せて、瞼《まぶた》をそっと指で拭《ふ》いたときだった。すぐそばで風が巻く気配を感じ、ふと顔をあげて、

「あっ？」

脅《おび》えながら後ろの壁《かべ》に身を寄せた。

ちょうどガルドが目の前にすーっと姿を現したのだ。左手に、さっきまで吹いていた銀の横笛を持っていた。ガルドは冷たい目でセリアにいった。

「明朝《みょうちょう》、ここを発《た》つ……」

セリアが恐れていたことが的中した。

「や、やっぱり……」

セリアは、怖《こわ》い瞳《ひとみ》で必死にガルドを睨《にら》みつけた。

「アレンたちはどうしてるのっ？　どこにいるのっ？」

「あの二人なら、邪神の像のありかへ向かっている……。水の羽衣と月のかけらを手に入れてな……」

「えっ？　アレンたちがっ？」

セリアは驚《おどろ》いた。一瞬《いっしゅん》自分の耳を疑《うたが》ったのだ。だが、

「そ、それじゃ、アレンたちから水の羽衣と月のかけらを奪《うば》うつもりなのね!?」

セリアは、さらに怖い瞳でガルドを睨んだ。

「ま、そういうことだな。さすがにものわかりがはやい……」

そういうと、ガルドの姿がすーっと消えかけた。

「待って！」

セリアは、大声で叫《さけ》んだ。

「……？」

ガルドの姿がもとに戻《もど》った。

セリアは、ガルドの左手に持っている銀の横笛と、指にはめてある美しい白玉の指輪をじっと見つめた。

「その笛……どこで手に入れたのっ!?」

「これか……」

ガルドは、笛を見た。そして、おもむろに答えた。

「生まれたときから持っていたのさ……」

「生まれたときから!?　じゃあ、あなたガルチラの子孫なのね!?　そうなんでしょ!?」

「ガルチラ……?」

「かつて勇者アレフと一緒《いっしょ》に旅をした剣《けん》の達人よ！　風の国を建国した人よ！」

ガルドは、怪訝《けげん》な顔をした。

「知らないな、そんな男……」

「そ、そんな……」

セリアは、風の塔《とう》の魔女《まじょ》に聞いたガルチラの話をした。

風の国に恐ろしい悪性の疫病《えきびょう》が流行したとき、ガルチラが肌身離《はだみはな》さなかったという銀の横笛《よこぶえ》を、若い王妃《おうひ》と王子に託《たく》して、二人を安全な地に送ったという話を――。

「魔女はいったわ！　もし子孫が生きのびていれば、きっと銀の横笛を持ってるはずだって！」

「ふっ……。関係ないな、そんな話……」

「じゃあ、風の塔に行ってみてよ！　魔女に話を聞いてみてよ！　それから……！」

セリアは、ガルドの左手の白玉の指輪を見た。

「その指輪、祈《いの》りの指輪でしょ!?」

「な、なにっ……?」

ガルドの目に、一瞬驚きの色が走った。

「どうして知ってるっ？」

とたんに、ガルドは顔色を変えた。

「昔《むかし》、聞いたことがあるの。その祈りの指輪はとてつもない呪文《じゅもん》を引き出す力を持っているって！ その指輪を一度使うと、その魅力《みりょく》に取りつかれてやめられなくなるって！ そして、いずれその者の命をも奪ってしまう残酷《ざんこく》な悪魔の指輪だって！ あなたが一瞬にして遠い場所に移動できるのは、その指輪があるからなのよ！ そうでしょ!? いずれあなたはその指輪に命の精を奪われて死ぬんだわ！」

「黙《だま》れっ！」

ガルドは、そう叫ぶと、いきなりセリアの襟元《えりもと》を乱暴につかんだ。

セリアは、驚いてガルドを見た。冷徹非情《れいてつひじょう》なガルドが、こんなことで激昂《げっこう》するとは思いもよらなかったからだ。

ガルドは、すさまじい形相《ぎょうそう》でセリアを睨みつけていた。だが、セリアの表情に気づいてはっとわれに返ると、おもむろに手を離した。

ど、どういうことだ――？ ガルドは、心のなかで叫んだ。

ガルドは、自分自身にとまどっていた。今の自分の行動が信じられなかったからだ。

今までどんな敵と対峙《たいじ》したときでも、怒りこそ覚えても、常に冷静沈着《れいせいちんちゃく》だった。

「ね、ねえ……」

恐ろしい顔で呆然《ぼうぜん》としているガルドを見て、セリアはいおうかどうか一瞬ためらった。だが、思いきっていった。

「どうして!?　どうしてハーゴンのためにその指輪を使うの!?　ハーゴンのために命を捨てるつもりなの!?」

「お、おれは……」

ガルドは、セリアから目をそらすと、

「ハーゴンのためにやっているのではない……」

感情を押し殺していった。

「えっ？」

「自分のために邪神の像が欲しいだけだ……」

「ど、どういうこと……？」

だが、ガルドは答えようとはしなかった。

ガルドは孤児《こじ》だった。嬰児《えいじ》のまま道に捨てられていた。

だが、運よく通りがかりの旅の老魔道士に拾われた。

最初、老魔道士はそのまま通りすぎようとしたが、産着《うぶぎ》にはさんであった銀の横笛が目にとまった。また、嬰児の顔には、ただならぬ相が出ていた。その相を見て、いずれは大変な魔力を持つであろうと老魔道士は直感した。

さらに驚いたことに、嬰児の紅葉《もみじ》のような手に、噂《うわさ》で聞いたことのある祈りの指輪がしっかりと握られていた。

老魔道士は、迷うことなくこの嬰児を育てることにしたのだ。

その老魔道士も、ガルドが六歳《さい》のときに病《やまい》に倒《たお》れると、ガルドを拾ったときの話を打ち明け、「その祈りの指輪は、とてつもない魔力を引き出す力を持っておる……。だが、同時に、使う者の命の精を吸《す》い取る……。どんなことがあろうとその指輪に頼《たよ》ってはならぬ……」と、いい残して死んだ。

それ以後、ガルドはひとりで生きてきた。

だが、十五、六歳《さい》のころには、すっかり祈りの指輪の魔力の虜《とりこ》になっていた。

ガルドの強靱《きょうじん》な肉体と生命力は、祈りの指輪によって想像以上の魔力を引き出すことはあれ、命の精を吸われることはなかった。少なくとも、ガルドはそう思っていた。

ところが、十八歳のとき、デルコンダルの町で、一〇〇歳になるという旅の女魔道士がガルドを呼び止めて、「数年のうちに、おまえの命の精がその祈りの指輪に吸い取られて死ぬであろう……」と、予言した。「万にひとつ、奇跡《きせき》的に生きのびることがあるとすれば、それはその祈りの指輪が効力を失い、ただの石になるときであろう……」と。

ガルドは、そのとき、生まれて初めて死の影《かげ》に脅えた。

同時に、永遠の魔力をなんとしても手に入れたいと思った――。


「それより……」

ガルドは、セリアを見た。

「どうしておれにかまう……。おれがどうなろうと、おまえには関係ないことだ……」

「そ、それは……笛よ……」

「笛……？」

「あなたの美しい音色よ……。あなたの笛の音には、不思議な力があるわ……。きっとそれは、あなたの血のなせる業《わざ》……」

「血……？」

「あなたの体には、きっと……」

セリアは、ガルチラの血が流れているのよ――と、いおうとしてやめた。そして、

「悪魔に魂《たましい》を売るような……そんな血じゃないわ……。笛の音を聞いていればわかるわ……。そんな人じゃないって……」

セリアは、じっとガルドを見つめた。

ガルドも、セリアを見つめていた。だが、ふっと恥《は》じらうように目をそらした。

「ねえ、短剣《たんけん》を返して……」

セリアは、船底で取りあげられた護身用の短剣のことをいった。

「短剣……?」

ガルドは、怪訝な顔をした。

ガルドがセリアから短剣を取りあげたのは、セリアが自決することを恐れたからだ。最後の手段として、セリアが邪神の像を手に入れることを拒《こば》んで、自らの命を絶つことだって考えられるからだ。邪神の像を手に入れる前にセリアが死んだら、それこそすべてが終わりなのだ。

「あなたが心配するようなばかな真似《まね》はしないわ。大事な思い出の品なの……」

ガルドは、真意を測りかねてじっとセリアを見た。

だが、何も答えずに、すーっと姿を消してしまった。

2 海底洞窟

ガルドが海図に残した邪神の像のありかを示す×印《バツ》の海域にラーミア号が入ると、とたんに天気が猫《ねこ》の目のように変化した。

もともと冬の海は変わりやすい。だが、この海域の天候は異常だった。

雪が降ったかと思えば、急に日が差し、にわかにかき曇《くも》ると、すさまじい稲光《いなびかり》が空を斬《き》り裂《さ》いた。

風は、身を斬るように冷たかった。

アレンたちは、三人目の魔女がいった「巨大な岩の洞窟」を必死に探《さが》した。

だが、丸一日探しても、発見できなかった。見わたすかぎり水平線が続いていた。

夕方になると、また雲行きが怪《あや》しくなった。何層もの赤みがかった不気味な雲が、恐ろしいいきおいで西へ流れていた。

日が暮《く》れ、夜の闇《やみ》がすっぽりと海域をおおうと、空と海の区別すらつかなかった。

ラーミア号は、わずかな船の明かりを頼《たよ》りに、ゆっくりと周回した。

「どうする？　これじゃなんにも見えないぜ」

船首で望遠鏡を見ていたコナンが、アレンとガナルがいる船尾の甲板《かんぱん》に戻ってくると、

「下で温かいものでも飲んで、休んでてくだせえ」

と、ガナルがいった。

操舵《そうだ》をガナルに任せて、アレンとコナンが下の甲板におりたときだった。

突然《とつぜん》、すーっと上空が明るくなった。

ちょうど東の空の雲の切れ間に満月が顔を出したのだ。

「み、見てくだせえっ！」

ガナルが大声をあげて、船首の先の水平線を指さした。

月の光が、海上を美しく照らしている。その向こうの水平線に、白い炎《ほのお》のようなものがボーッ

とかすんで見えた。

アレンは、急いでコナンから望遠鏡を奪って見た。

白い炎のようなものの正体はよくわからなかったが、その中央に親指のようにそそり立っている不気味な岩影が見えた。

「あれだっ！　きっとあの岩に洞窟があるんだ！」

アレンは、思わず叫んだ。

ラーミア号は速度をあげ、岩影に向かって前進した。

親指のような奇怪《きかい》な島の形が肉眼《にくがん》ではっきり見えるところまで近づくと、三人は思わず目の前の光景に息をのんだ。

白い炎のように見えたものは、泡《あわ》を立てながら沸騰《ふっとう》している海流の湯気だった。

波に隠《かく》れた岩礁《がんしょう》の群と沸騰した海流が、ローレシアの町の大聖堂ほどもある奇怪な岩の周囲を広範囲におおっていた。

岩礁の海底から噴《ふ》き出した溶岩《ようがん》の熱が、海流を沸騰させているのだ。

まさに、ザハンの盲目《もうもく》の魔女がいった、邪神に呪《のろ》われた岩礁と海流だった。

ラーミア号は、岩礁の手前で停泊《ていはく》するしかなかった。

ラーミア号から奇怪な岩までは、まだかなりの距離《きょり》があった。

アレンは、ザハンの魔女がいった『月のかけらの力を借りて、岩礁と海流の邪神の呪いを、清らかな潮《しお》でおおい流してしまえば岩にわたることができる……』という言葉と、満月の塔でテパの長老がいった『伝説では、文字どおり月の石だとされ、母体である月との親和力により、潮の干満を操《あやつ》る力を持つ……』という言葉を思い出しながら、船室から持ってきた、深い翠《みどり》色に透き通った美しい月のかけらを、上空の満月に両手で高々とかざした。そして、

『月のかけらよ……！　清らかな潮で、邪神の呪いをおおい流したまえ……！』

と、心のなかで祈った。

すると、満月の光を浴《あ》びた月のかけらが、突然、ピカーッ——と目のくらむようなまばゆい光を放った。数百、いや数千の稲光がいっせいに光ったよりもさらに強烈《きょうれつ》な光だった。満月の塔で、月のかけらが放った光と同じ光だ。

アレンは、全身に激しい衝撃波《しょうげきは》を受けて一瞬吹き飛ばされそうになったが、必死に月のかけらをかざし続けた。

月のかけらから発した光は、はるか上空から、見わたすかぎりの遠くかなたの海上まで、真昼のように明るく照らした。

やがて、その光が消えると、ゴオオオオッ——地鳴りのような轟音《ごうおん》が四方の水平線から聞こえてきた。

その音がさらに大きくなって、どんどん近づいてきた。

ゴオオオオオオッ——耳をつんざくようなすさまじい轟音が、すぐそばまできた。

とたんに、ラーミア号が激しく揺《ゆ》れながら宙に持ちあがった。

「うわあっ！」

アレンは、慌《あわ》てて甲板の手すりにしがみついた。

すると、目の前の奇怪な岩がどんどんどん沈《しず》み始めた。

アレンたちは、手すりにつかまりながら呆然《ぼうぜん》と見ていた。

だが、沈んでいくように見えたのは目の錯覚《さっかく》だった。

はるか遠くの小さな波のうねりが徐々《じょじょ》に速度をあげ、大きなうねりになり、巨大《きょだい》な怒濤《どとう》となって岩礁に囲まれた奇怪な岩に向かってきたのだ。

怒濤が岩礁の手前で頂点に達したとき、ラーミア号が宙に大きく持ちあげられたのだ。

四方から押し寄せた大波は、小山のように盛《も》りあがると岩礁を襲《おそ》った。

それはまるで牙《きば》を剝《む》いた野獣《やじゅう》のようだった。

横波を受けたラーミア号は、大きく傾《かたむ》き、そのまま波頭に乗って空中に浮きあがった。

前後左右から、波は途切《とぎ》れることなく襲ってきた。

「うわあっ！」

アレンは、必死に手すりにしがみついた。

やがて、大きな揺れが収まると、ラーミア号は奇怪な岩の目と鼻の先にいた。

そして、その岩の三分の一が海中に沈み。岩を取り囲んでいた岩礁の群も沸騰した海流も姿を消し、穏《おだ》やかな波に変わっていた。

アレンたちは、しばらくの間、呆然としてあたりを見まわしていた。

奇怪な岩に、大きな洞窟の入り口があり、その入り口のところがちょうど桟橋《さんばし》のような地形になっていた。

そこにラーミア号を寄せると、アレンとコナンはガナルを残し、松明《たいまつ》をかざしながら洞窟の奥《おく》へと入って行った。

すると、正面に下へおりる長い階段があった。

この階段をおりると、下は迷路のように複雑に入り組み、ところどころ岩肌《いわはだ》が崩《くず》れ落ちていた。まるで、廃鉱《はいこう》の坑道《こうどう》のような洞窟だった。

さらに奥に進んだときだった。前方から、ボコッ、ボコッ、ボコッ――と、不気味な音が聞こえてきた。角を曲がって、二人は思わず立ち止まった。

恐ろしいまっ赤な溶岩の川が、泡を弾《はじ》きながらゆったりと流れていた。

突然、金属音が響《ひび》き、アレンはまっ赤な光に照らされた。

目の前には、見たこともないひとつ目の魔物が立ちふさがった。

光はその魔物の目玉が発していたのだ。大きな樽《たる》ほどもある胴体《どうたい》からは、昆虫《こんちゅう》のような節《ふし》のある四本の足が生え、表面は鏡のようになめらかだった。手には幅広《はばひろ》の巨大な剣を握っていた。

「なんだ、こいつは?」

アレンは初めて見る敵に剣を構え直すと慎重《しんちょう》に接近した。

怪物《かいぶつ》はときおりキリキリという低い金属音をたてるだけで、まったく無言のまま立ちつくしていた。

相手の出方をうかがっていたアレンを押《お》し退《の》けてコナンが呪文を唱《とな》えた。

「オレに任せろ！」

ギラの火球が胸を直撃《ちょくげき》し白い火花が散った。

次の瞬間《しゅんかん》、怪物はいきなり手にした剣を振《ふ》りかざして二人に襲いかかってきた。

アレンは敵の第一撃をかわすと、ひとつ目の中心に向かって鋭《するど》い突《つ》きを入れた。

切っ先がまっ赤な眼の中心を捕らえ、いいようもない振動《しんどう》がアレンの全身に広がった。怪物の眼から赤い光が消え体が硬直《こうちょく》した。

続いて、全身から薄紫《うすむらさき》色の煙《けむり》が立ちのぼると、豆が弾けるような音とともに静止した怪物の眼から火の粉が飛び散った。

「どうなってるんだ？」

額の汗《あせ》を拭《ぬぐ》いながらコナンがつぶやいた。

謎《なぞ》の怪物は、それきりピクリとも動かなかった。

二人は、階段を見つけて、さらに下の階におりた。

溶岩は、いたるところで不気味な音をたてていた。

川のようにゆったりと流れているところもあれば、池のように溜《た》まっているところもあった。

さらに奥へ進んだときだ。

背後からすさまじいうなり声がし、二人は同時に振り向いた。

「うわっ」

とっさに左右に避《さ》けたアレンたちの頭上を、魔物の巨体《きょたい》が通過した。

艶《つや》やかな毛皮に全身がおおわれ、口には大振りの短剣ほどもある二本の牙が光っていた。

魔物はデルコンダルの闘技場《とうぎじょう》でアレンが戦ったキラータイガーだった。

猫族特有のしなやかさで着地した魔物は、ふたたびアレンめがけて飛びかかった。

だが、キラータイガーの体は空中でまるで見えない壁にぶつかったかのように静止すると、そのままドサリと床《ゆか》に落下した。

四肢《しし》は凍《こお》りついたように固まり凶暴《きょうぼう》な瞳《ひとみ》は焦点《しょうてん》を失っていた。

コナンのザラキの呪文が炸裂したのだ。


先へ進むにつれ魔物の襲撃《しゅうげき》はますます激しくなった。

ガイコツの魔物、スカルトナイトは剣を振りかざし集団で押し寄せてきた。

不定形の怪物、ガストは毒《どく》を吐《は》き散らし、群れをなしたドラゴンフライは空中から攻《せ》め寄せた。

だが、どの魔物も二人の前進を阻《はば》むことはできなかった。

アレンとコナンの通ったあとには、おびただしい数の魔物の死骸《しがい》が散乱していた。

地下四階へおりたあたりから周囲の気配が変わり始めた。あれほど頻繁《ひんぱん》に襲ってきた魔物たちがまったく姿を見せなくなった。

そして気温が徐々にあがり始め、二人は煮《に》えたぎる溶岩の川の前に出た。

川には岩でできた橋がかかっており、その向こう岸に地下五階へおりる階段が見えた。

その階段の前に立っている魔物を目にしたとき、いいようのない戦慄《せんりつ》がアレンの全身を駆《か》け抜《ぬ》けた。冷酷《れいこく》な光をたたえた両眼は鬼火《おにび》のように輝き、厚い鱗《うろこ》におおわれた全身には力がみなぎっている。

今まで戦ったどの魔物とも異なるすさまじい殺気に、アレンとコナンは背筋が凍るような悪寒《おかん》を感じていた。

魔物は二人の顔を見て、さも嬉《うれ》しそうに笑った。魔物は、バズズだった。

3 バズズ

「待っておったぞ、ロトとアレフの血をひく者どもよ！」

剣を構えて近づいたアレンたちにバズズは話しかけた。

「おとなしく水の羽衣をわたせ、そうすれば苦しまずに楽にあの世に送ってやろう」

低く、静かな、それでいてゾッとするほどの殺気に満ちた声だった。

アレンは本能的に相手の力量をさとった。

「何物だ？」

「ふっ！　おまえら人間どもに名乗る名など持たぬわ！」

コナンの言葉に魔物は馬鹿《ばか》にしたように舌打ちをした。

「そうか、やはりおまえは魔界から来たんだな!?」

アレンの問いに答えず、バズズの巨体が宙に舞った。

その大きさからは考えられない身軽さだ。

二人はとっさに身をかわした。鋭い爪《つめ》がアレンの肩《かた》とコナンの頬《ほお》をかすめた。

アレンは、避けながら剣を振るい魔物に斬りつけた。だが、かすりもしなかった。今までの魔物なら必ず手応《てごた》えがあったはずのアレンの一撃《いちげき》は、何の苦もなくかわされてしまったのだ。

「くそっ！」

アレンは、剣を構え直すと相手を睨みつけた。

「ムーンブルクを襲撃《しゅうげき》したのはおまえたちかっ!?」

「いかにもっ！　そして、国王と王妃《おうひ》を手にかけたのはこのわしだっ！」

アレンとコナンは、あ然として顔を見合わせた。

「許《ゆる》さんっ！」

アレンは、一気に跳躍《ちょうやく》した。

「ファン一〇三世と王妃の仇《かたき》だっ！」

まっこうから振りおろされた剣をバズズはかろうじてかわした。

鈍《にぶ》い音とともに数枚の鱗が飛び散った。切っ先が魔物の肩をかすめたのだ。

「おのれ！」

バズズは、怒《いか》りに燃えてアレンにつかみかかろうとした。そのとき、

「たーっ！」

コナンが、印を結んだ手を頭上に掲《かか》げて叫んだ。

渾身《こんしん》の力を込めて腕を振りおろすと指先から燃え盛《さか》る火球がほとばしった。宙を飛んだ火球は、バズズの背中に命中し爆発《ばくはつ》した。だが魔物は一瞬動きを止めただけだった。毒々しい赤褐色《せきかっしょく》の鱗にはほんの少し焦《こ》げ跡《あと》が残っていた。

「ちきしょーっ！」

間髪《かんぱつ》を入れずコナンは額の前で印を結び、ザラキの呪文を唱えようとした。

「めざわりなやつめっ！」

バズズは矛先《ほこさき》を変え、コナンを強襲《きょうしゅう》した。

「うわあっ！」

逃げようとしたコナンは床のくぼみに足を取られて転倒《てんとう》し、その頭上に魔物の鋭い爪が迫った。

が、バズズの爪がコナンを捕らえるより早く、アレンが魔物に斬りかかった。

バズズは、持ち前のすばやさで体を反転させると刃先をかわした。そのとき、運悪く魔物の爪がコナンの足をえぐったのだ。

「くっ！……」

コナンは苦痛にうめいた。

「コナン!?」

慌てて駆け寄ろうとしたアレンに、体勢を立て直したバズズが襲いかかった。

アレンは最初の一撃を剣で払《はら》いのけ、そのまま床を蹴って跳躍した。

バズズの頭上を越《こ》え、階段の側《そば》に着地した。とたんにアレンの体が大きく傾いた。階段の縁《ふち》の岩が崩れ落ちたのだ。

「うわああああっ！」

アレンはそのまま階段を転がり落ちた。骨がきしみ、激痛《げきつう》が全身を走った。

地下五階まで落ちたとき、アレンはなかば気を失いかけていた。

気力を振り絞りなんとか体を起こすと、階段を駆けおりてくるコナンとそれを追うバズズの姿が見えた。

「アレン大丈夫《だいじょうぶ》か！」

コナンに抱《かか》え起こされたアレンの目に、煮え立つ溶岩の川とそこにかかった岩の橋が映った。橋の向こうには、石でできた一枚の扉《とびら》が見えている。

大きなその扉には不気味な絵が描《えが》かれていた。

「あの扉の向こうに邪神の像が……？」

やっと立ちあがったアレンが扉を見ながらつぶやいたとき、バズズが呪文をかけようとするコナンを一撃で突き飛ばし、アレンに襲いかかった。

アレンは必死で体を捻《ひね》り攻撃をかわした。鋭い爪が空を切り床をえぐった。

バズズは戦いを楽しむように、ゆっくりと接近する。

「フハハハ！　なかなか楽しませてくれるではないかっ」

バズズは残忍《ざんにん》な笑《え》みを浮かべると、舌なめずりをした。

そのとき、魔物の背後にまわったコナンの呪文が炸裂《さくれつ》した。

バズズの背中を強烈《きょうれつ》な深紅《しんく》の衝撃波が襲った。

しかし、バズズは不敵な笑みを浮かべてコナンを一瞥《いちべつ》しただけだった。

ベギラマの呪文もバズズには効果がなかった。

アレンはあっという間に、溶岩の川に追い詰められた。

「ふっふふふ！　さあとどめだっ！　死ねっ！」

バズズが、巨大な爪を大きくかざしたとき、

「うりゃああーっ！」

コナンが、一《いち》か八《ばち》かで、自分の剣を思いっきりバズズの背中をめがけて投げつけた。

だが、振り向きざま、バズズはコナンの剣を軽く弾き返した。そのときだった。

「アオッ!」

バズズがのけぞって、カッと眼を見開いたのだ。

黒々とした血が、ブシューッと、バズズの顔の前に飛んだ。

バズズは、苦しそうに悶《もだ》えながら、恐ろしい形相でアレンを睨みつけた。

バズズがコナンの剣を弾き返したとき、アレンの剣がバズズの心臓《しんぞう》をひと突きにしたのだ。

アレンは、ありったけの力を振り絞ってバズズに斬りかかった。

たちまち、バズズの体の十数カ所からいきおいよく血が噴き出した。

バズズは、たまらずガクッと片膝《かたひざ》をついた。そこを、アレンが渾身の力で剣を振りおろした。ガクンッ——鈍《にぶ》い音が洞窟に響いた。

だが、アレンはひと振りでバズズの首を撥《は》ねることができなかった。

アレンは、バズズの強靱《きょうじん》な肉体にあ然とした。すると、

「ガアオオオオーッ!」

すさまじい咆哮《ほうこう》をあげながら、血まみれのバズズがむくっと立ちあがった。

そして、最後の力を振り絞って十本の鋭い爪をかざしたときだった。

突然、まっ白な火炎《かえん》がいきおいよくバズズを包み、鋭い衝撃が襲った。

「グアオオオーッ！」

バズズは、断末魔《だんまつま》の悲鳴をあげ、全身を硬直《こうちょく》させて激しく痙攣《けいれん》した。

アレンとコナンは、はっとなった。以前、大灯台でガルドが使った呪文だからだ。

「く、くそ……！ ガ、ガルド……！ う……裏切《うらぎ》り者めがっ……！」

バズズはうめくようにつぶやいた。

無念そうに宙をにらんだ両眼から、急速に精気が失せていった。大木が倒れるように傾いたバズズは、そのまま溶岩の川に落下した。

灼熱《しゃくねつ》の飛沫《しぶき》が飛び散り、魔物の巨体はゆっくりと沈んでいった。

その直後、ピカーッ——まっ白な光が洞窟をおおった。

その光が消えると、セリアの喉元《のどもと》に剣の刃先《はさき》を突きつけたガルドが姿を現した。

4 宿敵

「セリア！」

アレンとコナンが、同時に叫んだ。

「アレン……」

セリアは、アレンを見つめ、なつかしそうにつぶやいた。

「ガルドッ！」

アレンは、剣を構えた。

「どういうことだっ!?　おれたちに加勢するなんて!?」

ガルドは、じっと冷たい目でアレンを見つめていった。

「おれはハーゴンのために邪神の像が欲しいのではない……」

「なにっ!?　どういうことだっ!?」

「永遠の魔力を手に入れるためだ……」

「永遠の魔力……!?　それと邪神の像と何の関係があるんだっ!?」

「魔界の力を得るためだ。そのためには、そこの扉の向こうにある邪神の像がぜひとも必要なのだ。もっともそうなれば、魔物どもも黙《だま》っていないだろうがな」

ガルドはそういうと、バズズの落下した溶岩の川に目をやった。

「だから殺《や》れるときに殺っておいたまでだ。さあ、おとなしく水の羽衣をわたせ」

セリアの喉元にピタッと刃先を押しつけた。

「うっ……！」

「さあ、わたせっ！　できることなら、人間の血は流したくない……」

「く、くそっ……！」

「アレン……！」

コナンも、どうしたらいいかわからないのだ。

「ちっきしょーっ……」

アレンは、肩にさげている革袋《かわぶくろ》に手をかけた。

「だめっ！」

思わずセリアが叫んだ。

「だめっ！　やめてっ！」

「で、でもセリア……」

「わたしは、わたしはどうなってもかまわないわ。だから絶対に水の羽衣をわたさないで！」

「な、なにをいうんだ、セリア!?」

「少なくとも、わたしがいなければ、邪神の像はだれの手にもわたらないのよ！　ハーゴンだって魔界から破壊神を呼べないわ！」

「もういいっ！」

いきなりガルドが叫んだ。

「こうなったら腕《うで》づくでかたをつけた方が早い……」

ガルドが、祈りの指輪をはめた左手を、セリアの胸の前で、力を入れてぐっと握《にぎ》りしめると、指輪の白玉がピカッと小さく光った。

とたんにセリアの全身からすーっと力が抜けて、セリアは気を失ったようにその場に崩れ落ちた。

「な、なにをした!?」

アレンは思わず叫んだ。

「心配するな。眠《ねむ》らせただけだ……」

「く、くそっ！」

アレンは、剣を握り直して、身構えた。

「……！」

ガルドは、おもむろにアレンの前に出た。

アレンとガルドは、互《たが》いに間合いを取りながら、じっと睨み合った。

コナンは、固唾《かたず》をのんで見守りながら、そっとセリアの方に行こうとした。

「寄るなっ！」

ガルドは、アレンを睨んだままコナンに鋭く怒鳴《どな》った。

コナンが、思わずビクッとして立ち止まった。

「それ以上近寄ったら、王女がどうなっても知らんぞっ！」

「くそっ……」

コナンが、唇《くちびる》を噛《か》んだ。そのとき、

「たーっ！」

アレンがガルドに斬りかかった。

同時にガルドも突進《とっしん》する。

二人の体が交錯《こうさく》した——。

甲高《かんだか》い金属音が響きわたり、火花が散った。

互いに位置を入れ換《か》えて睨み合う二人の前で、数本の髪の毛が宙を舞った。

アレンの剣が、わずかだがガルドの頭をかすめたのだ。

「だいぶ腕をあげたな……」

ガルドは、にやりと笑った。

アレンの右腕からすーっと赤い血が流れた。ガルドの剣もアレンをかすめていたのだ。

アレンは、間合いを取りながら聞いた。

「なぜあのとき……なぜテパで水の羽衣を奪おうとしなかったっ!? なぜ、邪神の像のありかを教えたんだっ!?」

「別に他意《たい》はない……。いずれにせよ、邪神の像はおれが手に入れる。ただ……」

ガルドは、気を失って倒れているセリアを見やると、

「……邪神の像を手に入れたら、王女を返してやろうと思ったのだ」

「ふっ……。たいした親切心だぜっ！」

アレンは、ふたたび猛然《もうぜん》と斬りかかった。

ガルドも剣をかざして突進する。

激しく空を斬る音が四度五度――二人は、またすばやく離れた。

そのとき、カチャン――と音をたてて、ガルドの懐《ふところ》から銀の横笛が落ち、ころころ転がってコナンの前で止まった。

ガルドの顔色がさっと変わった。

「そ、その笛は……!?」

アレンの左足から、赤い血が流れていた。だが、その痛みよりもアレンは笛に気をとられていた。とっさに風の塔の魔女の話を思い出したのだ。

「こ、こんなものっ！」

コナンは、ガルドに向かって笛を蹴った。

ガルドは、顔に向かって飛んできた笛をつかむと、冷酷《れいこく》な目でじっとコナンを睨みつけた。

コナンは、その目を見てぞっと背筋が凍る思いがした。

「大事なものらしいな!?　まさか、ガルチラの子孫なんじゃないだろうなっ!?」

アレンが、大声で聞いた。

「ガルチラッ!?」

コナンがアレンを見た。

「ふっ。またそのことか……。知らないな。ガルチラなんて男っ……」

ガルドは、身構えながら笛を袖《そで》で拭いて懐にしまった。

「ふん！ こんなやつがガルチラの子孫なものかっ！ ほんとうにガルチラの子孫だったらぼくたちと戦うわけがないじゃないかっ！」

コナンが、ガルドに向かって叫んだ。

ガルドは、その言葉を無視してアレンに斬りかかった。

カキーン——ふたたび剣と剣がぶつかり合う乾《かわ》いた音が洞窟に響いた。

と、アレンの前からガルドの姿が消えた。

アレンは、すぐさま背中に気配を感じて、振り向きざま鋭く剣を突き出した。

だが、ほんの一瞬早く、ガルドの剣が稲妻《いなずま》のようにアレンの横を通過した。

しまった——！ 一歩遅れをとったアレンが、慌てて身構えた。

そのとき、アレンの足元に、旅の道具や月のかけら、月の紋章《もんしょう》などが散乱した。

「あっ⁉」

アレンは、愕然《がくぜん》とした。

ガルドの狙《ねら》いは最初から革袋だった。

アレンの背負った革袋に水の羽衣があると読んでの攻撃だったのだ。

床に落ちた品々の中に水の羽衣があるのを見て、ガルドはニヤリと笑みをもらした。

そして、すかさず顔の前で左右の腕を交差させ、祈りの指輪をはめた左手を強く握りしめたのだ。

次の瞬間、指輪がキラッと光ったかと思うと、突然まっ白な火炎がアレンを包み、すさまじい衝撃が襲った。

「あーっ！」

アレンは、後方に吹っ飛び、岩肌に叩《たた》きつけられて床に転がり落ちた。

まっ白な火炎に包まれたとき、全身に鉄の棒《ぼう》でなぐられたような衝撃が走った。

アレンは、必死に起きあがろうとした。だが、頭がしびれて思うように動けなかった。岩肌に叩きつけられたとき、軽い脳震盪《のうしんとう》を起こしたのだ。口からは血が流れていた。

「ふっ……」

ガルドは、鼻先で軽く笑うと、水の羽衣を拾おうとした。

「チキショーッ！　こうなったら！」

コナンは、とっさに胸の前で印を結んだ。

なんとしても水の羽衣を守ろうと思った。ここで奪われたら、すべてが終わりなのだ。たとえ命に代えても——そう思ったのだ。

炎の精霊よ——！　与えよ、力を——！　われに全生命の力を——！

呪文を唱えながら、コナンは印を結んだ手に全身の力を集中させた。

炎の精霊よ——！　われに全生命の力を——！

ぶるぶるぶるっ——と、コナンの全身が激しく震《ふる》え出した。

コナンは、さらに渾身の力を集中させた。

すると、ピカーッ——鋭い光が印を結んだ手から発して、ちょうど水の羽衣を拾いあげたばかりのガルドに炸裂《さくれつ》した。

矢のような稲光が、ガルドの全身を走り抜けた。

「うおおっ！」

とたんにガルドが悲鳴をあげて、全身を激しく痙攣させた。

水の羽衣が、痙攣した五本の指からするりと抜けて舞うように床に落ちた。

炎の精霊よ——！　われに全生命の力を——！

コナンは、最後に、残ったありったけの力を集中させた。

ガルドの全身に、ふたたび鋭い稲光が走った。

それを見ていたアレンが、必死に立ちあがると、剣をかざしてガルドへ突進し、

「うりあああっ！」

渾身の力で、剣を振りおろした。

そのとき、ピカーッと祈りの指輪が光り、まばゆい白光が洞窟を包んだ。

一瞬ののち、光は消え、ガルドの姿も消えた。

だが、剣を握りしめたアレンの手に、たしかな手応えが残っていた。

剣の刃先から、まっ赤な鮮血《せんけつ》がしたたり落ちていた。

5　溶岩

「や、やった……」

コナンは、ふらふらっとその場に崩れ落ちた。

「コナン!?　しっかりしろっ！」

慌ててアレンが、抱《だ》き起《う》こした。

コナンは、精気の失せたまっ青な顔をしていた。

コナンの体がやたら重かった。全身から力が抜け、まるで人形のようにぐったりとしている。

ガルドが姿を消すと同時に、セリアがわれに返った。頭の芯《しん》に鈍《にぶ》い痛みがあるものの、意識はしっかりしていた。

「セ、セリア……」

コナンは、うめくように名を呼び、その声にセリアは慌てて駆け寄った。

「は……早く……じゃ、邪神の像を……」

コナンはあえぎながらそういい残して気を失った。

「アレン!?」

泣きそうな顔で自分を見つめているセリアに、アレンは無理に微笑《ほほえ》んで見せた。

「大丈夫さ、コナンは……」

そういうのがやっとだった。

アレンにも、もちろんコナンの状態が普通《ふつう》でないことはわかっていた。だが今は一刻《いっこく》も早く邪神の像を手に入れて、この場を離れなければならないのだ。

もし今、さっきのような魔物に襲われたら——。

コナンの体をそっと横たえたアレンは、不吉《ふきつ》な思いを振り払って立ちあがった。

慌ててセリアがよろけるアレンの腕を取った。激痛《げきつう》は全身に広がり、アレンは息をするのも苦しかった。

二人は無言のまま邪神の像の隠《かく》された扉に向かった。

邪神に呪《のろ》われた開かずの扉には、おどろおどろしい不気味な絵が全面に描かれていた。

恐ろしい魔物たちが荒《あ》れ狂《くる》う地獄《じごく》のような絵だった。

セリアは、ムーンブルクを襲撃した魔物たちを思い出した。

だが、この扉には把手《とって》も何もなかった。どうしたらこの石の扉が開くのか、アレンには見当もつかなかった。セリアとて同じだった。

「どうしたら開くの？」

セリアは、扉に触《さわ》ろうとして、一瞬とまどった。絵が気持ち悪いからだ。

だが、思いきってそっと右手をあてて軽く押してみた。すると、不思議なことに、手の触れた部分がポーッと鈍く光ったのだ。

「あっ!?」

セリアが、驚いて手を離そうとした。だが、絵にぴたりと吸いついて離れなかった。

光はどんどん広がり、やがて絵全部をおおってしまった。

すると、セリアの手が簡単《かんたん》に離れた。手が離れると、絵をおおっていた光も消えた。同時に、絵も消えていた。邪神の呪いが解けたのだ。

そのときだった。ゴォォォォッ——と、激しい地響《じひび》きがして、石の扉がゆっくりと横に開くと、突然すさまじい熱風が吹き込んできた。そして、想像を絶するような恐ろしい光景が目の前に現れたのだ。

アレンとセリアはあまりのすごさに息をのんだ。言葉にならなかった。

巨大な溶岩の隧道《トンネル》だった。両側に壁のような溶岩の滝《たき》があって、はるか上から、飛沫《しぶき》を散らしながら、不気味な音をたてて流れ落ちていた。それが奥まで続いている。

滝と滝の間は、歩数にしてわずか五、六歩の距離しかない。そんな狭《せま》いところで、熱風が渦《うず》を巻き、溶岩が荒海のように飛沫《しぶき》をあげながら波打っていた。

そのなかにいくつもの岩が露出《ろしゅつ》していて、奥へ向かって飛び石《とびいし》のように続いている。

その先に、小さな岩のほこらが、溶岩の飛沫と熱風の陽炎《かげろう》に揺れて、かすかに見えた。

そこへ行くには、溶岩の荒波を飛び越えて、溶岩の飛沫の雨を抜けなければならないのだ。

セリアは、水の羽衣をまとい、

『精霊《せいれい》ルビスよ……。どうかわたしをお守りください……』

心のなかで祈ると、意を決して溶岩の隧道《トンネル》に飛び込んだ。

とたんに、水の羽衣から美しい水煙《みずけむり》が出て、セリアの全身をおおった。

不思議なことに、溶岩の熱さも、熱風も、何も感じなかった。

セリアは、露出した岩から岩へと飛んで、波打つ溶岩を越え、絶え間なく降り注ぐ溶岩の飛沫のなかを奥へ、奥へと進んだ。

最後の岩を飛んで対岸に着くと、目の前に階段があり、その上に岩のほこらがあった。

ほこらは礼拝堂《れいはいどう》だった。その中央の祭壇《さいだん》に、美しい青の円球があった。ちょうど人間の頭を二まわり大きくしたのと同じくらいの大きさだ。祭壇には、それ以外何もなかった。

セリアは、無意識のうちにその青い円球に近づき、そして、そっとその円球に両手をあてた。手はぴたりと円球に吸いついた。

セリアは、驚いた。邪神に呪われた開かずの扉の絵に触《さわ》ったときと、まったく同じ感触《かんしょく》だったからだ。あの絵と何か関係があるのかしら――？　ふと、セリアはそう思った。

すると、セリアの両手をあてたところから黄色の光が出て、その円球をおおい、青から黄色に色が変わった。

そのとき、突然、円球に三つの赤い光が浮かびあがった。そして、その三つの赤い光のところから、円球全体に稲光のような鋭い亀裂《きれつ》が走ったのだ。

その直後、円球は爆発したように弾け飛んで消えてしまった。

そして、円球から現れた像を見て、

「あっ!?」

セリアは思わず顔をそむけそうになった。

それはゾッとするほど凶々《まがまが》しい像だった。

翼を持ち、蛇《へび》のような体の破壊神《はかいしん》が、三つ目の髑髏《ドクロ》の上でとぐろを巻いていた。まっ赤な破壊神の口は、まるで生きているかのようにヌラヌラと光って見えた。

人間の首ほどの大きさのあるこの像こそ、破壊神を象《かたど》ったといわれている邪神の像だった。

「こ、これが……」

セリアは、忌《い》まわしそうに邪神の像を見つめた。

これが――これがわたしにしか手に入れられない邪神の像――?

これのために、ムーンブルクが襲撃され、町や城が焼かれ、多くの人々が殺され、大事な両親まで殺されたの――?

これのために、一年もの間、閉じ込められたの――?

これのために、多くの人々が血を流したの――?

これのために、世界が危機《きき》を迎えてるの――?

セリアの脳裏《のうり》に、ムーンブルクが襲撃されてから今日までのことが、次々に浮かんでは消えた。

いつの間にか、セリアの瞳に涙が滲んでいた。

でも——。これがあれば、ハーゴンを倒せるんだわ——。

これがあれば、もとの平和な世界に戻せるんだわ——。これがあれば——。

セリアは気を取り直して、涙を拭うと、邪神の像を両手で抱えた。

ずしりと重かった。とたんに邪神の像の三つ目の赤い光が消えた。

セリアは、もと来た溶岩の道を、引き返した。


「こ、これかっ、邪神の像はっ！」

セリアが無事アレンのところまで戻るとアレンは邪神の像を見て目を輝かせた。

セリアも、力強くうなずいた。


「おい、コナン！　邪神の像だぞっ！」

アレンとセリアは、急いでコナンが横になっているところへ戻った。

コナンを見て、二人は愕然とした。

コナンは、まっ青な顔をして目をつむったまま、なんの反応も示さなかった。

「コナン!?　どうしたコナン!?」

アレンは、慌ててコナンを抱き起こして、激しく揺すった。

だが、やはり同じだった。

「コナーン！」

アレンは、いまにも泣き出しそうな顔で叫んだ。

ラーミア号は、曇り空の下をデルコンダルに向け、滑《すべ》るように進んでいた――。

そして船室の寝台《しんだい》に横たわったコナンは、死んだように眠り続けていた。

邪神の像を手に入れると、アレンは気を失ったコナンを背負って海底神殿を脱出《だっしゅつ》したのだ。魔物に出合わなかったのが唯一《ゆいいつ》の好運だった。

途中、セリアは傷《きず》だらけのアレンと意識を失っているコナンに何度も回復の呪文をかけた。アレンには効《き》き目があったがコナンに対してはなんの効果もなかった。

船にたどり着き、コナンを寝台《しんだい》に寝かすとアレンはそのまま意識を失った。

緊張《きんちょう》の糸が切れ、疲労《ひろう》が一度に襲ってきたのだ。

眠りから覚めたとき、目の前に心配そうなセリアの顔があった。ずっと二人の看病《かんびょう》をしていたのだ。

「コナンは？」

体を起こしたアレンに、セリアは黙って首を振った。

見ればかたわらの寝台では、寝かせたときの姿のままでコナンが横たわっていた。

それが海底洞窟から脱出して四日後のことだった。

以来、何日経《た》ってもコナンの意識は戻らなかった。積んであった薬草も底をつき、アレンたちには、手のほどこしようがなくなっていた。今はただ一刻も早くデルコンダルに着くのを祈るだけだった。

そして十日目の夜がきた——。

月のない、まっ暗な夜だった。

アレンとセリアが、眠り続けているコナンを見守っていると、

「アレンさまっ！」

甲板からガナルの叫び声がした。

「船でさあ！」

「な、なにっ!?」

アレンとセリアは、急いで船室から飛び出し、舵輪《だりん》のある船尾の甲板に駆けつけた。

「あすこでさあ！」

ガナルがアレンに望遠鏡をわたしながら、船首の先の水平線をさした。

アレンは、望遠鏡を覗《のぞ》いた。明かりをたくさんつけた大型船だった。だが、暗すぎてその程度のことしかわからなかった。もちろん、帆柱《マスト》の旗も判別できるわけがなかった。

「海賊《かいぞく》じゃないだろうな？」

「なんともいえませんが、とにかく信号を送ってみまさあ」

ガナルは、舵輪のそばにかけてあった灯火具を持って、船首へ飛んでいった。

ルプガナで、ラーミア号の修復工事が終わるまでの間、アレンたちはガナルから帆《ほ》のあげ方や、海図や星図の見方、羅針盤《らしんばん》での方位の測り方などの基礎知識《きそちしき》を教わったとき、信号のことも教わった。

ガナルが『言葉と同じでさあ。なんでも会話できる。身内の船なら、冗談《じょうだん》までいえまさあ』といっていたのを、アレンは思い出した。

ガナルが、必死に灯火具を振りながら信号を送っていた。

そして、やっと向こうが気づいて信号を送ってくると、ガナルが嬉々《きき》として叫んだ。

「アレンさま！　旦那《だんな》さまの船でさあ！」

「えっ!?　ハレノフ八世のっ!?」

アレンとセリアは、驚いてガナルのところに駆け寄った。

「だけど、今ごろルプガナじゃないのかっ!?」

「間違いないんでさあっ！」

ガナルは、信号を送りながらいった。

「旦那さまの船には、腕のいい魔道士が乗ってのるんでさあ！　船乗りたちの病気ならなんでも治してしまいまさあ！」

やがて、船が望遠鏡でよく見える距離《きょり》まで接近すると、アレンは望遠鏡を覗いた。

見覚えのある大型船だった。船首には、女性の騎士像《きしぞう》が飾《かざ》られていた。帆柱《マスト》の上では、ラーミア号と同じハレノフ家の旗がなびいていた――。

6　紋章

「数日もすれば、意識も戻るでしょう……」

医術《いじゅつ》の心得のあるという老魔道士は、ハレノフ八世の部屋のベッドに運び込まれたコナンに特別に煎《せん》じた薬草を飲ませると、心配そうに見ていたアレンたちにそういって微笑んだ。

「よかった……」

アレンはセリアと顔を見合わせてほっとした。

一緒にいたレシル、ハレノフ八世、ガナルも同様に胸をなでおろした。

「しかし……。奇跡としかいえませんですのお……」

老魔道士は、言葉を続けた。

「話からすると……おそらくこのお方は、メガンテの呪文を使ったのでしょう……」

「メガンテ？」

アレンが怪訝な顔をすると、

「はい……。己《おのれ》の命と引き換えに、敵の命をも奪ってしまうという、そりゃあ恐ろしい呪文ですのじゃ……」

「命と引き換えに？　そんな呪文まで使って……」

アレンは、死人のようにまっ青な顔で眠り続けているコナンを見た。

たしかに、あのときコナンの呪文で助かった——。もし呪文をかけてくれなければ、もちろん邪神の像は手に入れられなかったし、自分たちだってどうなっていたかわからない——。だが——それにしても、自分の命と引き換えにだなんて——。

「それにしても、よくここまで生きておれたものよ……」

そういってコナンに毛布をかけようとした老魔道士が、コナンの左胸のポケットから転がり落ちそうになっている美しい水色の石に気づいて、

「これは……？」

と、石を取って珍《めずら》しそうに見た。

親指の爪ほどの大きさの、六角形の宝石《ほうせき》だ。

レシルは、弾かれたようにはっとなった。そしてまた、ハレノフ八世も。

「もしやこれは……命の石……？」

一同は、怪訝そうに宝石に注目した。

アレンは、ふと『勇者アレフの伝記』に出てくる命の石のことを思い浮かべた。

勇者アレフが誕生した日、どこからともなくやってきた僧侶《そうりょ》がその石を置いて立ち去ったという話を。そして、生まれて間もない勇者アレフが、その石を握りしめたまま水も何もない砂漠《さばく》の岩山

で十日も生きのびていたという話を――。

「もともと深山に住む妖精《ようせい》たちのもので、命の源《みなもと》となる力を与えるという、不思議な石ですのじゃ……。おそらく、この石がこのお方の命を救ってくれたのでしょう……」

ハレノフ八世とレシルは、驚いて聞いていたが、老魔道士がそっとコナンのポケットに命の石を戻すと、ハレノフ八世は、黙ってやさしくレシルの肩に手を置いた。

この石はもともと一対《いっつい》の石で、レシルの亡《な》き父がレシルの誕生祝いに異国から買ってきたものだ。いわば、形見のようなものだ。その大事な石のひとつをコナンが持っていたことの意味を、ハレノフ八世が理解したからだ。

レシルは、恥《は》じらって顔を伏せた。

もちろん、二人のことを、アレンたちは気づかなかった。

「なにかあったら、叩き起こしてくだされ」

老魔道士はそういうと自分の部屋へ引きあげていった。

看病するというレシルを残して、アレンたちは隣《となり》の部屋で、ザハンで別れてから今までのことを話した。

「御苦労なされましたなぁ」

アレンとセリアの話を聞いてハレノフ八世は涙を流した。

そして今度は自分たちがなぜあの海域にいたかを語り始めた。

ハレノフ八世の船団は、一七〇日ほど前、アレンたちと別れてからザハンの港を出航し、デルコンダルへ向かった。

そのあと、北航路を通ってルプガナに帰港する予定だったがハレノフ八世が乗っていた母船が、嵐《あらし》にあってデルコンダル沖《おき》の暗礁《あんしょう》に乗りあげてしまったのだ。

ほかの船団はルプガナに帰ったが、母船は修復のためにずっとデルコンダルに停泊していたのだ。

そして、春の訪《おとず》れとともにルプガナを出航する船団とベラヌールの港で合流するために、十日前デルコンダルを出航したばかりだったのだ——。

ひととおり話が終わると、

「それでは、これからどうなさいます?」

ハレノフ八世がアレンに尋ねた。

「一応、ベラヌールへ行こうと思います。精霊ルビスの神殿があると聞きましたから」

「おおっ、まさにわたりに船とはこのことですな。これは楽しくなりますな」

ハレノフ八世は、嬉《うれ》しそうに笑った。

「ええ。コナンもああいう状態ですし……。ロンダルキアへわたる前に、もうひとつ、ルビスの守りが欲しいんです」

「ルビスの守り?」

「それがあれば、邪神のまやかしを打ち破ることができるそうです」

アレンは、デルコンダルのカンダタ十八世にもらった月の紋章の話をすると、

「月の紋章!?」

ハレノフ八世は、顔色を変えて身を乗り出した。

「五つの紋章を集めて、精霊ルビスの神殿に行けば、ルビスの守りを授かることができるらしいんです」

「そ、それは、ひょっとしたら、石の破片じゃありませんかっ!?　そうそう、これぐらいの大きさの!?」

ハレノフ八世は、テーブルにある飲みかけのお茶のカップの蓋《ふた》をさした。

「知ってるんですかっ!?」

「知ってるもなにも、わたしが持ってますよっ！」

ハレノフ八世は、慌ててコナンが眠っている隣の部屋から美しい彫り物《ほりもの》がほどこしてある立派《りっぱ》な木箱を抱《かか》えて戻ってくると、

「こ、これですよ！」

と、四枚の湾曲《わんきょく》した石の破片を取り出した。

「あっ!?」

アレンは、目を輝かせた。

それらは、月の紋章とほぼ同じ大きさだった。そして月の紋章と同じように、表面にはそれぞれ、太陽の絵、水のしずくの絵、星の絵、心臓を表す桃《もも》の形をした絵と楔形文字《せっけいもんじ》が彫《ほ》られ、鮮《あざ》やかな美し

い色が塗《ぬ》り込んであった。

「太陽と、水と、星と、命の紋章です！　水の紋章は、わたしが四十年ほど前、ルプガナの山奥で手に入れたものですが、他の三つは代々わが家に伝わっておったものです！　きっと先祖たちが航海中にどこかで手に入れたものでしょう！」

ハレノフ八世は、そういいながら四つの紋章を合わせると、手のひらにすっぽり入るほどの球形に近い形になった。五分の一、あと一カ所を埋《う》めれば完全な球形になるのだ。

「待っててくださいっ！」

アレンは、いきおいよく飛び出して、ラーミア号から月の紋章を取って戻ってきた。

「おおっ、それが月の紋章ですか！　さあ！」

ハレノフ八世が、未完成の球形をそっとアレンにわたして、セリアやガナルと一緒に固唾をのんで見守った。

アレンが、最後の一枚の月の紋章をそっとはめ込むと、ピタッと納まった。

完全な球形になったのだ。そのときだった。五つの紋章の継《つ》ぎ目《め》からまばゆい光が発してその球形をおおったのだ。やがてその光が消えた。

アレンたちは、思わず目を見張った。

球形が厚い石から薄い半透明の石に変わり、内側から発した虹《にじ》色の光が、表面の絵と楔形文字をさらに美しく鮮やかに浮かびあがらせていた――。

その夜から、アレンたちはハレノフ八世の船に移り、ラーミア号を曳航《えいこう》してもらった。

そして、五日目の昼のこと――。

その日は、珍しくよく晴れていた。

甲板にいたアレンのところに、嬉々としてセリアが飛んできたのだ。

「コナンの意識が戻ったわっ！」

「ほんとかっ⁉」

アレンは、セリアと一緒にハレノフ八世の寝室に駆けつけた。

コナンは、まだ喋《しゃべ》ることも顔を動かすこともできなかった。やっと目を開けて天井を見ているだけだったが、意識だけは、はっきりしていた。

「心配したぜ、コナン……」

アレンの目に涙が滲んできた。

コナンの枕許《まくらもと》で、やつれ果てたレシルが瞳《ひとみ》を潤《うる》ませていた。ほとんど寝ずにずっとベッドの横でコナンの看病をしていたのだ。アレンとセリアがレシルの体を心配して代わろうとしたが、がんとして譲《ゆず》らなかった。

「レシルが寝ずに看病してくれたんだ。感謝しろよ……」

アレンがいった。

「おまえのおかげで、邪神の像を手に入れることができた……。だが、二度と変な呪文なんか使うな……。約束しただろ……。一緒にハーゴンを倒すって……」

コナンは、かすかに微笑むと、そっと目を閉じた。そして、また深い眠りに落ちた——。

第九章　いざロンダルキア

一番寒さの厳《きび》しい王《キング》の月も終わり、不死鳥《フェニックス》の月になると、青空が覗《のぞ》く日も多くなり、風や波も日増しに穏《おだ》やかになってきた。

ハレノフ八世の船は、ラーミア号を曳航《えいこう》しながら、順調に航海を続けていた。

春は、確実に一歩一歩近づいていた。

その春の気配とともに、コナンの体力も徐々《じょじょ》に回復し、不死鳥《フェニックス》の月の十三日、レシルが十七歳《さい》の誕生日を迎《むか》えたときには、甲板《かんぱん》に出て散歩ができるようになっていた。

アレンたちにとって、今までの航海で、最も平穏《へいおん》で楽しい航海だった。

だが、アレンは剣《けん》の腕《うで》を磨《みが》くことを忘れなかった。時間は、たくさんあった。

そして、ハレノフ八世の船に奇跡《きせき》的に出会ってから七十日あまり、ベラヌール島が見えてきたころには、コナンの体は完全にもとにもどった。季節は、花が咲《さ》き、緑が色づく、さわやかな春を迎えていた。

また、アレンの十八回目の誕生日《たんじょうび》も、間近に迫《せま》っていた。

1　約束《やくそく》

帆《ほ》は、春風を大きくはらんでいた。

その上空を、朝のやわらかな日差しを浴《あ》びて、数羽《すうわ》の海鳥が舞《ま》っている。

ベラヌールの島が見えてから、急に海鳥の姿《すがた》が増えてきた。

船は、ベラヌール島を右に見ながら、順調に進んでいた。

コナンが船首の甲板に残って、風に吹《ふ》かれながら海を見ていると、レシルがやってきて、

「もう少しでベラヌールの港が見えてくるんですって……」

涼《すず》し気《げ》な瞳《ひとみ》でにっこり微笑《ほほえ》むと、コナンの横に並《なら》んで海を見た。

コナンは、レシルの横顔をまぶしそうに見た。夏にザハンで再会したときは、さほど感じなかったが、今、横にいるレシルは少女のあどけなさは残っているものの、目を見張るほど美しい娘《むすめ》に成長していたのだ。

「ありがとう……。おかげで元気になれたよ……」

コナンは、改めて礼をいった。

コナンが歩けるようになるまで、レシルは献身《けんしん》的に看病してくれた。いくら感謝しても、しきれないほどだった。

「あの……これさ……」

コナンは、胸《むね》のポケットのボタンをはずして、美しい水色の命の石を取り出した。

「命の石だと知ってて、ぼくにくれたの？」

「いえ……。魔道士《まどうし》に聞くまでは知らなかったわ……」

そういってレシルが微笑むと、

「でも、ずっと持っていてくれて、嬉《うれ》しかった……。ほら……」

と、胸に隠《かく》れていたペンダントを出して、悪戯《いたずら》っぽく笑《わら》った。

同じ命の石で作ったペンダントだった。

コナンがルプガナを出航してから、ペンダントにして肌身離《はだみはな》さず持っていたのだ。

「二つの石は対《つい》なの……。わたしが生まれたとき、亡き父が残してくれたんです……」

「そ、そんな大事なものを……」

コナンは驚《おどろ》いてレシルを見ていた。

ルプガナを出航するとき、「お護《まも》りだと思って大事にしてください……」といってレシルが顔をまっ赤《か》にしてうつむいた。そのときから、コナンは、レシルが自分に好意を寄《よ》せているのを感じていた。またザハンで再会したときも、今回看病してもらったときにも感じていた。もちろん、コナンには、そんなレシルの気持ちが嬉しかった。

だが、大事な形見のひとつをくれるほど、思ってくれているとは知らなかったのだ。

「迷惑《めいわく》だったかもしれないけど……」

「迷惑だなんて。この石のおかげで命が助かったんだ……」

「そうね。それで充分《じゅうぶん》よね……。それで……」

レシルは、悲しそうに微笑むと、

「だってコナンには……好きな人がいるんだもの……」

そういって、憂《うれ》いに満ちた瞳で遠くを見つめた。

「レシル……」

コナンは、一瞬《いっしゅん》とまどった。

強い風が吹《ふ》き抜《ぬ》け、レシルの長い髪《かみ》がひときわ大きくなびいた。

セリアのことを知っていて、それでもなお好意を寄せてくれていたのか――そう思うと、コナンは急にレシルがいじらしくなった。

「セリアのことなら、もういいんだよ……」

レシルが、怪訝《けげん》そうに見た。

「ほんとだよ。たしかに、セリアを好きだ。いや好きだった……。でも、いくら逆立《さかだ》ちしてもアレンにはかないっこないし……。それにぼくは、アレンが好きだから……。アレンなら、セリアをきっと幸せにしてくれると思うから……」

コナンは、そういって笑うと、

「それよりさ、レシル……。ベラヌールに着いたら、買物につき合ってよ」

「えっ？」

「ぼくも、この命の石、ペンダントにするよ……」

「ほんと？」

「ああ。レシルだと思って、ずっと大事にするよ。ベラヌールに着いたら、すぐルビスの神殿《しんでん》に行くけど、そのあとで……。それに、レシルに何かプレゼントしたいんだ。誕生日の……」

「嬉しい！」

レシルは、綺麗《きれい》な白い歯を見せて笑った。

「約束ねっ！」

左手の小指を差し出してコナンを見つめた。

「うん……」

コナンとレシルは、指切りをした。

だが、指切りをすると、離れかけた二人の小指がとまった。

「レシル……」

コナンとレシルは、じっと見つめ合った。

そのときだった。帆柱《マスト》にのぼって帆《ほ》の点検をしていた船乗りのひとりが、嬉々《きき》として大きな声で叫《さけ》んだ。

「おーい！　ベラヌールが見えてきたぞっ！　ベラヌールだーっ！」

コナンとレシルは、思わず前方を見た。

その声を聞いて、アレンとセリアがほかの船乗りたちと一緒《いっしょ》に船室から甲板に飛び出してきた。

右前方に、ベラヌールの外港が見え、さらにその後方の丘の上に、春の日差しを浴びたまっ白なルビスの神殿が見えた——。

2　ルビスの神殿

ベラヌールの外港の前を通過したハレノフ八世の船が、大きな河口に入ると、前方に湖に浮《う》かんだ美しいベラヌールの港と町が見えてきた。

その小高い丘《おか》の上に、白亜《はくあ》の精霊《せいれい》ルビスの神殿がそびえている。

人口二万四〇〇〇人のベラヌールの町は、もともとベラヌール湖にある無人島だった。

だが、この島に大きな吊り橋《つばし》が対岸からかけられ、島の中央の小高い丘に精霊ルビスの神殿が築かれると、島は神殿を中心に急激《きゅうげき》に発展《はってん》した。

その後、神殿の町としてだけではなく、ベラヌール島の交易や文化の中心としても発展をとげ、今では南海一の都市になっていた。

また、同じような地形が縁《えん》で、アレフガルドのリムルダールの町とは、昔《むかし》から姉妹《しまい》都市の関係にあった。

ちょうど一年前、アレンたちはデルコンダルに向かう途中《とちゅう》、このベラヌールに寄港《きこう》したことがあった。そのときに地元の船乗りから、かつて竜王《りゅうおう》がアレフガルドを襲《おそ》ったとき、この町より援《えん》軍《ぐん》を派遣《はけん》し、竜王配下の魔物からリムルダールの町を守ったという歴史があると、聞いていた。

港には、数隻《すうせき》の貿易船が停泊《ていはく》していた。

ハレノフ八世の船と曳航されてきたラーミア号が桟橋《さんばし》に横づけになると、アレンとコナンとセリアの三人は、ハレノフ八世やレシルたちに見送られて、町の中央にそびえる精霊ルビスの神殿へ向かった。

アレンは、ロトの鎧《よろい》とロトの兜《かぶと》を身につけ、ロトの剣《つるぎ》を背中にさげていた。

ハレノフ八世の船に移ってからずっとはずしていたのだが、久しぶりに身につけると、心が引きしまる思いがした。邪神《じゃしん》の像は縫《ぬ》い直したアレンの革袋《かわぶくろ》に、五つの紋章《もんしょう》はコナンの革袋に入っていた。

ベラヌールの町は坂と階段《かいだん》の町だ。

石畳《いしだたみ》の坂道を進むと、すぐ階段にぶつかり、階段をのぼると、また坂道があり、その前にまた階段がある。さらに、坂道からは、いくつもの路地が横にのびていた。

両側には、さまざまな店がびっしりと軒《のき》を並《なら》べ、出航を待つ船乗りたちやルビスの神殿を訪《おとず》れた巡礼者《じゅんれいしゃ》たちの買物客で賑《にぎ》わっていた。

コナンは、アレンとセリアに遅《おく》れがちだった。町に入ると宝石屋《ほうせきや》がないかどうか気になって、ついよそ見をしてしまうからだ。レシルと一緒に買物をする姿を想像すると、コナンの心が妙《みょう》に弾《はず》んだ。

だが、アレンたち三人を、港からずっとつけている怪《あや》しい男がいた。

フードつきの黒マントをまとった男だ。顔を隠《かく》すように頭をさげ、フードを深くかぶっているので、顔はよくわからないが、上目遣《づか》いの目は異様《いよう》に鋭《するど》かった。

アレンたちが、道具屋の横の路地の前を通過すると、その路地から怪しい男がすっと現れて港からつけてきた男と合流した。そして、さらにもうひとりが別の路地から加わった。同じように、フードつきの黒マントをまとっている。

その数が五人に増えると、男たちはすばやく裏通《うらどお》りに飛び込み、買物客を押し退《の》けてさらに奥《おく》の路地を曲がった。

そして、狭《せま》くて急な、曲がりくねった石畳の坂道を駆《か》けのぼっていった。

最後の階段をのぼって、アレンたち三人は目を見張った。

荘厳華麗《そうごんかれい》な白亜《はくあ》の神殿は、見る者を圧倒《あっとう》するように空に向かってそびえ、その塔《とう》の先端《せんたん》にちょうど太陽がさしかかっていた。昼を少しまわったばかりだ。

神殿の正面には、大きな扉《とびら》があった。その扉からなかに入ると、大理石で造られた美しい広大な礼拝堂に出た。

　この礼拝堂を、美しい彫刻《ちょうこく》がほどこされた二十本の巨大《きょだい》な大理石の円柱が支え、正面の祭壇《さいだん》に向かって、一〇〇〇席以上もの椅子《いす》が整然と並んでいた。

　礼拝堂には、祈《いの》りを捧《ささ》げる人や、堂内の彫刻や装飾《そうしょく》を見物する多くの人々がいたが、ひっそりと静まり返っていた。

　金色の鉄柵《てっさく》に囲まれた祭壇には、精霊ルビスの像が祀《まつ》られていた。

　三人が祭壇の前に行くと、神官が静かに近づいてきて、

「勇者ロトの血をひきし方々ですね？」

　くぐもった声で尋ねた。

　頭がつるつるで青白い顔をした、年齢不詳《ねんれいふしょう》の薄気味悪《うすきみわる》い神官だ。

　三人がうなずくと、

「お待ちしておりました……」

「どうして知っているのですか？」

　アレンが、怪訝な顔で尋ねると、神官は静かに微笑んで、

「どうぞ、こちらへ……。この地の大司祭、スカルフ七十七世がお待ちしております……」

　といい、礼拝堂の奥の扉に向かって、さっさと歩き出した。

　三人は、訝《いぶか》りながらも黙《だま》ってついていった。

礼拝堂から廊下に出ると、下へおりる階段があった。

下の階におりると、また階段があった。神官は、階段をおりると、暗い地下室に入っていった。

そこは広い物置部屋になっていた。

「大司祭は、どうしてこんなところにいるんだっ?」

たまらずアレンが尋ねた。

神官はまた静かに微笑むと、何も答えずに黙って、隅《すみ》にある天井《てんじょう》からぶらさがっている鉄の鎖《くさり》を引っ張った。

すると、目の前の壁《かべ》が左右に大きく開いた。隠し扉になっていたのだ。その奥は、無数の燭台《しょくだい》の明かりに照らされた広い礼拝堂になっていた。

三人は、驚いて互《たが》いに顔を見合わせた。

地下の礼拝堂は、上の礼拝堂の十分の一ほどの大きさだったが、左右二本ずつの計四本の巨大な大理石の円柱が高い天井を支えていた。

正面に、精霊ルビスの祭壇が祀られていた。

その前で十人ほどの神官を従えた小柄《こがら》な老神官が、背もたれの高い椅子に座《すわ》って、鋭い目でじっと三人を見つめていた。スカルフ七十七世だ。

「勇者ロトの血をひきし者たちか……」

「はい……。ルビスの守りをいただきに参りました……」

アレンが丁重《ていちょう》にいった。

「ルビスの守り……？」

コナンが、革袋から五つの紋章を取り出そうとすると、

「だが、その必要はないっ！」

スカルフ七十七世は、おもむろに立ちあがった。

「いずれにせよ、おまえたちはこれより先には行けないのだっ！」

三人は、さっと顔色を変えた。

「ど、どういうことですっ⁉」

すかさずアレンが尋ねた。

「ふっふふふ……！」

スカルフ七十七世は不気味な笑みを浮《う》かべながら、祭壇に祀られている精霊ルビスの像を持ちあげると、いきなり床《ゆか》に叩《たた》きつけた。像は粉々に割《わ》れて床に飛び散った。

「な、なにをするんだっ⁉」

アレンは、老神官の思いもよらぬ行動に驚いた。

さらに、叩き割られたルビスの像のあとに祀られている像を見て、一瞬自分の目を疑った。

「こ、これは⁉」

邪教徒《じゃきょうと》の不気味な像が祀られていたのだ。

「フハハハハッ！　いかにもこの像こそわれらが崇《あが》めるものなのだ！」

スカルフ七十七世がそういうなり両腕を顔の前で交差させると、バリバリバリッ――、突然大司祭の全身からいきおいよく電光と白煙《はくえん》がほとばしった。白煙が消えたとき、スカルフ七十七世の姿はなかった。

なんとそこに立っていたのは、ハーゴンによって下界に追放された悪魔神官だった。

「ハーゴンの配下か!?」

ローブの胸の魔鳥の紋章を見て、アレンが叫《さけ》んだ。

「そのとおり、わしの名は悪魔神官。この神殿はすでにわれらの手に落ちておる……。大司祭を始めルビスに使える者どもはすべて捕《と》らえた」

まっ白な仮面をかぶった悪魔神官は、先端にまっ赤な宝玉《ほうぎょく》のついた杖《つえ》を構えて三人を睨みつけた。するとアレンたちを案内してきた神官を始め、ほかの神官たちもその正体を現して、すばやく三人を取り囲んだ。

いずれも悪魔神官の部下である、妖術師《ようじゅつし》や祈禱師《きとうし》たちだ。そのなかに港からアレンたちを尾行してきた男たちもまじっていた。

下界へ追放されてすぐ悪魔神官はこのベラヌールへとやってきた。邪神の像を手に入れたアレンたちが必ずここへ立ち寄ると読んだからだ。そして、神殿の神官たちをそっくり自分の部下と入れ換《か》え、自らは大司祭スカルフ七十七世になりすましていたのだ。

「悪魔神官さまに命じられ、見張りを続けていたかいがあったというもの！　おとなしく邪神の像をわたし、われらの手にかかれ！」

黒いフードをかぶっていた妖術師の一人がそううそぶくと、邪教徒たちは杖を構え、ジリジリとアレンたちに迫《せま》ってきた。

3　いかずちの杖

「貴様《きさま》ら三人の骸《むくろ》をハーゴンさまへの手土産《てみやげ》にしてくれるわっ！」

仮面の奥で悪魔神官の眼が異様な光を帯《お》びた。

「殺《や》れいっ！」

悪魔神官の号令に配下たちがいっせいに襲いかかった。

だが、そのときすでにアレンは剣を構えて跳躍《ちょうやく》していた。

血飛沫《ちしぶき》が宙に飛び、四人の妖術師が悲鳴をあげてその場にうずくまった。

同時にすばやく印《いん》を結んだセリアが、バギの呪文《じゅもん》をかけていた。

たちまち数人が真空《しんくう》の渦《うず》にのまれ壁際《かべぎわ》まで吹っ飛んだ。

「おのれっ！」

なんとかバギの呪文をかわした三人の祈禱師が、セリアに杖を向けた。だが、いくら呪文を唱えても何の変化も起こらなかった。

「クソッ！　クソッ！」

焦《あせ》った祈禱師たちは杖を振るって呪文を唱えた。

「無駄《むだ》だっ！　おまえたちの呪文はすでに封《ふう》じられている」

コナンがニヤリと笑った。ほかの妖術師や祈禱師たちも、いつの間にかコナンのかけたマホトーンで呪文を封《ふう》じられていたのだ。

「このっ役立たずめらがっ！」

激怒《げきど》した悪魔神官は、杖を構え直すと祭壇を駆けおりた。

アレンたちは以前、ラーの鏡のほこらで魔術師を倒した。そのとき敵のなかには自分たちと同じ普通の人間もまじっていることを知った。

以来、アレンとコナンは魔物以外の敵と戦うときは、できるだけ相手を殺さないようにと心がけてきたのだ。

「こうなったらわし自らの手で引導をわたしてやるわっ！」

悪魔神官はそういうなり杖を振《ふ》りあげた。

先端《せんたん》の宝玉が光り、すさまじい突風《とっぷう》が巻き起こった。アレンたち三人を襲った突風は、祈禱師たちをも巻き込み、神殿のなかを吹き荒《あ》れた。

「うわあっ！」

アレンは思わず剣を落としそうになり、必死に体勢を立て直した。

海底洞窟でガルドがかけた呪文に、勝《まさ》るとも劣《おと》らないすさまじい攻撃だった。

「見たかっ！　いかずちの杖の威力《いりょく》を」

悪魔神官は倒れた部下たちには構わず、さらに杖を振るった。

さっきのより強烈《きょうれつ》な渦に襲われ、三人の体が宙に舞った。

「きゃーっ！」

「うわあっー！」

壁に激突《げきとつ》したセリアが気を失い、アレンとコナンも床に叩きつけられた。

「コ、コナン……マホトーンだ！　マホトーンでやつの呪文を……！」

「無駄だよ……！　いかずちの杖はそれ自体が魔力を秘《ひ》めているんだ！　たとえあいつの呪文を封じ込めても同じことなんだ……！」

懸命《けんめい》に体を起こしたアレンの言葉に、コナンは以前サマルトリア王家に仕える魔道士から聞いた、いかずちの杖の威力を思い出しながら答えた。

「そのとおり、この杖の力は風と雷雲の精霊によって与《あた》えられたものっ！　さ、まずはおまえからあの世に送ってやろう！」

悪魔神官はさらに杖を振るい、突風はアレンの体を天井に叩きつけた。

「うわっ！」

落下したアレンは床に激突し、剣が手から離れた。

「おのれっ！」

コナンは続けざまにギラとベギラマの呪文を使ったが、火炎と電光はいかずちの杖が起こす真空の渦の前に脆《もろ》くも消滅《しょうめつ》した。

「往生際《おうじょうぎわ》の悪いやつめっ！」

悪魔神官は渾身《こんしん》の力を込めて杖をかざした。そのとき、

「たーっ！」

意識を取り戻したセリアが、背後からバギの呪文をかけた。

鋭い真空の渦が、悪魔神官の背中に命中し鮮血《せんけつ》が飛び散った。その一瞬の隙をついて、アレンは床に落とした剣に向かって跳躍した。剣をつかんだアレンは、そのまま一回転して立ちあがり悪魔神官に斬《き》りかかった。

「ぐふっ!!」

悪魔神官の手からいかずちの杖が床に落ち、乾《かわ》いた音をたてた。

「わ、わしが、このわしがこんな青二才どもに……！」

だが、次の瞬間、パカッ――悪魔神官の仮面がいきおいよくまっ二つに割れた。

そこには皺《しわ》だらけの醜《みにく》い老人の顔があった。悪魔神官はまるで枯れ木《かき》が倒れるように、神殿の床に崩《くず》れ落ちた。

「ハ、ハーゴンさま……」

無念そうに見開かれた目があらぬかなたを見つめ、悪魔神官は絶命した。

邪教集団数千人の上に立ち、ハーゴンの片腕とまでいわれた男のみじめな最期だった。

4　異空間

「聞けみなの者よ……」

大司祭スカルフ七十七世は、地下の神殿に居並ぶ数十人の本物の神官たちを前におごそかな声で告げた。長い間幽閉《ゆうへい》されていたとは思えないしっかりした声だった。

悪魔神官を倒したあと、気を失っていた敵のひとりを尋問《じんもん》したアレンは、地下牢《ちかろう》に閉じ込められていた大司祭スカルフ七十七世と神官たちを救出したのだ。

祭壇の上には、さっきまで置かれていた凶々《まがまが》しい像のかわりに、五つの紋章が並べられている。そのさらに奥の壁には、まっ黒な穴《あな》がポッカリと口を開け、大きく歪《ゆが》んだ気流が渦を巻いていた。

悪魔神官が、部下とともにこの神殿へ攻めこむのに使った魔法の通路だ。

本物の大司祭たちを幽閉《ゆうへい》したあと、悪魔神官は部下に命じて、通路の手前にもう一つ壁を造らせていたのだ。もちろん参拝に来る人々の目を欺《あざむ》くためである。

だが、いまや暗黒の通路はゆっくりと閉じつつあった。悪魔神官の死によって通路を支えていた邪悪な力が消滅《しょうめつ》したからだ。

スカルフ七十七世は言葉を続けた。

「ロトとアレフの血をひきし方々は、今よりこの通路を使ってハーゴンの本拠地《ほんきょち》、ロンダルキアへと赴《おもむ》かれる。見てのとおり暗黒の通路の入り口は徐々《じょじょ》に狭《せば》まりつつあり、遠からず完全に閉じてしまうであろう。われら精霊ルビスに仕える者は、その前に何としても五つの紋章をルビスの守りに変えなくてはならん……」

たとえ、この通路を抜《ぬ》けロンダルキアに行き、ハーゴンにまみえることができたとしても、ルビスの守りなくしては勝利はありえないのだ。

「ハーゴンの神殿は幻《まぼろし》の城、偽《いつわ》りの楽園。ただルビスの守りだけがその悪しき力を破れるのです」

閉じつつある通路を見てはやるアレンたちを押しとどめ、大司祭スカルフ七十七世はいにしえより伝わる儀式を行おうとしていた。

伝説の儀式、それはこの地に危機が訪れたとき、選ばれた勇者の手にルビスの守りを授けるためのものだった。

五つの紋章を得た勇者が必ずこの地を訪れる――。それがスカルフ家の先祖に精霊ルビスが与えた予言だったのである。以来、永年にわたって大司祭や神官たちは、この地ベラヌールで布教と修養の日々を送ってきたのだ。できるなら予言が現実となる日が来ないよう願いながら――。

やがて、スカルフ七十七世はおごそかに祈りの言葉を唱《とな》え、神官たちがそれに唱和《しょうわ》した。

聖なる神々を讃《たた》える声が神殿に満ち、五つの紋章は温かな光を放ち始めた。

そして、光がフッと消えたとき、そこにはすでに紋章はなく小さな首飾りが輝いていた。

アレフガルドを創造した、精霊ルビスの守りである。

アレンがルビスの守りをセリアの首にかけ、大司祭に礼を述べると、

「お気をつけて。ハーゴンの力を決して侮《あなど》ってはなりませぬぞ」

と、スカルフ七十七世がいい、ひとりの神官がセリアの前に進み出た。手には、あのいかずちの杖を持っていた。


「こ、この杖をあたしが……？」

「お持ちなされ。悪を討つのに役立てれば、この杖によって命を奪《うば》われた人々の魂《たましい》も浮かばれましょう」


スカルフ七十七世は、とまどうセリアに諭《さと》すようにいった。

「さ、急がれよ。港にいるお仲間には、知らせを走らせましたゆえご心配にはおよびませぬ」

暗黒の通路はさらに狭まっていた。三人は手を取り合ってその前に立った。

「どうしたのコナン？」

ふと、寂《さび》し気に後ろを振り返ったコナンに、いかずちの杖を手にしたセリアがたずねた。だが、

「なんでもないよ。さあ、行こうぜ！」

コナンは、明るく笑った。

コナンはレシルのことを思い出していたのだ。神殿から戻ったら、一緒に買物に行こうと約束したときのレシルの笑顔を——。

三人はもう一度スカルフ七十七世たちに会釈《えしゃく》し、いきおいよくまっ暗な通路に飛び込んだ。

「ルビスの御加護《ごかご》があらんことを……」

大司祭の声がはるかかなたで聞こえ、アレンは意識が遠のくのを感じていた。

そして、アレンたちの姿が闇《やみ》のなかに消えると同時に、神官たちの目の前で暗黒の通路は完全に消滅した。

あとには神殿の本来の石壁だけが残されていた。

5　大迷宮

そこに時間はなかった。空間もなかった。過去も未来も現在も、上下の区別も何も存在《そんざい》しなかった。暗黒の通路のなかは文字どおり完全な闇の世界だった。

自分が落下しているのか、それとも上昇《じょうしょう》しているのか、アレンにはそれさえ区別できなかった。すべての感覚がまったく役に立たなくなっていた。

アレンは今までに感じたことのない恐怖《きょうふ》に全身を捕らえられていた。ただ、しっかりとつかんだセリアとコナンの手の温《ぬく》もりだけが、アレンに勇気を与えていた。

そして、闇の通路は何の前触《まえぶ》れもなく終わりを告げた。

五感が戻り、三人の周囲は通常の空間に変わった。アレンたちは背中からいきおいよく地面に叩きつけられた。

あの闇のなかに踏《ふ》み込んで、ここの地面に叩きつけられるまで、たった十、いや五数える間の、できごとだった。

「いてえ〜〜っ！」

腰《こし》を押《お》さえながら、やっとコナンが身を起こした。

「セリア、大丈夫《だいじょうぶ》か？」

アレンも身を起こし、隣に倒れていたセリアを助け起こした。

「こ、ここはどこなの？」

三人は、目を凝《こ》らして周囲を見まわした。目がやっと闇に慣れてくると、

「どっかの洞窟《どうくつ》らしいな……」

アレンが、つぶやいて立ちあがった。

そこは、地中の巨大な岩と岩が重なり合い、自然にできあがった細長い空間だった。

どこを見ても地中から露出《ろしゅつ》した岩肌《いわはだ》ばかりで、闇の通路はどこにもなかった。

あの祭壇の暗闇が異空間の入り口だとすると、出口にあたるそれらしきものがまったく見あたらなかった。

洞窟の隅《すみ》が、かすかに明るかった。よく見ると、そこには階段があった。明かりは階段の上から差し込んでいる。

三人は、さっそく階段を駆けのぼった。階段は、左へ曲がりながら続いていた。一歩のぼるたびに、明るさが増してきた。そして、洞窟の外に飛び出して、

「あっ!?」

思わず、立ちつくした。

目の前に、荒涼《こうりょう》とした砂漠《さばく》が広がり、その向こうに中腹《ちゅうふく》まで雪におおわれた険しい山脈がそびえていた。ロンダルキア山脈だ。

すでに季節は春だというのに、そのロンダルキア山脈から、身を切るような冷たい風が吹いてくる。

アレンは、太陽の位置を確認した。太陽は、まだ西にちょっと傾いていただけだった。

ふと、精霊ルビスの神殿の前に立ったとき、神殿の塔の先端に太陽が差しかかっていたのを思い出した。

その高さとあまり違わないところに、まだ太陽がある。

アレンは、信じられないという顔でつぶやいた。

「ぼくたちは、一瞬にして、ロンダルキアに飛んだんだ」

三人は、さっそくロンダルキア山脈をめざして歩き始めた。

そして、西の砂漠に太陽が沈《しず》もうとするころ、三人は、山脈の断崖絶壁《だんがいぜっぺき》のすぐ目の前まで来てい

た。山脈は、見渡すかぎりの切り立った岩山で、草木一本なかった。

もちろん、地を駆ける獣《けもの》も、空を飛ぶ鳥もいない。

三人は、小さな丘《おか》のような斜面《しゃめん》をのぼりきって、思わず立ち止まった。

目の前の崖《がけ》の、切り立った岩肌に不気味な浮き彫り《レリーフ》がほどこされていた。

三つ目の髑髏《ドクロ》の頭に羽《はね》の生えた魔物が、とぐろを巻いている恐ろしい彫刻だ。

「邪神の像だ！」

コナンが叫んだ。

大きさこそ違え、その浮き彫り《レリーフ》は邪神の像とそっくりだった。

アレンは「邪神の像がないとロンダルキア山脈の洞窟には入れない」といった竜王の子孫の話を思い出した。

「よし！　ここで邪神の像をかざしてみよう！」

アレンは浮き彫り《レリーフ》の前に立つと、革袋から取り出した邪神の像を高々と掲げた。

邪神の像の三つの目から鋭い光がほとばしった。

その光は岩肌の浮き彫り《レリーフ》の目にピタッと重なった。

すると、ゴゴゴゴゴーッ――突然《とつぜん》激しく地面が揺《ゆ》れた。

「きゃあっ！」

セリアが、アレンの腕にしがみついた。

地面が波打って揺れ、立っているのが精一杯《せいいっぱい》だった。

その揺れが小さくなると、細かな岩をバラバラ落としながら、その口の部分の巨大な岩が、不気味な音を立てて、ゆっくりと左右に開き始めたのだ。

三人は、呆然《ぼうぜん》として見ていた。恐怖とか不安より、その迫力《はくりょく》に圧倒《あっとう》されたのだ。

やがて地響《じひび》きが終わると、まっ暗な闇が大きく口を開けていた。

三人は、松明《たいまつ》を灯《とも》して、慎重《しんちょう》に洞窟の奥に入っていった。

洞窟のなかは、複雑な迷路になっていた。

三人が、上にあがる階段を探しながら奥へ奥へと進んだときだった。突然、闇のなかに、鋭い稲光《いなびかり》が走り、三人を強襲《きょうしゅう》した。

コナンとセリアは、すばやく左右に避《さ》け、アレンは宙に跳《と》んでかわした。

闇のなかに、まっ白な仮面が浮かびあがった。

ハーゴンの密偵《みってい》として教団のなかでは知られている、地獄《じごく》の使いだった。

地獄の使いは杖をかざして呪文を唱えようとした。

だが、それより一瞬早くセリアはいかずちの杖を振りおろしていた。

すさまじい真空の渦が杖の先端の宝玉から巻き起こり、セリアは予想を越《こ》えた反動に思わずたじろいだ。

「ギャーッ!?」

地獄の使いは悲鳴をあげ、突風に弾《はじ》き飛ばされ岩肌に激突した。

仮面がポロリと落ち、素顔が現れた。地獄の使いの正体は皺だらけの老婆《ろうば》だった。

「す、すごいわ！」

セリアは、いかずちの杖の威力にあ然とした。

三人は暗い迷宮をさらに奥へと進んでいった。

かなりの距離《きょり》を進んだとき、突然背後でうなり声が響《ひび》いた。

「……!?」

アレンとコナンが振り返ったのと同時だった。一番後ろを歩いていたセリアが悲鳴をあげた。

「セリア！」

コナンがセリアの体をかばうように前に出た。

襲ってきたのは、キラータイガーだった。魔物の爪《つめ》がコナンめがけて空を斬った。

そのとき、一番前にいたアレンがコナンの頭上を越えて跳躍した。

魔物の巨体とアレンの体が交差し、岩壁にまっ赤な血が飛び散った。

「大丈夫か?」

着地したアレンが二人に尋ねた。

その足元には首を斬り落とされたキラータイガーの死体が転がっていた。

その後も奥へ向かうにつれ、魔物の攻撃は激しさを増す一方だった。

「こいつぁ……」

三体のスカルナイトをベギラマで葬《ほうむ》ったコナンが、大きく息を吐いていった。

「あの海底洞窟よりしんどいぜ」

コナンのいうとおり、魔物の数も、またその強さも海底洞窟の比ではなかった。

だがあのころに比べ、アレンの剣の腕もコナンの呪文の威力も数段あがっていた。

それに何より今はセリアが一緒だった。いかずちの杖を手にしたセリアの呪文は前にも増して強力になり、たいていの魔物は一撃《いちげき》で吹き飛んだ。

階段を見つけ、上の階にのぼった一行を新手《あらて》の魔物が待ち受けていた。

全身が炎《ほのお》でできた怪物《かいぶつ》、ハーゴンが魔界から呼び寄せたフレイムだ。

しかし剣による攻撃も、ギラやベギラマといった呪文も受けつけないこの魔物も、いかずちの杖の威力の前にはひとたまりもなかった。

すさまじい真空の渦を浴びせられ、まるで蠟燭《ろうそく》が吹き消されるように消滅してしまった。

「これで少しは悪魔神官に殺された人たちも……」

セリアは、スカルフ七十七世の言葉を思い出してつぶやいた。

やがて三人は上へと向かう階段の前に出た。今までの階段よりずっと幅《はば》が狭《せま》く、なんとなく古びた感じだった。

「いったいどこまでのぼればいいんだ?」

階段を見あげながらアレンがいったとき、足元で小さな音がした。

ピシピシッ――と床が崩《くず》れた。階段の前に、落とし穴がしかけてあったのだ。

「うわぁ――っ」

瓦礫《がれき》と化した床とともに落下したアレンたちは、激しい衝撃を受けながら地面に叩きつけられた。

激痛としびれで、しばらく三人は立ちあがれなかった。

そこは、天井の高い、巨大な空間だった。三人は、やっと立ちあがって、

「あっ!?」

と、息をのんだ。

それは想像を絶する不気味な光景だった。暗闇のなか、わずかな燐光《りんこう》に照らされてどこまでも墓《ぼ》標《ひょう》が続いていた。

アレンたちが落ちたのは、地下に広がる巨大な太古の墓地だったのだ。

そのときだった。むっとするような腐敗臭《ふはいしゅう》が鼻をつき、

「うっ！」

三人は、慌てて口と鼻を手でふさいだ。

あのどろどろに肉が腐《くさ》った死体の臭いだ。案の定、そばの墓標の陰《かげ》から、腐った死体が音もなくぬーと姿を現した。右にも、左にもいた。全部で三体だ。

アレンは顔をしかめて剣を構えた。横ではコナンがやはりしかめっ面《つら》で呪文を唱えている。

たしかにこの魔物は今のアレンたちにとって恐ろしい相手ではなかった。ただこの悪臭《あくしゅう》だけはどうにも我慢《がまん》ができなかったのだ。

アレンが一匹を両断し、コナンのギラが残った二匹を焼きつくした。だが、すぐにまた新手の魔物が墓標の下から現れてきた。

「悪の手で蘇《よみがえ》りし骸《むくろ》よ、本来の姿に戻り安らぎの世界に戻れっ！」

セリアが祈りながらいかずちの杖を振るい、強烈な真空の渦は魔物を吹き飛ばした。

だが、腐った死体は次々と現れ、三人はたまらず後退した。

「しめた、階段だっ！」

地下墓地の隅に上へと続く階段を見つけたアレンが叫んだ。だが、そこをのぼるとまたもや次の敵が襲ってきたのだ。

不快な金属音をたてながら迫ってきたのは、海底洞窟で戦ったのと同じ謎《なぞ》の怪物だった。まっ赤な一つ目を輝《かがや》かせ、怪物はアレンに襲いかかった。

「こいつぅー！」

敵の第一撃をかわしたアレンは猛然《もうぜん》と斬りかかった。

怪物はアレンの剣を、手にした半月刀《はんげっとう》で受け止めた。その瞬間《しゅんかん》、アレンは剣から妙な振動《しんどう》を受けた。今まで感じたことのないいやな衝撃だ。

「くそっ！」

アレンは怪物の攻撃を避け、隙を見てまっ赤な一つ目に突《つ》きを入れた。以前の戦いでそこが弱点だと知っていたからだ。

怪物の眼から赤い光が消え、その全身から細かい火花が散った。

「やった！」

コナンが歓声をあげた。ところが――。

ピシッ！　なんと引き抜いたアレンの剣が、鍔元《つばもと》から折れてしまったのだ。

十六歳の誕生日にローレシアの後継者《こうけいしゃ》として父アレフ七世から授けられた大事な剣を失い、アレンは呆然としてたたずんでいた。

「しょうがないさ、いくら名剣でも今まで数えきれないほどの魔物を倒してきたんだから」

コナンはそういって自分の剣をアレンに差し出した。

「おれはめったに剣なんか使わないからな」

アレンにはコナンの心遣《づか》いが嬉しかった。

だが、今までのものよりずっと細身で華奢《きゃしゃ》なこの剣でハーゴンと戦えるだろうか――アレンが不安そうにその刀身を見ると、

「こうなったら、早くそのロトの剣《つるぎ》を復活させようぜ」

アレンの気持ちをさとったかのようにコナンがいった。

こうなったら稲妻《いなずま》の剣を見つけ、その力でロトの剣を復活させなくてはならないのだ。

三人は、さらに上の階にのぼった。そして、さらに奥に進んで、前方の光景に、思わず息をのんだ。なんと、巨大な空間のあるあのおどろおどろした墓場に出たのだ。

三人は、一瞬自分の目を疑った。墓場を出てから二つも階をあがったはずなのだ。

だが、どう見てもあの墓場だった。さっき倒した腐った死体の破片が散乱していた。

「ど、どういうことだ、これは……!?」

三人は、あ然と立ちつくした——。

6 ロトの剣

数日が過ぎた——。

だが、正確に何日過ぎたかは、アレンたち三人にはわからなかった。

ずっと暗い洞窟をさ迷《まよ》っていたからだ。巨大な空間の墓場一帯の迷路は、なんとか抜けることができたが、今度は別な迷路に迷い込んでいた。

迷路は、いくつもの通路に分かれていた。だが、どの通路を行っても、必ず突き当たりにぶつかるか、また同じところに戻ってしまう、そのどっちかなのだ。いわば無限の回廊なのだ。そのうえ、魔物たちが次から次へと襲いかかってきた。

三人は、すっかり疲《つか》れ果てていた。

「ねえ、アレンの誕生日……。今日あたりかしら……」

セリアが思い出したようにいった。

三人が、どっちに行っていいかわからず、階段の一番下の段に腰かけてひと休みしたときだった。

「どってことないよ」

アレンは、明るく笑った。

ベラヌールの港に船が着いた三日後、女神《イシュタル》の月の最初の日が、アレンの十八回目の誕生日だった。

「去年《きょねん》は、ベラヌールで祝ってもらったし……。セリアに比べたら……」

セリアは、黙ってため息をついた。

十六回目の誕生日の直前に、ムーンブルクが襲撃された。十七回目の誕生日は、孤島《ことう》の洞窟でひとりで迎えたのだ。二年続いて、不幸な誕生日を迎えているのだ。

「でも、今度の誕生日は盛大《せいだい》にやってやるよ。ハーゴンを倒してなっ」

アレンはそういってセリアを見つめた。

コナンは、レシルのことを思い出しながら、じっと左手の小指を見つめていた。レシルと買物に行く約束の指切りをした小指を――。

そのときだった。「ふっふふふふふ」と、不気味な低い笑い声がして、

「あっ!?」

三人は、すばやく身構えた。

闇のなかから巨大な魔物がゆっくりと姿を現した。

背丈《せたけ》はゆうにアレンの三倍はある。全身を硬質《こうしつ》の鱗《うろこ》がおおい、背中には毒々《どくどく》しい色の翼《つばさ》が生えている。額《ひたい》には鋭い二本の角があり、大木のような尾にも何本かの刺《とげ》が突き出ていた。激しい殺気が三人を捕らえた。巨体から発する威圧感は、今まで戦ってきた魔物のなかでも飛び抜けていた。

できるっ——！

アレンは持ち慣れない剣を構え直すと敵の出方をうかがった。

こいつに匹敵《ひってき》するのは、おそらく海底洞窟で戦った魔物ぐらいだ——。

アレンの読みは正しかった。目の前の敵は近衛《このえ》司令官ベリアル直属の部下、連隊長のアークデーモンだった。

「バズズの仇《かたき》を討たせてもらおうっ！」

「バズズ!?」

アレンが、聞き返した。

「そうだっ！　海底の洞窟で戦ったはずだっ！」

「そうか、おまえもあいつと同じように魔界から来た魔物かっ！　おまえも一緒にムーンブルクを襲撃したんだなっ!?」

セリアは、「えっ!?」となって、さらに険しい顔でアークデーモンを睨みつけた。

「それがどうしたっ!?　わしら魔界の者にとっては、破壊《はかい》こそがすべてなのだ！　そのために、魔界から派遣《はけん》されたのだっ！　愚《おろ》かな人間どもがどうなろうと、わしらの知ったことではないわいっ！」

ブォーッ——。アークデーモンは、いきなりまっ赤な火炎《かえん》を吐いた。

今までのどんな魔物のものより強烈な炎だった。三人はすんでのところで火炎を避け、アレンを中心に左右に散った。

右にまわったセリアは、怒りを込めていかずちの杖を振りおろし、左に跳んだコナンも全身の力を込めてベギラマの呪文を唱えた。

「馬鹿め！　その程度の力でわしと戦えるとでも思っているのかっ！」

アークデーモンの巨大な翼がすさまじい突風を起こした。

凪はいかずちの杖から放たれた真空の渦とぶつかり、轟音《ごうおん》が地下道に谺《こだま》した。

次の瞬間、魔物はベギラマの電撃《でんげき》に向かって額の角から電光を放《はな》った。

白青色の稲妻が周囲の岩肌を照らし出し、その襲撃にコナンとセリアの体が壁に叩きつけられた。

必殺の気合いを込めた二人の攻撃も、この魔物の前には無力だった。

だがアークデーモンが電撃と真空の渦を防いでいる隙に、アレンは一気に間合いを詰めていた。

「とりゃーっ！」

跳躍したアレンはまっこうから魔物の頭部に剣を振るった。

カキーン——。まるで鋼を打ったような甲高《かんだか》い音がし、長剣は簡単に弾き返された。

「ちくしょー！」

着地したアレンは唇《くちびる》を噛《か》んだ。

少なくとも、自分の剣なら手傷を負わせられたはずだからだ。

「おのれ小癪《こしゃく》なっ!」

額を撃《う》たれて怒り狂《くる》ったアークデーモンは、続けざまに火炎を吐いた。

「まずいっ! いったん退却《たいきゃく》だ!」

ロトの盾で火炎を防ぎ、コナンとセリアをかばいながら、アレンは後退した。

「逃さん!」

アークデーモンは、巨体に似合わぬすばやさであとを追ってきた。

三人は必死に通路を走った。右に曲がり、左に折れなんとかアークデーモンを振り切ろうとしたが、

「しまった!」

いくつ目かの角を曲がったアレンが叫んだ。行き止まりだった。

そのとき、三人の目に左手の壁にある縦長《たてなが》の狭い暗闇が目に入った。人間ひとりが抜けられるほどの通路だ。巨体のアークデーモンには、頭も入れられない狭さだ。

三人を壁に追いつめたアークデーモンが炎を吐くと、間一髪《かんいっぱつ》かわして三人は猛然とその通路に飛び込んだ。だが、通路だと思ったのは、窓のようなものだった。

三人は、宙に投げ出されて、

「うわあああっ!」

悲鳴をあげながら、まっ逆《さか》さまに闇のなかに落下した。

アークデーモンは、舌打《したう》ちするとすばやく踵《きびす》を返した。

三人が、激痛《げきつう》に耐《た》えながらやっと身を起こすと、そこは地中から露出した巨大な岩と岩が造り出した空間になっていた。その奥の暗闇のなかに、まぶしい光が見えた。

三人は、光に向かって駆け出した。外の明かりだと思ったのだ。だが、光はすぐそばからだった。岩と岩にはさまれたくぼんだところに、長方形の木箱があった。古めかしいが、彫刻のある立派な箱だ。光は、その箱の蓋《ふた》の隙間からもれていた。

三人は、竜王の子孫がいっていた「稲妻の剣の電撃を浴びせれば……」という言葉を思い出していた。

「まさかこのなかに……」

箱に駆け寄ったアレンが蓋を開いて、

「あっ!?　こ、こいつは……!?」

思わず目を見張った。

覗き込んだコナンもセリアも同様に目を見張った。箱には大振りの剣がひとつ入っていた。鋭い刀身が放つほの白い光が、三人の顔を照らし出した。

なめらかに湾曲《わんきょく》した片刃《かたは》の剣で、刀身全体と柄《つか》には素晴らしい彫刻がほどこしてあった。城の宝物殿や武器庫でさまざまな剣を見慣れている三人にとっても、初めて目にする見事な細工だった。

「やはり、これが稲妻の剣……」

そういいながら手をのばしたコナンは、剣の柄を握《にぎ》ったとたん、顔をこわばらせた。

剣から形容しがたい振動が伝わってきたのだ。同時にアレンも後ろに背負ったロトの剣が、振動し始めるのを感じて体を震《ふる》わせた。

「アレン!」

コナンが叫び、アレンは慌《あわ》てて背中の剣を抜いた。

二人はまるで決闘でも始めるかのように剣を構えて向かい合った。

二振りの剣が発する振動は、いまや強烈な波動となって周囲の空気を震わせていた。

バリバリバリッ! 稲妻の剣はロトの剣の刃先が向くなり怪音《かいおん》を発した。

続いて刃先から激しい電光がほとばしった。それはまさに稲妻そのものだった。そして、アレンの手にしたロトの剣は、その電光を受けるとピカッと輝いたのだ。

コナンの持つ稲妻の剣から、アレンの持つロトの剣に向かって、奔流《ほんりゅう》となった電光は流れ続けた。

そして――その電光が収まったとき、二人はハッとして二本の剣を見つめていた。

コナンの握った稲妻の剣は、まるで錆《さび》ついたようにその光を失っていた。

封じ込められていた力をすべて使いつくした稲妻の剣は、その役目を終えたのだ。

そして、アレンは自分の手にしているロトの剣に目をやってハッとなった。

鏡のような青々とした刃、油がしたたりそうな光沢《こうたく》、華麗《かれい》なロトの紋章の鍔《つば》、美しい宝石がちりばめられた柄——まさにアレンが想像していたとおりの剣だった。ほどよい重さで、手にしっくりと合う。ロトの剣は、やっと往年の輝きと力を取り戻したのだ。

アレンは、ぐっと力を入れて握りしめた。と、ぶるぶるっ——と剣を持つ手が震えた。

手が離れなくなったかと思うほど、ぴたりと柄に吸いついている。

急に、剣から不思議な力が伝わってきた。アレンの全身が激しく震え、その力がまるで血液のように全身を駆けめぐった。不思議な力がみなぎって、いまにも爆発《ばくはつ》しそうになった。と同時に、胸の奥から新たな熱い闘志《とうし》が込みあげてきた。その目がぎらぎら燃えていた。

次の瞬間、轟音とともにアレンの背後で壁が崩れ落ちた。

アークデーモンが追いついてきたのだ。

「手間をかけさせおって！　だがもはやこれまでっ！」

魔物は勝ち誇《ほこ》って叫んだ。しかしアレンは落ち着いていた。ロトの剣の力が不思議な自信を与えていた。

「死ねーっ！」

アークデーモンが炎を吐き、セリアとコナンがサッと身をかわした。

だがアレンは避けようとはしなかった。まっこうから盾で炎を受けとめると、魔物に向かって斬りかかったのだ。

「とりゃーっ！」

気合いとともにアレンの体が宙に舞った。

ロトの剣が小さくきらめいた。そして着地したアレンは、まるで何事もなかったかのように剣を鞘《さや》に納めたのだ。

「?・?・?」

アークデーモンは、カッと眼を大きく見開いた。その顔に、何ともいえない怪訝そうな表情が浮かんだ。この魔物が生まれて初めて見せる表情だった。

「ア、アレン!?」

セリアが声をかけ、コナンも慌ててアレンに駆け寄った。

二人ともまだ何が起こったのか理解できずにいた。

だが、やっとアークデーモンの体に変化が起き始めた。額の二本の角の間にプップッと泡《あわ》が噴《ふ》き出したのだ。まっ赤な血潮の泡だった。やがて、額から真下に向かってスーッと音もなく赤い筋が一本走ると、

「グゲーッツッツ」

アークデーモンの巨体は、縦《たて》にまっ二つに割れ、轟音をたてて左右に倒れた。

その場を立ち去った三人は、ふたたび迷路に迷いこんだ。

ロトの剣に勇気づけられた三人は、根気よく外につながる通路を探した。

魔物たちは、次々に襲いかかってきた。

鉄の斧《おの》を振りかざして集団で襲いかかる蛮族《ばんぞく》のバーサーカーや、炎と巨大な嘴《くちばし》を武器に頭上から襲いかかる翼竜《よくりゅう》のメイジバピラス、炎と呪文で襲いかかるシルバーデビル、強力な炎を吐く獰猛《どうもう》なドラゴンたちだ。

さらには、以前戦ったことのあるガーゴイルや、オークキング、はぐれメタルなども執拗《しつよう》に襲いかかってきた。

復活したロトの剣の威力は、三人の戦いを楽にした。また、単にロトの剣が復活しただけでなく、それを握ることによってアレン自身も以前より数段力が増したのだ。

なかには、アレンの姿を見ただけで、殺気を感じてこそこそ逃げ出す魔物もいた。

数日後――。やっと地獄の迷路を脱出した三人は、外に出る階段を見つけ、喜び勇んで長い階段を駆けのぼった。一歩のぼるたびに、寒さが増していった。出口に近づくまでには体の芯《しん》まで冷えきっていた。そして、洞窟から飛び出して、

「あっ!?」

顔を凍《い》てつかせて立ちつくした。

異様な夜の光景が広がっていた。荒涼《こうりょう》とした雪原を、地鳴りをたてて烈風が吹き抜け、その向こうに切り立った険しい雪の山脈が天を突くようにそびえていた。そして、その上空をおおった暗雲が絶えず鋭い稲光を発していた。

7　風の亡霊《ぼうれい》

ちょうどそのころ――。

大草原にそびえる風の塔を、崖の上からじっと見つめているひとりの若者がいた。

腕や胸元から、白い包帯《ほうたい》が覗いている。ガルドだった。

アレンたちとの闘いで重症を負ったガルドは、傷が治るまでずっと孤島の洞窟にいたのだ。

その間、ガルドはずっとセリアのいった言葉が気になっていた。ガルチラのことが――。だから、傷が癒《い》えるとまっ先にこの風の塔にやってきたのだ。

ガルドは、手にした銀の横笛《よこぶえ》を見ると、崖の上からすーっと姿を消した。

やがて、風の塔から美しい笛《ふえ》の音色《ねいろ》が静かに流れた。

塔の最上階に姿を現したガルドは、無心に笛を吹き続けた。

風の塔の上空に、美しい満月が出ている。

ざわざわざわ――ざわざわざわ――。

ほんの少し緑が色づき始めた大草原を、風のわたる音がした。

笛を吹くガルドの長い髪《かみ》がなびいた。

美しい笛の音色に誘《さそ》われるように、風が吹いてきたのだ。

するとどこからともなく風に乗ってやさしい声が聞こえてきた。女の声だった。

「……わたしは、この日の来るのをどんなにか待っていたことでしょう……」

「だ、だれだっ!?」

ガルドは、思わず笛を吹く手を止めて叫んだ。

「昔からこの風の塔に棲《す》んでいた魔女です……。こうして風の亡霊となって、ガルチラさまのご子孫の訪《たず》ねてこられるのを、ずっと待っていたのです……」

「ガルチラ!? おれがガルチラの子孫だっていうのか!?」

「はい……。あなたは、まぎれもなくガルチラさまの血をひきし方……。その銀の横笛とその美しい笛の音が、なによりの証拠《しょうこ》……」

「ふっ。銀の横笛ならこの世にゴマンとあるさ!」

「ならば……。どこでその旋律《メロディー》を教わったのです……？ その美しい旋律《メロディー》を……？ ガルチラさまがお吹きになっていたのとまったく同じ旋律《メロディー》を……？」

「な、なにっ!? 同じ旋律《メロディー》!?」

「はい……」

「そ、そんなのは偶然だっ！ おれはだれにも教わっちゃいない！ 笛を吹くと勝手に手が動くだけだっ！」

「それが……、それが血のなせる業《わざ》……。あなたにはガルチラさまの血が脈々と流れているのです……」

そういって、魔女はガルチラの話を始めた。

勇者アレフのこと、風の国のこと、王妃と王子のこと、銀の笛のことを――。

そして、精霊ルビスの言葉に従って生きてきた自分のことを話すと、

「ガルチラさまの血をひきし方が、生きのびておられたということを知っただけでわたしは満足です……。これで思い残すことはありません……。もう二度とあなたの前に現れることはないでしょう……」

そういい残して、魔女の声は風の音とともに遠のいていった。

「ま、待ってくれ！」

ガルドは、慌てて叫んだ。

「ひとつだけ教えてくれ！　この指輪のことを知っているか!?　この祈りの指輪のことを!?」

「……ガルチラさまの王妃の家は、代々魔道士だったとか……。その家系に伝わるものだということを聞いたことがありますが……、それ以上のことは……」

魔女の声は、遠くからかすかに聞こえた。

腰までのびた長い髪が、ふたたびなびいた。

ガルドは、あ然としてその場に立ちつくしていた――。

第十章　死闘・ハーゴンの神殿

古代より天空に一番近いとされてきたロンダルキア――。

下界と完全に隔離《かくり》され、人間が一歩たりとも近づくことができないとされてきたこの謎《なぞ》の地は、今では邪神《じゃしん》を崇《あが》める大神官ハーゴンが支配する邪悪《じゃあく》の地となってしまったが、四〇〇年ほど前までは、神々の棲《す》む聖《せい》なる山として人々から崇拝《すうはい》されてきたところだ。

地獄《じごく》のような洞窟《どうくつ》をやっと抜《ぬ》け、このロンダルキアに足を踏《ふ》み入れたアレンたちは、邪神の砦《とりで》――ハーゴンの神殿《しんでん》を探《さが》して旅を続けていた。

天を突《つ》くような断崖絶壁《だんがいぜっぺき》の山と山の間を、荒涼《こうりょう》とした雪原が、まるで河のように蛇行《だこう》しながら奥《おく》へ奥へと果てもなく続き、毎日烈風《れっぷう》が吹《ふ》き荒《あ》れていた。春の気配は、どこにもなかった。

洞窟を出てから、すでに二十日近くになろうとしていた。

あと数日で暦《こよみ》は女神《イシュタル》の月から王妃《クイーン》の月に替わり、季節は春から初夏に移る。

だが、ロンダルキアでは、永久に冬が続くのではないかと思われた。

1　幻《まぼろし》の神殿

雪原の急な斜面《しゃめん》をのぼりきると、前屈《まえかが》みにならなければ歩けないほどの寒風が、うそのようにやみ、アレンたち三人はほっとひと息ついた。

だが、安心はできなかった。風がやんだかと思うといきなり吹雪になったり、烈風が地鳴りをたてて吹き荒れたりするからだ。両側に断崖絶壁の山々が天を突くようにそびえているから、その谷間にある雪原は風の通り道なのだ。

三人は、風のないうちに少しでも前進しようと、足を速めた。

そのときだった。目の前の雪の表面がゆらゆらと、陽炎《かげろう》のように揺《ゆ》れた。

アレンは、一瞬《いっしゅん》目の錯覚《さっかく》かと思った。周囲の雪の照り返しのように見えたのだ。

だが、陽炎のようにぼんやりと見えたそれは、雪とほとんど変わらない白色の炎《ほのお》となり、どんどん大きくなって三体の不定形の魔物に変わった。

三人は、慌《あわ》てて身構えた。

魔物は、ハーゴンが魔界から召喚《しょうかん》した冷気の精霊《せいれい》、ブリザードだった。

アレンは、初めて出会った敵に一気に接近した。

気合いとともにロトの剣《つるぎ》が一閃《いっせん》し、魔物の体を両断した。

ところが、横一文字に斬《き》り裂《さ》かれたブリザードは煙《けむり》のように揺らめくと、たちまちもとどおりの姿《すがた》になり、激《はげ》しい冷気を吐《は》き出したのだ。

凍《こお》るような寒さに、アレンはたまらず後退した。三匹《びき》の魔物は、ひるんだアレンを追撃《ついげき》してきた。

そのとき、後方にいたセリアが、いかずちの杖《つえ》を振《ふ》るってバギの呪文《じゅもん》を唱《とな》えた。

真空の渦《うず》が魔物の体をバラバラに斬り裂いた。だが、ブリザードはバギの呪文が巻き起こした突《とっ》風《ぷう》が収まると、すぐにもとどおりに復活してしまった。

同じ精霊属である炎の怪物《かいぶつ》、フレイムを簡単《かんたん》に葬《ほうむ》ったセリアのバギも、ブリザードには効果がなかったのだ。

「しぶといやつだ！」

コナンが連続して放った火球と電撃《でんげき》も、魔物は巧《たく》みにかわして接近してきた。

攻撃《こうげき》の決め手を欠いた三人をあざ笑うように、三匹の魔物は続けざまに冷気を吐きかけた。

真正面から冷気を浴びたコナンの全身に、いいようのない悪寒《おかん》が走った。続けて今までより数段強烈《きょうれつ》な寒気が襲《おそ》ってきた。

ブリザードは相手の体力を奪《うば》い、守備力をさげるルカナンの呪文を使ったのだ。

「くそっ！　しゃれたまねをしやがって」

コナンはさらに攻撃をかけようとする魔物の機先を制して、マホトーンの呪文を唱えた。

魔法を封じられた魔物は、冷気を吐きながら前進してきた。

「アレン、援護《えんご》して！」

セリアはそういうといかずちの杖を高く掲《かか》げ、低い声で呪文を唱え始めた。

ロトの盾《たて》で冷気を防ぐアレンの背後《はいご》で、セリアが呪文を唱える声が徐々《じょじょ》に高くなった。

防戦一方になった三人に、ブリザードたちは一気に襲いかかった。その瞬間《しゅんかん》——。

「イオナズーン！」

セリアが放った目もくらむような白熱球が爆発《ばくはつ》した。

閃光《せんこう》は周囲の雪原を照らし、灼熱《しゃくねつ》の波動は三匹のブリザードの体を一瞬にして消滅《しょうめつ》させた。

「初めてだったから距離《きょり》の見当がつかなくて……」

セリアは、額《ひたい》の汗《あせ》を拭《ぬぐ》いながらいった。

三人は、ふたたび歩き始めた。やがて、雪原から岩肌《いわはだ》の露出《ろしゅつ》した荒野《こうや》に変わり、両側の切り立った崖《がけ》と崖との間が急に狭《せば》まってきた。

三人は、不安になった。もしこの先で行き止まりになっていたら——そう思うと愕然《がくぜん》とした。二十日もかけてやっとここまでやってきたのだ。といって、洞窟を出てからこの道しかなかった。両側の山と山の間を、雪原が続いていたのだ。三人は、これが正しい道だと信じるしかなかった。

その夜、三人は岩と岩の窪地《くぼち》を見つけて野宿し、翌朝《よくちょう》、うっすらと上空が明るくなりかけたころ、そこを出発した。

奥へ進むと、さらに崖と崖の間が狭まった。歩数にしたら一〇〇歩にも満たない幅《はば》だ。しかも、まっすぐでないから見通しもきかない。道は、右へ左へと大きく蛇行《だこう》していた。ほとんど、巨大《きょだい》な隧道《トンネル》を通っているような感じがした。

だが、さらに奥へ進んで、右に曲がったとき、急に目の前が開けた。

荒涼とした大きな盆地《ぼんち》が広がっていた。その周囲を、雪をかぶった険しい山脈がおおっていて、盆地の中央の要塞《ようさい》のような岩山に、城のような不気味な建物がそびえていた。

ハーゴンの神殿――。

三人は、足を速めた。

岩山にそびえるハーゴンの神殿は、左右対称《たいしょう》の七階建ての巨大な建物だった。

最上階の七階は半円形のドームで、その上に尖塔《せんとう》がそびえている。

やっと神殿が肉眼ではっきり見えるところまで接近すると、その先を巨大な奇岩《きがん》の群が拒《こば》んでいた。民家ほどもある大きな奇岩が何百何千と地中から露出《ろしゅつ》していた。おそらく、このような岩の群が、神殿の周囲をぐるりと取り囲んでいる。

三人は、まるで迷路のような奇岩と奇岩の間を通って、神殿に接近した。

やっと奇岩の群を抜けると、すぐ目の前に神殿の城門があった。

ローレシア城の城門とほぼ同じぐらいの大きさだ。厚い木の扉《とびら》がぴたりと閉ざされていた。その城門の奥に、おどろおどろした黒曜石《こくようせき》の神殿がそびえていた。

三人が城門の扉の前に近づいたとき、城門の左右の岩陰《いわかげ》から、鉄の斧《おの》を振りかざした魔物の群れが次々に宙を飛んで襲いかかってきた。

コナンとセリアは慌てて身をかわし、アレンはすばやくロトの剣を抜いて一瞬のうちに三匹を斬り倒《たお》した。魔物は、蛮族《ばんぞく》のバーサーカーたちだった。十匹あまりいた。

さらにアレンがバーサーカーに斬りかかろうとしたときだ。アレンが、背後に殺気を感じて振り向いた。

とてつもない巨人が三人を見おろしていた。南方の蛮族のような衣装《いしょう》をまとい、手には大木ほどもある鋼鉄の棍棒《こんぼう》を握《にぎ》っている。全身は赤銅色に輝き、巨大な頭部にはひと抱《かか》えはありそうな単眼が光っていた。そして、そのひとつ目の上には一本の鋭《するど》い角が突き出している。アレンたちは、この怪物《かいぶつ》の膝《ひざ》までもなかった。

近衛《このえ》司令官ベリアルの配下で、魔界随一《ずいいち》の怪力《かいりき》の持ち主、アトラスだった。

「バズズとアークデーモンの仇《かたき》、討《う》たせてもらうぞ！」

アトラスはそういうなり、いきおいよく棍棒を振りおろした。

アレンはとっさに身をかわした。鋼鉄の棍棒がうなりをあげて頭上をかすめると、地面にめり込んだ。

「おまえも魔界から来た魔物か!?」

アレンは叫びながら斬りつけた。棍棒とロトの剣がぶつかり火花が散った。

ガキッ！　鈍《にぶ》い音にアレンは慌てて刀身に目をやった。以前、父アレフ七世に譲《ゆず》られた剣が折れたときのことを思いだしたのだ。

しかしロトの剣には刃《は》こぼれはおろか、一点の曇《くも》りもなかった。

巨人《きょじん》は棍棒を握り直すと、ベーッと唾《つば》を吐いた。

「いつまでかわし続けられるかな?」

アトラスは戦いを楽しむかのように、残忍《ざんにん》な笑みを浮《う》かべアレンに襲いかかった。

コナンとセリアは、すばやく魔物の背後にまわり、続けざまに呪文を唱えた。

バギの真空とギラの火球が巨体《きょたい》に炸裂《さくれつ》し、破裂音《はれつおん》が響《ひび》いた。

だが、アトラスは呪文の攻撃をまったく無視して、アレンを狙《ねら》い続けた。

火炎も電撃も、いや一瞬でブリザードを倒したセリアのイオナズンさえ、この怪物には何の効果もなかった。

跳躍《ちょうやく》し、地面を転がり、アレンは必死で攻撃をかわし続けた。

しかし、それが精一杯《せいいっぱい》だった。相手の攻撃をかわすだけで、反撃することができないのだ。

アトラスはさらに棍棒を振りまわした。突然後方で悲鳴があがり、血飛沫《ちしぶき》が城門に飛び散った。

それた棍棒が、攻撃の機会をうかがっていたバーサーカーの群れを直撃《ちょくげき》し、数匹がはるかかなたまで吹っ飛んだのだ。

アレンの呼吸《こきゅう》は徐々に乱れ、跳躍力が低下していた。

全身、汗まみれのアレンとは対照的に、アトラスは呼吸ひとつ乱れていなかった。

「とどめだーっ！」

アトラスはひと声叫ぶと、いっそう高く棍棒を振りかぶった。

ガーン！　正面から打ちおろされた一撃《いちげき》を、アレンはロトの剣で受けと止めた。

全身をすさまじい衝撃《しょうげき》が駆け抜け、激痛《げきつう》に意識が遠のいた。だが、

「ギャオーッ！」

悲鳴をあげたのは、アトラスの方だった。

額の巨大な単眼に、握りの部分から折れた棍棒が、深々と刺《さ》さっていた。

たび重なる激しい衝撃で、鋼鉄の棍棒にひびが入っていたのだ。

半狂乱《はんきょうらん》と化したアトラスは、握りしか残っていない棍棒をむやみやたらと振りまわした。

「たーっ！」

跳躍したアレンは渾身《こんしん》の力を込めてロトの剣を振りおろした。

断末魔《だんまつま》の悲鳴が轟《とどろ》いた。胸から毒々しい鮮血《せんけつ》を噴《ふ》き出しアトラスは城門の扉に激突《げきとつ》した。分厚い扉が砕《くだ》け散り、巨人は地響きをたてて横転した。

ロトの剣の鋭い刃先は、アトラスの心臓を捕《と》らえていたのだ。
二、三度痙攣《けいれん》した巨人はそのまま硬直《こうちょく》して動かなくなった。
三人は、すばやく城門を抜け、奥の神殿の正面にある玄関《げんかん》に飛び込んだ。

その場所でアレンは、驚いて立ち止まった。

なんと、そこはローレシア城の宮殿《きゅうでん》そのものだったからだ。

柱《はしら》や壁《かべ》や天井《てんじょう》の形や色まで同じだった。さらに、大理石の玄関から奥の謁見《えっけん》の間まで続く長い回廊《かいろう》には、「勇者アレフの物語」の壮大《そうだい》な絵が描《えが》かれていたのだ。旅立ちから始まって、魔物との闘《たたか》い、そして竜王《りゅうおう》との闘いと続き、謁見の間で凱旋《がいせん》して終わっていた。

謁見の間まで行ってアレンたちはさらに驚《おどろ》いた。

正面の玉座《ぎょくざ》にアレフ七世が座《すわ》っていたからだ。

「ち、父上っ!?」

アレンは、一瞬自分の目を疑い、

「ど、どうなってるんだよ、これは……!?」

コナンとセリアも、あ然とした。

「よくぞ、ここまでたどり着くことができたな。さすがは、わが息子《むすこ》。勇者ロトとアレフの血をひきし者よ」

アレフ七世は、にこやかに微笑《ほほえ》んだ。

「でも、どうしてこんなところにっ!?」

アレンには、まだ信じられなかった。

「さあ、わしに邪神の像をわたすがいい」

「な、なんですって!?」

「実はな、アレン……」

アレフ七世は、鋭い目で睨むと、にやりと笑った。

「何を隠《かく》そう、わしが大神官ハーゴンなのだよっ」

「そ、そんなばかなっ!?」

「信じられぬのも無理はない。だが、いまさら隠しても意味はなかろう。アレフ七世は世を欺《あざむ》くための仮の姿！　邪神を崇《あが》め、この世に暗黒の世界を建築することこそがわしの使命！」

「うそだっ！」

すかさずコナンが叫んだ。

「まやかしだ！　アレフ七世がハーゴンのはずがないじゃないかっ！」

コナンとセリアが、続けざまに呪文を唱えた。

同時に、アレンもロトの剣をかざして宙に跳んだ。本能的に、敵だと見破ったからだ。

久しぶりにアレフ七世を見て驚きはしたが、アレンは親子としてそれ以上のものを感じなかったのだ。互《たが》いの血が呼び合うような懐《なつ》かしさもなかった。むしろ、肌《はだ》の裏側がざらつくような悪寒を感じたからだ。

強烈な火炎と真空の渦を浴びたアレフ七世が、いきおいよく宙に跳ぶと、焼け焦《こ》げた服が粉々に斬り裂かれ、なかから恐《おそ》ろしい巨大な魔物が爪《つめ》を剥《む》いて正体を現した。

その直後だった。魔物が悲鳴をあげ、黒々とした鮮血が宙に飛び散ったのは。

アレンの剣が、一瞬にして魔物を八つ裂きにしていたのだ。

血まみれの首や翼《つばさ》や手足が、ばらばらになって床《ゆか》に飛び散った。

魔物は、デビルロードだった。

「くそっ、ふざけやがって!」

散乱した魔物の死骸《しがい》を見ながら、アレンが吐き捨てるようにいった。

「これはきっとハーゴンの幻術《げんじゅつ》だっ!」

コナンが、謁見の間を見まわしながらそういうと、セリアの首にかけているルビスの守りを見た。

「ルビスの守りがあれば邪神のまやかしを打ち破ることができる……」といったカンダタ十八世の言葉を思い出したからだ。

「やってみるわ!」

セリアは、ルビスの守りの飾《かざ》りの部分を両手でそっと握りしめると、

「精霊ルビスよ……! わたしたちに愛の助力を……!」

瞳《ひとみ》を閉じて、必死に祈りを捧《ささ》げた。

すると、ピカーッ——と、ルビスの守りがまばゆい光を部屋《へや》いっぱいに放つと、突然、ゴオオオオオオッ——すさまじい地鳴りとともに床が激げしく揺れ動き、柱や壁も左右に激しく揺れたのだ。

そして、まわりの柱や壁や絵や椅子《いす》が消え始めた——。

三人は、恐怖《きょうふ》に顔を強張《こわば》らせながら、立ちつくしていた。

一瞬の出来事だった。地鳴りも揺れもなくなると、謁見の間が消えたあとに、巨大な礼拝堂《れいはいどう》が広がっていた。一〇〇〇人も二〇〇〇人も収容できそうな巨大な礼拝堂だ。この礼拝堂を、二十本ばかりの巨大な円柱が支えていた。

そして、三人が立っていたところが、一階がすべてこの礼拝堂になっていた。

祭壇《さいだん》には、邪教徒《じゃきょうと》の像が祀《まつ》られていた。三人が立っている床には大きな十字がほどこしてあった。十字の部分だけ半透明《はんとうめい》の青い石が敷《し》いてあった。もちろん、魔物の死骸も消えていた。

礼拝堂は、森閑《しんかん》として、魔物たちの気配もなかった。

「上にあがる階段を探そう！」

アレンがそういって、三人は三方に散った。

だが、三人ともすぐ祭壇に戻《もど》ってきた。どこを探しても階段はなかったのだ。

「ちきしょーっ。どうやったら上にいけるんだっ！」

コナンは、悔《くや》しそうに高い天井を見つめた。

そのとき、アレンは、はっとなった。「邪神の像がなければ、ハーゴンの神殿には入れんぞ……」といった竜王の子孫の言葉を思い出したのだ。ひょっとしたら、城門や玄関のことではなく、このことをいっていたのか――と。

アレンは、革袋《かわぶくろ》から邪神の像を取り出して、床の十字の中心に立ち、祭壇に向かって邪神の像を掲げてみた。すると、邪神の像の三つの目が赤く光った。

その光に呼応《こおう》するかのように、突然三人の目の前がまっ暗になると、三人の体がものすごい圧力にしめつけられながら、ふわっと浮上《ふじょう》したのだ。次の瞬間、

「あーっ!?」

三人は、あ然とした。

突如として目の前の光景が変わっていたのだ。礼拝堂ではない、どこかの通路に立っていたのだ。

目の前に、上にのぼる階段があった。

そこがどこなのか理解するまで、三人は少し時間が必要だった。

「そうか、上に移動したんだ！ 一瞬のうちに！」

アレンが叫んだ。

2 ベリアル

「よし、ハーゴンを捜《さが》すんだっ！」

アレンは邪神の像を抱《かか》えたまま、まっ先に階段を駆《か》けのぼった。

さらに上の階へ、上の階へとのぼった。

階段をあがると多くの魔物たちが待ち構えていた。緑色の鱗《うろこ》におおわれたドラゴンは紅蓮《ぐれん》の炎で、黄銅色のデビルロードは強力な攻撃呪文で三人に襲いかかった。

そして、ロンダルキア山脈の洞窟でアレンの剣を台なしにしたあの単眼、四本足の怪物が今度は複数で出現した。

だが、さしもの怪物も本来の力を取り戻したロトの剣の前には、まったく無力だった。アレンは、瞬《また》く間に数体の怪物の首を斬り落とした。

三人はさらに上にのぼると、中央の部屋に飛び込んだ。

ローレシア城の大広間ほどもある部屋の床には深紅《しんく》の絨毯《じゅうたん》が敷かれ、正面には高い背もたれのついた大きな椅子が置かれている。

その椅子に腰《こし》をおろした魔物を目にしたとき、三人はいい知れぬ戦慄《せんりつ》を感じた。

額には二本の角《つの》が生え、背中にはコウモリのような不気味な翼がついている。全身は金色にきらめく鱗におおわれ、がっしりとした手には三又《みつまた》の矛《ほこ》が握られていた。

だが、その魔物からは何の気配も伝わってこなかった。今までの魔物が放った強烈な殺気も、戦いを前にした緊張《きんちょう》感も。いやそればかりではない、呼吸による大気の動きさえ感じられなかった。

魔物はハーゴン軍団の近衛司令官、悪魔族の最高位にあるベリアルだった。

「気をつけろ……」

アレンはベリアルを睨みながら二人にいった。

「今までの相手とはわけが違う……」

その言葉はなかば自分自身に向けたものでもあった。

そしてセリアとコナンも無言でうなずいた。アレンと同じことを考えていたのだ。

ベリアルは三人を見るとニヤッと笑った。

「待っておったぞ。さあ、邪神の像をわたすがいい」

アレンはベリアルの言葉に油断なく身構えながら、邪神の像をしまおうとした。

そのとたん、魔物は音もなく椅子を立つと、スーッと前に出ていきなりすさまじい火炎球を吐いた。巨大な体からは信じられないほどすばやく、滑《なめ》らかな動きだった。

火炎球を浴びせられたアレンは、横に跳んで身をかわした。

だが、ベリアルはアレンに逃《に》げる余裕《よゆう》を与《あた》えなかった。すぐに二発目の火炎球を吐き出していた。ロトの盾で必死に火炎球を防ぐアレンの全身を、強烈な熱気が包み込んだ。

邪神の像がアレンの手から離れ、部屋の隅まで転がった。

コナンとセリアは、アレンを援護《えんご》しようと即座《そくざ》に呪文を唱えた。ギラの火球とバギの渦が金色の巨体に命中する。しかし、ベリアルには何の効果もなかった。

「こざかしいっ！　わが眷族《けんぞく》の恨《うら》み、晴らさせてもらうぞっ！」

ベリアルの額にある二本の角が光を放ち、白熱球が飛び出した。ベリアルはイオナズンの呪文を唱えたのだ。二人の体が爆発の衝撃で床に叩《たた》きつけられた。

その間に体勢を立て直したアレンは、一気に間合いを詰めるとベリアルを急襲《きゅうしゅう》した。

ロトの剣が一閃し、ベリアルの脇腹《わきばら》から紫《むらさき》の鮮血が噴き出した。が、ベリアルにはまったく動じる様子がなかった。

「フフフッ」

不気味に笑う魔物の額で二本の角が光った。

すると見る間に脇腹の傷《きず》が癒《い》えてしまったのだ。回復の魔法中、最高の威力《いりょく》を持つベホマの呪文だった。愕然とする三人に、ベリアルは続けざまにイオナズンを放った。

爆発音が轟き、三人は部屋の反対側まで弾《はじ》き飛ばされた。

その隙にベリアルは、すばやく邪神の像を拾いあげていた。

「やっと手にいれたぞ……やっとな。これで魔界から、破壊神《はかいしん》シドーさまを呼ぶことができる……ハハハハッ」

そういうと、またもやベリアルの二本の角が白光を発した。

するとベリアルの手から邪神の像が瞬く間に消え失せた。魔力で、像を一瞬にして転送したのだ。

「邪神の像は、すでに大神官ハーゴンの手にわたった。これで世界はわれら魔族のものだっ！」

ベリアルは叫ぶなり三人にイオナズンの白熱球を浴びせた。

その爆炎《ばくえん》に、床の絨毯《じゅうたん》が千切《ちぎ》れ飛び、深紅の切《き》れ端《はし》がヒラヒラと舞《ま》った。

倒れた三人が立ちあがる間もなく、ベリアルは続けざまに二本の角を光らせた。

光は魔物が手にした三又の矛の先端《せんたん》に集まり、強烈な電光となってアレンたちに降り注いだ。

「うわーっ！」

電光をまともに浴びたコナンが悲鳴をあげた。

「コナン、大丈夫《だいじょうぶ》か?」

アレンは懸命《けんめい》にコナンに近寄った。

だが、ベギラマ以上の強烈な電撃を受けたにもかかわらずコナンは無事《ぶじ》だった。

「また、こいつに助けられたよ……」

コナンは、胸のポケットから粉々に砕けた命の石を取り出して笑った。

「運のいいやつめ。だがもはやこれまでっ!」

ふたたび矛に白光を集中させたベリアルはジリジリと二人を追い詰めた。

セリアは何度か二人を助けようと、イオナズンの白熱球をベリアルに向けて放ったが無駄《むだ》だった。

白熱球は矛のひと振りで、むなしく宙に消えてしまったのだ。

あの角だ、あの角がやつのすべての力の源なんだ——。

コナンを助け起こしながら、アレンはベリアルに近づく方法を考えていた。

今までの戦いからベリアルの力の、魔力の源泉《げんせん》が額にある角だと察知してのだ。

だが、このままでは近づくことはできそうにもなかった。そのときだ。突然どこからともなく笛の音《ね》が聞こえてきたのだ。澄《す》んだ美しい音色だった。

「ガルドだわっ!?」

セリアが叫び、アレンとコナンも周囲を見まわした。

部屋の一番奥、ベリアルが座っていた椅子の向こうでガルドは悠然《ゆうぜん》と笛を吹いていた。

そしてガルドの出現に、いや、笛の音に慌てたのはベリアルの方も同じだった。

「エーイッ！　やめろっ！　この裏切り者が！」

異常に取り乱したベリアルは、ガルドの方に向き直ると矛を構えて襲いかかった。

アレンがその隙を見逃《みのが》すはずはなかった。背後の殺気にベリアルが振り向いたとき、すでにアレンは床を蹴《け》って跳躍していた。

ロトの剣がまばゆい閃光を放ち、二本の角を根元から断ち斬った。うなり声をあげてのたうちまわるベリアルに、左右からセリアとコナンが攻撃をかけた。バギの真空が金色の鱗を切り裂き、ベギラマの電光が角を失った頭部に炸裂した。

魔物は、カッと眼を見開いて矛を掲げた。電撃による攻撃をかけようとしたのだ。だが、すでに力の源である角は失われていた。

額の傷口からはいっそう激しく血潮が噴き出すだけだった。

ロトの剣が一閃し、三又の矛が乾《かわ》いた音をたてて床に落ちた。そして矛におおいかぶさるように、ベリアルの巨体が倒れた。金色のベリアルから流れ出す血が、深紅の絨毯《じゅうたん》にゆっくりと広がっていった。

「また、現れやがって……」

そういいながらアレンは、ガルドに向かって身構えた。

だが、ガルドは、じっと見ると、

「悪いが……おまえたちと戦う気はない……」

「なにっ!?」

「風の塔《とう》に行ってきた……」

「えっ!?」

三人は驚いた。

「じゃあ、魔女に会ったのねっ!?」

すかさずセリアが聞いた。

「とっくに魔女は死んでいた……」

「なんだって?」

「おまえたちが立ち去ったあとすぐにな……。魔女の三姉妹は、そういう運命だったそうだ……。おまえたちと会ったら……」

「えっ!? じゃあ、ほかの二人もっ!?」

アレンが聞くと、ガルドは黙《だま》ってうなずいた。

三人はショックだった。まさかそんなことになっているとは、思いもよらなかったのだ。

「だが、魔女は風の亡霊《ぼうれい》になっておれを待っていた……」

「風の亡霊……？」

三人は、ガルドを見ると、

「じゃあ、やっぱりガルチラの子孫だったのねっ⁉」

思わずセリアが聞いた。

「どうやらな……」

ガルドは、銀の横笛を見ながらうなずいた。

「そうだったの……！」

セリアは嬉《うれ》しそうにガルドを見つめ、

「じゃあ、ぼくたちと一緒《いっしょ》に戦ってくれるんだな⁉」

「それで今、助けてくれたんだな⁉」

アレンとコナンは、顔を輝かせていった。

「それより、邪神の像はどうした？」

鋭い目でガルドがいった。アレンが、はっと顔色を変えると、

「急げっ！　魔界から破壊神が呼び出されたらこの世は終わりだ！」

そういいながら、すでに駆け出していた。

3 ハーゴン

神殿の七階にあたる巨大なドーム——。

このドームには窓がひとつもない。真昼でもまっ暗だ。

その暗闇《くらやみ》のなかで、いくつもの篝火《かがりび》が焚《た》かれていた。

その炎の明かりに、ドームを支えている六本の巨大な円柱が照らし出されている。

ドームの正面に、ぴたりと扉が閉められた門があった。城門ほどもあるアーチ型の大きな門だ。

扉には巨大な魔鳥の彫《ほ》り物《もの》がほどこしてあり、門柱にもおどろおどろした魔物の彫り物が飾《かざ》ってあった。

その門の前で、白いローブをまとったひとりの男が、無心に祈《いの》りを捧《ささ》げていた。

ガルドより頭ひとつでかい大男で、手には錫杖《しゃくじょう》を持っていた。

男は、ときおり祈りの調子を取るように、チリン——チリン——と、錫杖《しゃくじょう》の鐶《わ》を鳴らした。

その音が、闇のなかに谺《こだま》した。

こいつがハーゴンなのか——？

ドームに忍《しの》び込んだアレンたちは、巨大な円柱の陰に隠《かく》れて、息を殺してその後ろ姿を見ていた。

その隣《とな》りの円柱の陰で、ガルドもまた、その男を見ていた。ガルドもハーゴンの真の姿を見るのは初めてだった。下の階の祭壇に映る巨大な影《かげ》――ハーゴンの仮の姿しか見たことがないのだ。

扉の上の、アーチの中央にある台座に、さっきベリアルに奪《うば》われた邪神の像が置かれていた。

邪神の像は、篝火《かがりび》の明かりに照らされて、まるで生きているように見えた。不気味な三つ目は赤い光を放ち、頭の上についた異形《いぎょう》の怪物は、ときおり炎を吐き出している。

「そこまでだ、ハーゴン！」

アレンの大声が天井のドームに谺した。アレンたち三人が、円柱の陰から飛び出したのだ。だが、ガルドは円柱に隠れたままだった。

ハーゴンは、ゆっくりと振り返った。一見仮面をかぶっているように見える。だが、それは仮面ではなかった。青磁《せいじ》器《き》のような青緑のつるりとした肌《はだ》。異様なほどつりあがった鋭い黄色の眼。耳まで裂《さ》けた三角の大きな口。全身からは、背筋の凍《こお》るような殺気を放っていた。

「ロトとアレフの血をひく者どもか……」

ハーゴンは、じっと睨みつけながら、低い静かな声でいった。

「この大神官ハーゴンの祈りを妨《さまた》げた以上、生かしてはおけぬ……」

ハーゴンが、錫杖《しゃくじょう》をかざして頭上で一回転させると、ハーゴンの両側で燃えていた二つの篝《かがり》火《び》の炎が、いきなり音をたてて襲いかかってきた。

アレンたちは驚いて身をかわすと、コナンとセリアがすばやくハーゴン寄りの円柱の陰に移動して、呪文を唱えた。同時に、アレンも斬りかかった。

ベギラマの鋭い電撃がハーゴンを襲い、続いてバギの真空の渦が襲った。

だが、ハーゴンが拳《こぶし》を握って払うようにすると、火炎は消え、渦も消えた。さらに、目の前に接近したアレンに、拳を突き出して火炎の球を放った。

アレンは、思わず立ち止まって身をかわした。だが、火炎の球は連続して襲ってきた。

アレンはかわすのが精一杯で、それ以上斬り込むことができなかった。そのときだった。天井の闇のなかから、ガルドが剣を振りかざしてハーゴンに襲いかかった。

だが、ハーゴンが一瞬姿を消してガルドの攻撃をかわすと、数歩後方に現れてガルドに火炎の球を次々に浴びせた。

ガルドは、床を回転しながら火炎の球をかわして、すっくと立ちあがると、すかさず呪文を唱えた。宙でガルドの白い火球と、ハーゴンのまっ赤な火球が激しくぶつかり合って散った。

「ガルドか……」

ハーゴンは、鋭い眼で睨みつけた。

「なにゆえ、悪魔神官を裏切った？　悪魔神官を裏切ることは、わしをも裏切ること」

だが、ガルドは鼻先でふっと笑っただけだった。

ハーゴンはじっと探《さぐ》るように見ると、

「どうせ、おまえの魂胆《こんたん》なぞわかっておる。邪神の像が欲しいのじゃろっ。魔界の魔力を手にいれるためにな」

「……」

ガルドは、冷たい目でじっと見た。

「祈りの指輪だけでは満足できぬのか⁉　愚《おろ》か者《もの》めが……！」

「たしかにな……。たしかにあんたのいうとおりだった……。だが、今は違う……。今おれが欲しいのは……」

ガルドは、ぱっとハーゴンに剣の刃先を向けた。

「あんたの命だっ！」

「な、なにっ⁉」

ハーゴンは、恐《おそ》ろしい眼でガルドを睨みつけると、

「戯言《たわごと》もほどほどにするがいいっ！」

拳を頭上に振りかざして呪文を唱えた。

すさまじい真空の渦がドームのなかに起こり、とたんに四人を巻き込んだ。

「うわあっ！」

四人は軽々と吹っ飛び、次々に円柱に叩きつけられて倒れた。

巻き込まれたとき、体がよじれ、骨がきしんだ。

さらに、ハーゴンが呪文を唱えると、ドームの天井を黒雲がおおい、鋭い稲光《いなびかり》が闇を斬り裂いた。

「うわあっ」

次の瞬間、稲光は四人を直撃していた。全身を電撃が駆けめぐり、四人は海老《えび》のように撥《は》ねた。全身がしびれて、身動きすらできなかった。

「ふっふふふ。見よあれをっ！」

ハーゴンは錫杖《しゃくじょう》で門をさした。

「魔界とつながる暗黒回廊じゃ！」

「な、なにっ!?」

四人はやっと顔をあげて、錫杖のさす先を見た。

いつの間にか、観音開きの扉の中央がわずかに開いていて、その奥に不気味な闇が口を開けていた。大人《おとな》ひとりが入れるほどの幅《はば》だ。

「もうひとり生《い》け贄《にえ》を捧げれば、暗黒回廊の門は全開するのじゃ！　もうひとりなっ！」

そういってハーゴンはにやりと笑った。

「さすれば、魔界から破壊神がやってくるのじゃ！」

「そ、そんなことさせるかっ！」

アレンは、必死に身を起こして叫んだ。

「これ以上、勝手なことをさせてたまるかっ！」

「ふっふふふ。悪は真じゃ。悪のみがこの世を救い、悪のみがこの世に栄える。それが邪神の教えじゃ……」

ハーゴンは、円柱の横で気を失っているセリアを見た。

次の瞬間、ハーゴンがセリアの目の前に移動していた。その気配に気がついたセリアは、はっと息をのんで脅《おび》えた。

「さあ、魔界からの迎《むか》えの使者となるのじゃっ！」

ハーゴンは、乱暴にセリアの手をつかんだ。

「てめえっ！」

アレンは、全身の痛《いた》みに耐えながら、必死に斬りかかった。

だが、それより早くハーゴンの呪文が炸裂し、アレンは火炎の球に包まれて、後方の壁まで吹っ飛んで気を失った。鉄の棒でなぐられたような衝撃があった。

「く、くそーっ！」

コナンが、渾身の力を振り絞って、マホトーンの呪文を唱えた。

ハーゴンの呪文を封《ふう》じれば、なんとか攻撃できると思ったからだ。

呪文の波動が、セリアを連れ去ろうとするハーゴンの背中を襲った。一瞬、ハーゴンは肩《かた》をぴくっとさせた。だが、コナンを見て、恐ろしい形相《ぎょうそう》でにやりと笑うと、拳を突き出した。

「うわあっ！」

コナンは、悲鳴をあげ、火だるまになって円柱に激しく叩きつけられて悶《もだ》えた。

ハーゴンは、強引にセリアを連れて、扉に向かった。

ガルドは、ハーゴンを睨みながらやっと立ちあがると、祈りの指輪をはめた左手を胸の前に置いてぐっと力を込めた。

ガルドは、ハーゴンがマホトーンの呪文を浴びて肩をぴくっとさせたことを見逃さなかった。

ひょっとしたら——と、ガルドは思ったのだ。呪文がいくらか効いたのかもしれない。もしそうだとしたら、もっと強力なものだったら——と。

ピカーッ——祈りの指輪が鋭い白光を放ち、ハーゴンの胸に突き刺さった。

ハーゴンは、恐ろしい形相で睨みつけると、

「いかに祈りの指輪とはいえ、このわしに通ずるとでも思っておるのかっ!? 三〇〇年も生きてきたこのわしの力になっ! わしの体を流れる恐るべき力になっ!」

全身に力を込め、衝撃波を弾き返そうとした。

「黙れっ!」

ガルドはさらに力を込めた。

そして、以前ハーゴンの恐るべき力について、悪魔神官がもらした言葉を思い出していた。

——ハーゴンさまの力の源泉《げんせん》、それは常世《とこよ》のもの、われらの世界のものではない——。

数十年前、魔界との交信に成功したハーゴンは、はるか時空を越えた永遠の命のもとを授かったのだ。

——それは、人間の目には深紅の光に見える凶々《まがまが》しい輝きとなって、ハーゴンさまの体に吹き込

まれたのじゃ――。

深紅の魔光――。悪魔神官はまるで自分がその光を浴びたかのように自慢気《じまんげ》にいっていた。

ガルドは考えていた。たとえどれほどの魔力でもマホトーンされ通じれば――。

「うぬぬぬぬっ！」

ハーゴンの顔が徐々に歪《ゆが》み、体がぶるぶる震《ふる》え出した。その額に汗が滲《にじ》んでいた。

「そりゃあああっ！」

ガルドは、全身を震わせながらさらに力を込めた。いつの間にか顔は汗でびっしょり濡《ぬ》れていた。

「うわあああっ！」

突然、ハーゴンは悲鳴をあげてのけぞった。

その悲鳴を聞いて、やっとアレンの意識が戻った。

ガルドは、さらに力を込めた。

ハーゴンは全身を激しく痙攣させた。

そのときだった。ビシッ――鈍い音がドームのなかに谺した。

祈りの指輪の白玉に亀裂《きれつ》が走り、粉々に砕け散ったのだ。

ガルドは、愕然として指輪を見ていた。いずれ自分は、近いうちに祈りの指輪に命の精を吸われて死ぬものだとばかり思っていた。だが、目の前で祈りの指輪が粉々に砕け散って効力を失ったのだ。ガルドには、奇跡が起こったとしか思えなかった。ガルドの生命力が、祈りの指輪の魔力より勝《まさ》っていたのだ。

ハーゴンは、精気の抜けたような青い顔でガルドを見た。

「その指輪さえなければ……」

ハーゴンは、呪文を唱えようとした。同時に、

「命はまだあるっ！」

ガルドが、剣を構えたときだった。

「うりゃあああああっ！」

ロトの剣をかざしたアレンが、ハーゴンめがけて猛然《もうぜん》と突進《とっしん》していた。

「うっ！」

ハーゴンは、慌ててベギラマの呪文を唱えた。しかし、魔力は封じられていた。ガルドが放った
マホトーンが、悪しき力に打ち勝ったのだ。

「とあああっ！」

接近していたアレンが、高々と宙に跳んだ。

ハーゴンは、必死になってイオナズンの呪文を唱えた。だが、それは無駄《むだ》なあがきだった。

ハーゴンは、愕然とした。

「たあああっ！」

アレンが、ロトの剣を思いっきり振りおろした。

ロトの剣は、すさまじい光を放った。

「うわあああっ！」

ハーゴンの悲鳴が、ドームの闇に響きわたった。

一瞬にして、ハーゴンの体がずたずたに斬り裂かれていた。

額、頬《ほお》、首、肩、腕《うで》、胸――いたるところからいっせいにまっ赤な光が噴き出した。

この深紅の光こそが、魔界からもたらされたハーゴンの力の、絶大な魔力の源だったのだ。

「うぬぬぬっ！」

ハーゴンは、そら恐ろしい眼でアレンを睨みつけた。

すると、青緑のつるりとした肌が醜《みにく》く歪み始めた。みるみるうちに皺《しわ》だらけになり、頬はげっそりとこけ、骨と皮だけになった。同時に、ハーゴンの巨体も空気が抜けるようにどんどん縮《ちぢ》み、あっという間にハーゴンは、セリアよりも小さい、痩《や》せこけた貧相な老人に姿を変えた。三〇〇歳《さい》のハーゴンに戻ったのだ。

「あ……悪は永遠じゃ……。わ、わしの肉体が消えても……、お、おまえたち……絶対に……こ、このロンダルキアから……だ、出さぬ……。こ、この悪の世界からな……」

苦しそうにあえぎながらハーゴンは、扉の中央に口を開けている闇のなかに飛び込んだ。自らが生け贄となって、魔界との門を開くために――。

「うわあああああっ！」

ハーゴンは、闇のなかの気流の渦に巻き込まれ、悲鳴とともに吸われるように消えていった。

「やっと倒した……やっと、ハーゴンを……!」

アレンが、そう思ったときだった。

邪神の像の三つ目がさらに光を増すと、突然門が激しく揺れ、ギギギギィ――と、鈍い音をたてて扉が完全に開いたのだ。魔界への門が――。

門の闇のなかで、激しく気流が渦を巻いていた。

と、ピカピカピカッ――。門の奥から、すさまじい稲光がした。

4 シドー

ピカーッ――。

ふたたび門の奥の闇のなかから、稲光がした。

次の瞬間、激しい気流の渦のなかから稲光を発しながら、巨大な黒い塊《かたまり》が飛び出してきた。

「うわあっ!?」

四人は慌てて横に逃げた。

巨大な黒い塊は、派手《はで》に門にぶちあたりながら、地響きを立ててドームのなかに飛び出すと、なんと門の左手前にそびえていた円柱を粉々に砕き倒したのだ。

さらに大きな地響きと大音響《だいおんきょう》が起こった。すると、巨大な黒い塊は崩《くず》れ落ちた瓦礫《がれき》の山を振り払《はら》いながら、頭をもたげていきおいよく立ちあがった。

天井に頭がぶつかるのではないかと思うほどの、とてつもない巨大な魔物だ。

四人は、思わず息をのんであとずさりした。

はるか頭上の闇のなかで、恐ろしいまっ赤な双眼《そうがん》がじろりと四人を見おろした。

不気味な二本の角、耳まで裂けた口と牙《きば》、巨大な翼、鋼鉄の鱗の背びれと尻尾《しっぽ》、手が四本もある想像を絶する魔物だ。四本の手はそれぞれ三本の指を持ち、その指先は研《と》ぎ澄《す》まされた鋭い爪であった。さらに、暗緑色で艶《つや》のある鱗が全身をおおい、身の毛がよだつような殺気をドームのなかいっぱいに放っている。破壊神シドーだ。

シドーが、四人をじっと睨みつけると、

〈われを召喚した下僕《しもべ》どもよ……！〉

どこからともなくおどろおどろした低い声が響きわたった。

シドーは、超能力《テレパシー》で語りかけたのだ。

「冗談《じょうだん》じゃない！　おまえを呼んだハーゴンならぼくたちが倒した！」

アレンが叫んだ。

だが、シドーは驚いた素振りも見せなかった。

〈命が惜《お》しくば、黙ってわれの忠実なる下僕となるがいい……！　じき、われに続いて数百数千も

の輩《やから》がこの回廊を通って魔界から来る……！〉

「な、なにっ!?」

〈それとも、この場で死にたいのかっ……！〉

「黙れっ！」

アレンが叫ぶと同時に、四人は身構えた。

「そういうことか！」

ガルドが間合いを取りながら三人にいった。

「こいつら、端《はな》からハーゴンなんか相手にしてなかったのさ！　地上界に来るために利用しただけなんだ！」

シドーはいきなり強烈な火柱を吐いた。

「うわあっ！」

四人は慌てて、円柱の陰に隠れた。

ものすごい火力だった。火柱はいきおいよく燃えながら床を走り抜けた。

シドーは、続いて巨大な翼を羽《は》ばたかせた。

とたんに、嵐《あらし》のような突風が渦を巻いて吹き荒れた。

「うわあっ！」

四人は、軽々と吹き飛ばされ、壁に叩きつけられて、床に落ちた。

ハーゴンやベリアルの呪文とは規模が違った。

「グオオオオッ！」

シドーは、生の声をあげ、大きく天を仰《あお》いで咆哮《ほうこう》すると、ピカピカピカッ――と、四本の手の十二個の爪の先から鋭い電光を発した。

次の瞬間、ズズズーン――と床が抜けるかと思うような地響きと大音響をたてて、雷光がドームのなかを縦横無尽《じゅうおうむじん》に斬り裂いたのだ。

「うわあっ！」

直撃《ちょくげき》を受けた四人は、ばらばらに吹き飛ばされた。

いきおいあまった雷光は、あちこちに炸裂した。ビシビシビシ――天井や壁や円柱に巨大な亀裂が走った。

アレンたちは、頭が割れるように痛み、意識が朦朧《もうろう》としてしばらく動けなかった。

そのとき、シドーはすばやく門を振り向いた。魔界からほかの魔物たちがやってくる気配を感じ取ったのだ。

ピカピカッーと、門の奥の闇を稲光が走った。

「ほかの魔物たちがやってくるっ！」

ガルドが、やっと身を起こしながら叫んだ。

「な、なにっ!?」

アレンたちも、驚いて必死に身を起こした。

「門はおれに任せろっ！」

ガルドが、よろけながら門へ行くと、

「魔物どもめっ！　一歩たりとも門は通さん！」

門に向かって両足をしっかり踏みしめ、両手を広げて渾身の力を入れた。

「うおおおっ！」

ガルドの両手の指先が波動を放ち、開いていた扉がいきおいよく閉じた。

「うりゃあああっ！」

さらに力を込めると、炎のような白光を放ち、その光の帯《おび》が門に降り注いだ。

その直後、光の帯が地響きとともに激しく振動《しんどう》した。

門の奥の闇を越《こ》えてきた魔物たちが、閉じられた扉の裏側に激突《げきとつ》したのだ。

シドーは、鋭い眼でガルドを睨みつけると、ふたたび天を仰いで咆哮をあげた。

十二本の指先から、雷光が轟《とどろ》いた。

と、ズズズズズーン――床が衝撃で大きく揺れた。円柱が揺れた。

電撃が、必死に呪文を唱えて魔物の進入を阻止《そし》していたガルドを直撃した。

「うわあああああ！」

ガルドの全身を電撃が駆けめぐり、ばちばちと弾けながら周辺に放電した。

ガルドの放つ白光の帯はとたんに弱くなり、扉が開きかけた。

「く、くそーっ！」

ガルドは、さらに全身の力を込めて呪文を唱えると、ふたたび白光が増し、扉を閉じて門をおおった。

ガルドの全身に汗が噴き出していた。顔はまっ青《さお》だった。

シドーは、さらに天を仰いで咆哮をあげた。

ピカピカッ――いちだんと激しい雷光がした。

ズズズズズズズズ～～ンッ！　すさまじい地響きと揺れが襲った。

そのときだった。天井や壁が粉々になって吹っ飛んだのだ。

「あっ!?」

三人は、愕然として見あげた。

無数の破片が、はるか上空に飛び散ると、やがてばらばらと雨のように降ってきた。

アレンたちは、慌てて折り重なった円柱の下に隠れたが、破片の雨は容赦《ようしゃ》なくガルドを襲った。

だが、ガルドには避《さ》ける余裕もなかった。破片の雨を身に受けながら、必死に呪文を唱え続けた。

頭や肩や腕から大量の血が流れ出し、ガルドは全身血にまみれた。

破片の雨がやんだあとには、崩れかけた円柱と壁だけが残り、上空には暗雲が広がっていた。

シドーは、憎々《にくにく》しそうにガルドを睨みつけると、火柱を吐きかけた。

ブオオオッ――強烈な火力の炎がガルドをおおって激しく燃えあがった。

「うおおおっ!」

ガルドは、苦しみ悶えながらそれでも呪文を続けた。

ガルドの服の焼け焦げる臭いが一帯に流れた。

さらにシドーは、鋭い十二個の爪をかざして、ガルドに襲いかかった。

ひとかきで、とどめを刺そうと思ったのだ。そのとき、

「たーっ!」

すかさずアレンがシドーの足に斬りかかっていた。

驚異的なアレンの跳躍力をもってしても、シドーの腰までさえ跳べないのだ。やはり足を狙《ねら》うしかない。アレンが着地すると同時に、いきおいよく血飛沫《ちしぶき》が飛んだ。

シドーの爪がうなりをあげてガルドをかすめ、その風圧にガルドの長い髪の毛が大きくなびいた。

さらに、コナンとセリアが呪文を唱えた。

コナンのザラキがシドーを襲い、続いてセリアのバギが襲った。

打撃を与えることはできなかったが、シドーの注意をひかせる効果は充分にあった。まずはガルドへの攻撃をとめなければならないのだ。

シドーは、アレンたちを睨みつけると、いきなり翼を羽ばたかせた。

「うわあっ!」

アレンたち三人は、転がりながら崩れた壁際まで吹き飛ばされた。

もうあとはなかった。後ろは何もない。落ちたら最後なのだ。

シドーは、一歩踏み込むと、今度は太くて長い尻尾で攻撃してきた。鋼鉄の鱗の尻尾は、まるで鞭《むち》のようにうなりをあげてしなった。

「うわあっ！」

三人は、悲鳴をあげて反対側まで吹っ飛び、瓦礫のなかに叩きつけられて起きあがることができなかった。

意識は朦朧とし、全身の激痛としびれで、指一本動かすことさえできなかった。

シドーは三人に接近すると、鋭い爪をかざして襲いかかった。

交互《こうご》に三人を攻撃した。ひとかきで数カ所を鋭くえぐった。たちまち鮮血が飛んだ。

セリアを攻撃したとき、鋭い爪の先が首にかけていたルビスの守りをかすめて、ルビスの守りはばらばらに千切《ちぎ》れて宙に飛んだ。すると、不思議なことにその宝石や鎖《くさり》がきらきら輝きながら、ゆっくりと宙に消えてしまった。

やがて三人から悲鳴やうめきも聞かれなくなった。血まみれになった三人が、捨てられた人形のようにぐったりとして動かなくなると、シドーは身を乗り出して、三人に火柱を吐きつけた。

強烈な炎が三人を包み、轟音をあげて燃えあがった。

アレンの目の前がかすんできた。炎の熱さも傷の痛みも感じなかった。

意識が遠くなるのを感じながら、アレンは自分の体がどこかに浮いているような不思議な感覚にとらわれていた。どこかで体験したような感覚だった。自分は空を飛んでいるのだろうか——。そうだ——。風のマントだ。風のマントでドラゴンの角からルプガナ側へ飛んだときの感覚だ——。そう思うと、風のマントをもらった風の塔の魔女の顔が、竜王の子孫の顔が、ハレノフ八世の顔が、カンダタ十八世の顔が、旅の途中で会った人々の顔が、そして、懐かしい父アレフ七世の顔が、次々に浮かんでは消えた。

その顔のなかに、輪郭《りんかく》がぼやけて白く見える人物がいた。だが、それが誰《だれ》なのかはアレンには思い出せなかった。

コナンは、目の前が暗くなると、死の予感がしていた。このままぼくは死んでしまうのだ——。目的を果たせないまま——。でも、しょうがないんだ——。これでも、一生懸命戦ったんだ——。敵が強すぎたんだ——。そう思うと、愛《いと》しいレシルの顔が、懐かしい父リンド六世や妹マリナの顔が、浮かんでは消えた。だが、ひとりだけ、誰なのかわからない人物がいた。やはり、輪郭がぼやけて白く見えるだけだった。

セリアの瞳から、涙が流れていた。薄《うす》れゆく意識のなかで、父ファン一〇三世や母や、懐かしい人たちの顔が思い浮かんでは消えた。

おとうさま、おかあさま——。ごめんなさい——。仇《かたき》を討てなくて——。そう心のなかで詫《わ》びていた。だが、アレンやコナンと同様に、ひとりだけわからない人物がいた。やはり、輪郭がぼやけて白く見えるだけだった。

その輪郭がぼやけて白く見えた人物が、三人に同時に語りかけた。

〈勇者ロトとアレフの血をひきし者たちよ……。最後まであきらめてはいけません……。今一度、勇者ロトとアレフの「勇気」と「正義」と「平和を愛する心」を思い浮かべるのです……。勇者ロトとアレフの苦しかった戦いを思い浮かべるのです……〉

そういって、その謎《なぞ》の人物の声が消えたときだった。

三人の意識がすーっと戻った。

すごい豪雨《ごうう》だった。天空に垂《た》れこめた黒雲が鋭い稲光を発していた。

矢のような強い雨を浴びて、三人の意識が戻ったのだ。

三人が、気を失っていたのはほんの一瞬のことだった。

三人を襲ったあとガルドに火柱を浴びせようとしていたシドーが、突然の雷雨に気を奪われたところだったのだ。

そのほんの一瞬の間に、神殿の上空が一天にわかにかき曇り、すさまじい雷雨が襲ったのだ。

雨に打たれながら、ガルドはなおも呪文を続けていた。

上空を、稲光が何度も斬り裂いた。

アレンは、一瞬どうなったのか理解できなかった。アレンは、さっき意識が遠くなるのを感じながら、不思議な感覚にとらわれていたことを思い出して、はっとなった。

「そうだ！　コナン、ベギラマの呪文だ！　セリア、あいつの気をこっちに向けろ！」

そう叫びながら、全身の痛みをこらえて必死に壁際に向かうと、革袋から風のマントを出して身にまとった。

風のマントを見て、コナンはアレンの作戦を理解した。

——精霊ルビスよ。われに力を——！

心のなかで叫びながら、アレンは崩れかけた壁の上から宙に飛んだ。空中から攻撃するつもりなのだ。

そのとき突風が吹き、アレンの体が急浮上《きゅうふじょう》した。

コナンとセリアは、シドーに向けて渾身の力を込めて呪文を唱えた。

シドーが、呪文を唱えているガルドに鋭い爪を振りおろしたときだった。

セリアの放ったイオナズンの火球が、シドーの後頭部で爆発した。

シドーは、振り向いて思わず眼《め》を剥《む》いた。シドーにすれば、セリアの呪文はほんの小さな虫に刺された程度のものでしかないのだが、セリアとコナンがまだ生きていたことに驚いたのだ。

身をひるがえしたシドーは、翼を羽ばたかせようとして、さらに驚いた。

目の前に、風のマントをつけたアレンがロトの剣を構えて飛んできたからだ。

シドーは慌ててアレンに火柱を吐いた。だが、アレンは間一髪《かんいっぱつ》かわすと急上昇し、上空で体勢を変えて叫んだ。

「コナーン！」

雷の精霊よ――！　われにその力を――！　天地を切り裂く怒《いか》りの光を――！

コナンは、さらにありったけの力でベギラマの呪文を唱えた。

あまりの集中力に、コナンの全身が激しく震えた。

すると、コナンの呼んだ雷雲《らいうん》が上空の黒雲に反応したのだ。

アレンは、急降下したかと思うと、鋭い爪で叩き落とそうとするシドーの鼻先で一回転して、ロトの剣をかざして正面から突進した。目の前に、ぎょっとしたシドーの顔が接近した。

「うりゃあああっ！」

アレンは、思いっきり眉間《みけん》にロトの剣を突き刺した。

「グワオ～～ッ！」

シドーは悲鳴をあげて思わずのけぞった。

眉間から、一筋の血が流れた。そのときだった。

ピカピカピカピカピカッ――鋭い雷光が空を斬り裂いて、シドーの眉間に突き刺さったロトの剣のロトの紋章《もんしょう》に落雷《らくらい》した。

すさまじい衝撃音が、神殿一帯に轟いた。

ロトの剣は、まばゆい光を放ち、恐るべき電撃がシドーの全身をいきおいよく駆けめぐった。

「グワオオオオ～～～ッ！」

シドーは、さらに大きくのけぞり、激しく全身を痙攣させた。

すると、ふたたびロトの剣が光り輝いた。

神殿のある盆地一帯にまでおよぶような強烈な光だった。

シドーの四本の手が震えながらむなしく宙をつかんだ。

シドーの巨体がゆっくりと傾《かたむ》き始めた。シドーは、キッとアレンたちに振り向いて睨みつけた。そら恐ろしい眼《め》だった。

だが、シドーは崩れかけた壁を倒しながら、そのまま七階から地上に向かってまっ逆《さか》さまに落下した。

「ウゴオオオオ〜〜〜ッ！」

断末魔の叫びが天空に轟いた。

やがて、激しい地響きが、七階の床にも伝わってきた。シドーが、地面に落下した音だ。

アレンたちが下を見ると、首を折ったシドーの巨体が無残に横たわっていた。

すると、急に雨がやみ、風もやんだ。

ガルドは門に向かって、必死に呪文を唱えていた。全身を激しく痙攣させながら、さらに力を込めた。

だが、もはや限界だった。白光の帯は徐々に弱くなっていたのだ。

ガルドは心のなかで叫んだ。

わが偉大《いだい》なる祖先ガルチラよ——！　そして、精霊ルビスよ！　われに力を与えよ——！　われの全生命に代わる、偉大なる力を――！最後の力――！

「うおおおおっ！」

ガルドは必死に最後の力を込めた。

その声を聞いて、アレンたちは、はっとなってガルドを見た。

ガルドの全身から炎のような白光が立ちこめて、光の壁となって門をおおった。だが、次の瞬間、

「うわああああああっ！」

ガルドの全身がまばゆい光を放って、そのまま門に吸い込まれていった。

すさまじい衝撃が、光の壁のなかから起きた。

その直後だった。扉の上の、アーチの中央の台座に置いてあった邪神の像が、パカッ――と、まっ二つに割れると、突然門が大破したのだ。

光が消えると、門は何もなかったかのように黒曜石の壁に変わっていた。

そして、その前の粉々に砕け散った瓦礫の山に、ガルドが埋もれていた。

魔界とつながる暗黒回廊が永遠に閉じられたのだ。

慌てて駆けつけたアレンたちは、瓦礫のなかからガルドをひき出した。

「しっかりしろ、ガルド！……」

アレンが抱き起こした。

「……」

血まみれのガルドはうっすらと笑みを浮かべると、

「や……やった……」

苦しそうに声を出した。

「こ、これで……ガ、ガルチラも……許して……く、くれるだろう……」

アレンは、ガルドの顔の血を布の切れ端で綺麗《きれい》に拭《ふ》いてやった。

「もっと……は、早く……知り合ってれば……よかった……。お、王女……。こ、これ……」

ガルドは、震える手で懐《ふところ》から短剣を出した。船底でセリアから取りあげた短剣だった。短剣は、十五歳の誕生日《たんじょうび》に父ファン一〇三世から貰《もら》った大切な思い出の品なのだ。

「や、約束《やくそく》の……」

ガルドの手は、必死にセリアを探していた。

ガルドは目を開けていたが、視力《しりょく》がなくなっていたのだ。

「ありがとう……」

セリアは短剣を取って、ガルドの手を握りしめた。

「……」

ガルドは、ゆっくりと目を閉じた。かすかに微笑んだかに見えた。

だが、そのままガクッと首を垂《た》れた。

「ガルド！　しっかりしろ！」

アレンは、激しく揺すった。

だが、ガルドは二度と答えなかった。

すると、突然上空から明るい光が差してきた。いつの間にか、暗雲が消え、青空が広がっていた。どこまでも澄みきった、抜けるような青空だった。さわやかな春の風が、わたってきた。

そのとき、セリアが「あっ？」と声をあげた。

「ルビスの守りが……？」

アレンとコナンが、セリアの首元を見て、

「な、ないっ⁉」

コナンが叫んだ。

シドーに千切《ちぎ》られて、きらきら輝きながら宙に消えたのを、気を失いかけていた三人が知るはずもなかったのだ。

だが、突然の気候の変化――それは精霊ルビスの助力ではなかったのか――。三人は、ふとそう思ったのだ。そして、それぞれの胸のなかで思った。朦朧とした意識のなかで、励《はげ》ましの言葉を残して消えた人物は、実は精霊ルビスではなかったのか――と。

終章

風の塔《とう》のよく見える丘《おか》の上に、ガルチラの墓があった。

アレンとコナン、セリア、レシルの四人は、深い草をかき分けてこの丘にのぼった。

空には白い入道雲が湧《わ》き、大草原は真夏の光にあふれていた。

あと数日で、セリアは十八回目の誕生日《たんじょうび》を迎《むか》えようとしていた。

十六歳《さい》の誕生日を迎える直前にハーゴン配下の魔物《まもの》たちにムーンブルクが襲撃《しゅうげき》されてから、ちょうどまる二年が過ぎようとしていた。

四人は、この丘に来る途中、風の塔に寄《よ》ってきた。

風の塔は、以前来たときと同じように荒《あ》れ果てたままだった。

魔女のいた最上階までのぼった。だが、ガルドのいったとおりだった。

四人は、心のなかで魔女に感謝し、魔女の冥福《めいふく》を祈り、魔女にガルドのことを報告した。そして、魔女が風のマントを織っていたところに、摘《つ》んできた野の花をそっと置いた。花は、かすかに風に揺《ゆ》れた。

シドーを倒《たお》したあと、アレンたち三人は、銀の横笛《よこぶえ》と一緒《いっしょ》にガルドをハーゴンの神殿《しんでん》の跡《あと》がよく見える丘の上に埋葬《まいそう》すると、ハレノフ八世やレシルの待つベラヌールの町に凱旋《がいせん》した。

ベラヌールの町は大騒ぎだった。町の人々はいきおいよく花火を打ちあげ、また港に停泊《ていはく》している船の船乗りたちはいっせいに銅鑼《どら》を鳴らして、新たなる英雄《えいゆう》たちを歓呼《かんこ》の声で迎えてくれたのだ。

そして、ただちに「勝利」の報を知らせる通信用の伝書鳩《でんしょばと》が、ムーンブルクの商都ムーンペタに向けて放たれた。

さらにその知らせは、ムーンペタからまた別の伝書鳩によって、ローレシア城とサマルトリア城に運ばれていく。

凱旋した三人は、ルビスの神殿の祭壇《さいだん》に跪《ひざまず》き、ルビスに深い感謝の祈りを捧《ささ》げた。

その夜、コナンは五十日遅《おく》れて、レシルとの買物の約束をやっと果たした。

そして、数日後、四人はハレノフ八世と別れて、ガナルと一緒にラーミア号でベラヌール港を出航した。

ラーミア号は、季節風に乗り、順調に航海を続けて、ロンダルキア山脈の南の半島をまわってこの風の塔の東海岸に接近すると、風の塔の近くまでつながっている入江《いりえ》を見つけてのぼってきたのだ——。

ガルドの形見の長い髪の毛をガルチラの墓の横に埋葬すると、四人は野の花を手《た》むけ、手を合わせてガルドのことをガルチラに報告した。

ざわざわざわ——ざわざわざわ——。

緑の大草原が波打つように揺れ、さわやかな風が丘の上までわたってきた。

四人は、ふと顔をあげた。

風に乗って、どこからともなく美しい笛の音が聞こえてきたような気がしたのだ。

四人は、しばらくその場に立って、風の音を聞いていた——。


風の塔をあとにした四人は、そのあとまっすぐローレシアに行き、ローレシア国民の熱烈な歓呼の声に迎えられて凱旋した。

さらに数日後、四人は興奮さめやらぬローレシアをあとに、アレフ七世の船に乗ってラダトームへと向かった。

無事六年ぶりに、ロト祭が華《はな》やかに開催《かいさい》されるからだ。

そして、ラダトーム城の恒例《こうれい》の儀式《ぎしき》で、勇者ロトとアレフの血をひく者たちは、勇者ロトに感謝し、新たに「勇気」と「正義」と「平和を愛する心」を勇者ロトとアレフに誓《ちか》ったという。

魔物の襲撃を恐れ民家の地下に隠れていたアレフガルドの国王ラルス二十二世は、持ち前の明るさで無事主催者《しゅさいしゃ》としての責任を果たすと、最後の夜の会食の席で国王を遠縁《とおえん》のミラジオ将軍に譲《ゆず》ると宣言《せんげん》し、正式にアレフ七世とリンド六世に承認されたという。

また、コナンとレシルの婚約《こんやく》も発表され、みんなの温かい祝福を受けたという。

その後、ムーンブルクに向かったアレンとセリアは、ムーンペタのキゲル四十世たちの協力を得、五年の歳月《さいげつ》をかけて美しいムーンブルク城と城下の町を再建したという――。

――完――

〈本書は一九八九年十月に発行された『小説ドラゴンクエストII 悪霊の神々 上・下』を加筆訂正し、再構成したものです〉

高屋敷《たかやしき》 英夫《ひでお》

岩手県生まれ。虫プロを経てシナリオライターに。『ガンバの冒険』『ルパン三世』『あしたのジョー』『めぞん一刻』『マスター・キートン』、映画『火の鳥』シリーズ、『がんばれ!!タブチくん!!』シリーズ、『はだしのゲン』など数多くの人気アニメ、映画、アイドルドラマの脚本、『小説スケバン刑事』『小説ファイアーエムブレム』『小説キャッツ・アイ』などを手がける。93年春から98年夏まで盛岡三高野球部監督。

小説 ドラゴンクエストII 悪霊の神々

2000年9月15日　初版第1刷発行
2022年12月28日　第2版14刷発行

著　　者　高屋敷英夫
設定協力　横倉　廣
原　　作　ゲーム『ドラゴンクエストII 悪霊の神々』
　　　　　シナリオ　堀井雄二
発 行 人　松浦克義
発 行 所　株式会社スクウェア・エニックス
　　　　　〒160-8430 東京都新宿区新宿6-27-30
　　　　　新宿イーストサイドスクエア
印 刷 所　凸版印刷株式会社

＜お問い合わせ＞
スクウェア・エニックス サポートセンター
https://sqex.to/PUB
乱丁・落丁はお取り替え致します。
定価はカバーに表示してあります。

Printed in Japan
ISBN4-7575-0244-3 C0293